HEINZ GREUL
FÜNFUNDVIERZIG

Heinz Greul

FÜNFUNDVIERZIG

Roman

Piper
München Zürich

ISBN 3-492-037275

Gesetzt aus der Bembo-Antiqua
Gesamtherstellung: Kösel, Kempten
Printed in Germany

1

Der Zorn aller Himmel war niedergegangen. In Feuersbrünsten versunken die Städte. Erstickt die letzten Schreie der Krieger. Kein Schuß fiel mehr. Keiner wagte vom Frieden zu reden.

In den Frühstunden des 23. Oktober 1945 gelang einer Gestalt auf Höhe des Bahnhofs München-Pasing der Absprung vom fahrenden Zug. Das verlangsamte Tempo vor der Einfahrt machte es möglich: den Sprung und das Sichabrollenlassen über die linke Schulter, wie man's gelernt. In Hannover, am Abend zuvor, hatte ein Reichsbahnler mit seiner matten Funzel vorm Bauch den Ex-Gefreiten Armin Lersch gegen eine Kleinpackung R6-Zigaretten auf den alliierten Kohlenzug Richtung Süden gelassen. In Augsburg, da sei ein besonders scharfer Bahnhofskommandant, sagte er noch, ganz kostenlos, der hole alle runter und ab ins Lager.

Im Gefangenencamp in Scharbeutz, beim Engländer, hielt sich hartnäckig das Latrinengerücht, daß es jetzt mit dem Ami gegen den Iwan ginge. Das heißt: den Komfort einer wirklichen Latrine mit Dach und

Sitzen gab es dort nicht, nur im Freien einen Donnerbalken, unter dem die Exkremente in die Grube plumpsten, nachts eine Lage ätzender Chlorkalk drüber, die einfachste Art der Entsorgung von Kadavern und Kot.

In Augsburg hielt der Zug tatsächlich an. Hundegekläff. Stimmengewirr. Suchscheinwerfer. Der blinde Passagier buddelte sich noch tiefer in die Kohlen hinein, trotz seiner nie richtig behandelten Granatsplitterwunde am Fußgelenk. Vor München der Absprung.

Bis zum Ende der Sperrstunde hielt er sich auf dem Rangiergelände des Pasinger Bahnhofs versteckt, bevor er den Marsch antrat nach der Adresse, die seine Heimatanschrift war, ohne Kenntnis freilich, ob es da überhaupt noch ein Zuhause gab.

Ziemlich dichter Nebel lag. Der schmutzige, häßliche Backsteinbau des Pasinger Bahnhofs wird schemenhaft sichtbar hinter den Nebelschleiern – erste vertraute Konturen. Ein Vorwärtskommen stadtwärts, zeigt sich, ist nur möglich mit den eigenen Füßen. Gleich abgenagten Riesengerippen ragen die ausgebrannten Dachstühle der Lagerhäuser an der Landsberger Straße in den Dunst. Eine Streife der Militärpolizei hält den Abgemusterten an. Ein Neger mit riesigen Nasenlöchern, der erste, dem der Neunzehnjährige begegnet, sagt zum Mann am Steuer: Look here, a black German, what's that... Lersch mußte wie ein Köhler ausgesehen haben. Kam sich aber erst richtig verkohlt vor, als ihn der Neger, seine Entlassungspapiere kontrollierend, fragte: And you are going home, boy... Lersch nickte nur und stapfte weiter, benommen. Geisterwesen glaubt er zu begegnen in seiner Fiebrigkeit, Geistertrams, die sich durch die Trümmer schieben. Gespenstische Reptilien, pappevernagelt, mit Menschentrauben behangen, wo noch Gleise und Oberleitungen vorhanden waren. Da und dort offene Holzgaser-LKWs mit Kreideaufschriften, eine lautet: Hauptbahnhof/Marienplatz, da fährt er mit.

Vor dem Rathaus stehen amerikanische Posten. Die schlaksigen Sieger und die gekräuselte Stadt-Neugotik, das wirkt burlesk und hakt sich fest im Halbbewußtsein. Ein fremdes, fernes Volk, das hier plötzlich regiert. Weiß kaum, wo es eigentlich liegt, dieses Amerika. Nur, daß Kolumbus geglaubt hat, er sei in Indien. Und die Herren Indianer da vorm Rathaus strahlen etwas irgendwie Vertrauenerweckendes aus. Etwas Belebendes sogar. Woran das wohl liegt.

Lersch bog, humpelnd, in die Maximilianstraße ein. Auf halber Höhe das *Vier Jahreszeiten* – stark mitgenommen, im rückwärtigen Teil war Peps Valencis Tanzschule gewesen, wo man den Schritt ins Leben geübt, jetzt weggeputzt... Nur ein einziges Mal hatte die Tanzstunde ausfallen müssen, wegen Stalingrad, dann wurde weitergetanzt. Wenn zu später Stunde die Herren vom Stabe Fegelein kamen in ihren superben SS-Uniformen, wählte der weingerötete Tanzmeister die Damen des Kurses aus, die noch dableiben durften für den hohen Besuch. Diskretestes Schweigen um das, was anschließend geschah. Letzter Hauch zivilen Lebens, trotz Fegelein und SS, drastischer Gegenpol zum Willi-Pennal, kaum dreihundert Meter weiter, das Verbildungsinstitut, Münchens ruhmreiches Gymnasium, führend über Generationen hinweg... Die Bilder des letzten Schultags tauchten wieder auf. Machen Lersch hellwach. Die Verabschiedung in die Flakhelferei, in den Krieg. Die Klassen in den Gängen angetreten, der typisch säuerliche Geruch aus den Knabenaborten weht durch das Haus, der Pennäler Lersch als Klassensprecher der 7a mochte die Klassenkameraden wohl ein wenig aufgekratzt unterhalten haben angesichts der Flakhelferei, da pirscht sich, unbemerkt von den Faxenmachern, der die angetretenen Klassen inspizierende Rex heran und greift sich, entsetzt über so viel vormilitärischen Unernst, den vermeintlichen Rädelsführer, der auch noch unverschämt lange Haare trug: Natürlich dieser Kerl! Schaut ihn euch an, diesen *Schwabinger*! Dann der Abruf in die fahnengeschmückte Aula, vorbei an dem überdimensionalen Ölbildnis des Führers mit seinen Güte ebenso wie Scharfsicht, Besonnenheit, unbändigen Kampfeswillen und Siegesgewißheit ausstrahlenden Augen, das verblüffende Gesamtkunstwerk, das der Zeichenlehrer erst vor kurzem geschaffen. Der Bullenbeißer von Rex stand so postiert, daß er die Reaktionen der vorbeiziehenden Oberkläßler genau kontrollieren konnte. Da man ihn erkannte, unterblieb jegliche Reaktion, was der Direktor wohl für stumme Ergriffenheit nahm. Das Schulorchester spielte etwas von Gluck oder Corelli, und ein dickbäuchiger Hauptmann vom Luftgaukommando in der Prinzregentenstraße verteilt die mit dem Namensstempel des Generals der Flieger Sperrle signierten Urkunden für die drei besten Aufsätze zum Thema *Die deutsche Luftwaffe als Garant des Endsiegs*. Der Hauptmann rief die Namen der Preisträger auf, und der erste Preis geht an den Schüler Armin Lersch aus der 7a. So mußte ihm, nach dem Hauptmann, auch der Rex die Götz-von-Berlichingen-Hand geben. Dabei hatte es sich der Preisträger leicht gemacht und einfach möglichst getreu nacherzählt, was der Hauptmann, drei Wochen vorher, in seinem geschwollenen Deutsch in der Schule verzapft hat... Sodann die Verabschiedung des ältesten Jahrgangs. Lersch sieht es wie damals, der Direktor, sich aufplusternd in seiner Rede: niemand anderer als der Führer selbst habe, und zwar schon in *Mein Kampf*, von der Bedeutung der humanistischen Bildung für die Zukunft des deutschen Volkes gesprochen, so gehe selbstverständlich der Unterricht auch in der dem Hause zugeordneten Flakstellung in Berg am Laim weiter... Das Vermächtnis der Langemarck-Freiwilligen von anno vierzehn, es verpflichte jetzt doppelt im Zeichen des totalen Kriegs, Stichwort für eine junge Schauspielerin in BDM-Uniform, ein Poem der Dichterin Agnes Miegel vorzutragen, ganz dicht an die Rampe tritt sie, als hätte sie eine persönliche Botschaft von Frau Miegel zu überbringen. Der Wortlaut ist zum Nicht-Vergessen auch auf der letzten Seite des hektographierten vierblättrigen Feierstunden-Programms wiedergegeben, das alle in Händen halten. *An Deutschlands Jugend* ... schmettert die Rezitatorin in die Aula hinein, den vor ihr Sitzenden kraft Dichterwort die Weihen erteilend als *junge Saat, gestreut in die Furchen der Erde, die das Blut der Väter getrunken*... Zum Schluß das Schulorchester mit dem Largo von Händel. Die Oberklassen hatten noch rübergemußt zum Atlantik-Kino am Isartorplatz, ein Kulturfilm lief über die Kohleverflüssigung als Triumph der deutschen Technik und Wissenschaft, davor die Wochenschau, U-Boot-Krieg im Atlantik und die Berliner Philharmoniker zu Gast in einem Rüstungsbetrieb, der berühmte Dirigent Furtwängler, absolut höheren Sphären verbunden mit seinen geschlossenen Augen... Für die Mitglieder des Schulorchesters gab's noch Freikarten für das am Abend stattfindende Konzert des NS-Symphonie-Orchesters im Circus Krone... An den Vormittagen nun Unterricht in der humanistischen Flakstellung, Vermittlung erhabensten Geistesguts in der Eßbaracke, unter Kohldüften und Kesselgeklapper, dazwischen nur zu oft die Vorwarnungs-Sirene, die mit Stahlhelm und Gasmaske ans Geschütz stürzen ließ. Und der fabelhafte Klaßleiter, der seine Schulterlähmung nach einem Schlaganfall zu einer Art verlegenen Achselzuckens nutzte beim gemeinsamen Deutschen Gruß, angewidert von der Farce und den vom Kultusministerium verordneten Aufsatzthemen *Deutsch sein heißt, eine Sache um ihrer selbst willen tun* à la Richard Wagner, und dem Satz aus dem Griechischen, wonach es ohne Zucht und Schinderei keine Erziehung gäbe, ohne Zucht keine Frucht, Johann Wolfgang *von* mußte den Spruch auch noch als Motto von Dichtung und Wahrheit nehmen, auf griechisch... Die Tür geht auf, in Begleitung des Batterie-Chefs betritt der Rex die Baracke; sein erster Blick fällt auf die kahlen Bretterwände, und er herrscht den Klaßleiter an, warum denn hier kein Führerbild hinge. Vorsichtig greift der Oberleutnant ein: in der Einfachst-Form von Wehrmachts-Eßbaracken wie dieser sei kein Bildschmuck üblich. *Bildschmuck?* Das ungeschickte Wort bringt den Rex nahezu aus der Fassung, der Raum hier sei doch, wie wohl zu sehen, jetzt ebenso Unterrichtsraum, und dies auf höchste Weisung! Der Batterie-Chef legt die Hand an die Mütze, geht ab zu seinem Geschützappell, die Klasse steht noch immer, und während der Bluthund die Mannschaft umkreist, knarzenden Schritts, denken alle daran, wie das war, als er seinerzeit anordnete, in den Klassenzimmern sollten statt der Kruzifixe Hitlerbilder aufgehängt werden. Und als er *Weitermachen* ruft, kommt vom Professor kein *Setzen!* für die Klasse, er läßt sie vielmehr wie als Kasernenhof-Übung den jambischen Trimeter des Aufsatztitels skandieren, *ho mä dareis anthropos ou paideuetai,* immer wieder, bis die Klasse die Zeile fast schon brüllt, erst dann bricht er ab. Der Direktor erstarrt. Keiner wagt ihn anzuschauen. Zu atmen. Nur die Knarze-Schritte des Rex, der die Klasse noch einmal umkreist, bevor er die Baracke verläßt. Der Klaßleiter wischt sich den kalten Schweiß von der Stirn. Wer könnte so was vergessen. Ob es diesen Professor noch gibt, oder hat ihn die Gestapo doch noch kassiert. Professor, heißt das nicht eigentlich Bekenner. Hammacher war wirklich einer.

Die Tivoli-Brücke: Gott sei Dank unzerstört geblieben. Somit der Isarübergang gesichert hinauf nach Bogenhausen. Kaum Kriegsschäden hier, weit und breit, fast alles ist da und wie früher, selbst die grünspanbesetzten Kuppeln des Finanzhofs an der Ismaninger Straße oben, der Eckladen Sertl gegenüber, der Geilersche Wirtsgarten ... Wird es das Haus der Häuser noch geben ... Ja: Es hatte überlebt, fast unversehrt überlebt ... Ein Dach überm Kopf dem Gefreiten! Der wilde Wein war inzwischen bis unter die Dachrinne geklettert, glutrotes Blattwerk hüllte den dreistöckigen Dienstwohnungsbau für höhere Beamte ein, der als Perle moderner Postarchitektur galt. Lersch hatte sich dort nie so recht heimisch gefühlt, die Eltern aber sehr wohl. Die letzte Nachricht vom Vater stammte von vor zwei Jahren, aus der Ukraine. Seitdem war nichts mehr gekommen.

Die Mutter hielt die Sperrkette erst lange geschlossen, bis sie den Heimkehrer einließ. Das total verdreckte Gesicht mit den eingeschlagenen Vorderzähnen, die verwahrloste Kledage ... Ein Zischen und Schnarren begleitete jedes Wort des an der Treppe Verharrenden, aufgrund der fehlenden Zahnpartie, und er strömte den Geruch aus von Kohlenzügen, Wald und feuchten Bunkern: Dies konnte ihr Kind nicht sein. Angstvoll wich sie jeder Berührung mit dem zum Fremdling Gewordenen aus. Armin Lersch dachte dabei an Weihnachten dreiundvierzig, er hatte von Radom in Polen aus die Mutter um ein bescheidenes Freßpaket gebeten, und sie schrieb ihm: von unserem Stollen sollst du bekommen, wie Vater... Und dann waren da noch zwei Zeitungsartikel des Inhalts beigelegt, daß es unseren Soldaten an der Front auch in diesem fünften Kriegswinter verpflegungsmäßig hervorragend ginge, das Wort hervorragend war säuberlich mit Tinte und Lineal unterstrichen... Sie glaubte eben alles, die eingesperrte Seele, auch alles, was durchs Radio kam in den Wehrmachtsberichten, und das, ohne ein Heil-Hitler-Wesen zu sein. Sie klammerte sich einfach daran, wie sie in der Kirche gelernt hat zu glauben in Demut, und übertrug es auf die Politik. Wahrscheinlich hat sie auch Vater gar nicht vermißt die ganze Zeit über, so oder so. Tapfer, das war sie schon immer.

Im Korridor der Wohnung und auf dem Gang stapelten sich Koffer, Kisten, Körbe. Zehn Personen bevölkerten kraft Einweisung des Wohnungsamts das Viereinhalb-Zimmer-Gelaß: Ausgebombte Verwandtschaft, Fremde, sowie, als Privilegierte, eine dreiköpfige Polenfamilie mit dem Displaced-Persons-Status, einst zur Zwangsarbeit nach Deutschland Verschleppte. Mit dem Heimkehrer zusammen war es ein knappes Dutzend; ihn unterzubringen bedeutete, noch weiter zusammenzurücken auf deutscher Seite.

Eine Liste an der Küchentür regelte die Benutzungszeiten. Hinsichtlich einer anderen, kaum weniger wichtigen Räumlichkeit vermochte man nicht gleichermaßen zu verfahren. Rücksichtslose Verweildauer, speziell polnischerseits, gelegentlich sogar mit der Uhr in der Hand festgestellt, rief die restliche Belegschaft zu solidarischem Protest auf den Plan. Der Nationalitätenkonflikt eskalierte, als die gerade flügge gewordene Polentochter eines Tags mit einem neuwertigen Fahrrad ankam und begehrte, das kostbare Stück im abschließbaren Kellerabteil der Wohnungsinhaberin unterbringen zu dürfen, was ihr von dieser brüsk verweigert wurde. Daraufhin bastelte die kesse junge Person mit Hilfe ihres Freundes, der bei der UNRRA arbeitete und das nötige Werkzeug besaß, im Korridor eine Art Seilzug samt Greifhaken für Gepäckträger und Lenkstange, mit dem sie das Fahrrad an den Plafond hochzog, damit es keinem im Wege stand...

Die Wohnungsinhaberin war außer sich: So was müsse man sich gefallen lassen, so was in ihrer Wohnung... Sohn Armin empfand das aufgehängte Fahrrad in der Wohnung zwar auch nicht als Schmuckstück, aber die Selbsthilfe-Aktion imponierte ihm irgendwie, er fand sie im Grunde originell und das Fahrrad an der Decke in seiner optischen

Wirkung ausgesprochen entkrampfend gegenüber der eisigen Atmosphäre in der unfreiwilligen Wohngemeinschaft. Am liebsten hätte er das der rassigen, kessen Radlerin Hanka, gleich wie, bedeutet ... Und der Zufall wollte es, daß sich die beiden bald unter dem Fahrrad über den Weg liefen. Armin bemühte sich, beim Herablassen des Rads kavaliersmäßig behilflich zu sein. Er hielt Hanka ostentativ die Wohnungstür auf und sandte ihr im Flüsterton ein kokettierendes *dzien dobry* nach, was im Polnischen *Guten Tag* heißt. Hanka, vollkommen verdutzt, erwiderte es in nachdrücklichem Tonfall. Damit ging die *Guten-Tag*-Grußformel auch auf Hankas Eltern über.

Für Mutter Lersch brach eine Vorstellungswelt zusammen. Die Desavouierung ihrer Person verletzte sie zutiefst. Über Wochen weigerte sie sich, mit ihrem Sohn den Tisch zu teilen und die von ihr bereitete Nahrung. Das blieb der Polenmutter Wabnic nicht verborgen, und sie steckte dem Blockadebrecher nun regelmäßig etwas aus ihren eigenen Beständen zu: Corned Beef, Obst oder selbstgebackenen Kuchen. Auf diesem Wege wuchsen im Lauf der Zeit die erwärmendsten Kontakte, über alle Sprachbarrieren hinweg. Lersch erschien das später, wenn er daran zurückdachte, als ein Musterbeispiel von Völkerverständigung auf engstem Raum, und er meinte, es läge im Grunde wohl nur daran, daß die Menschen eben so weit auseinander lebten, und alle in ihren getrennten Pferchen. Wenn man die gleiche Sprache hat, was bedeutet das schon?

Münchens Nobel-Viertel Bogenhausen war bevorzugt davongekommen unter den Bomben, verglichen vor allem mit der Innenstadt. Münchens Erlesene standen denn auch nicht an, dies als höhere Fügung zu nehmen, wenn nicht als erklärten Willen der Vorsehung. In Häusern, wo man nicht den Verlust einer einzigen Stecknadel zu beklagen hatte (und wie gern klagte man doch in diesen Kreisen!), spielten sich wahre Orgien an Selbstgenuß ab, wie sie nur dieser Augenblick eines allgemeinen *Vis-à-vis du rien* zu gewähren vermochte. Das euphorische Lebensgefühl der Bogenhauser Gesellschaft versetzte zugleich den gehobenen Mittelstand, dem nur am Rande zu siedeln gegeben war, dort, wo Bogenhausen in kahle Ziegeleiwiesen überging mit ziehenden Schafherden, unter permanenten Beweiszwang, daß man trotz aller Randlage zum leibhaftigen Bogenhausen gehöre. Dem Gesetz der Betuchtheit folgend, wiesen die Frauen des Mittelstandes bei jeder Gelegenheit den geretteten Persianer vor, beim Bäcker, beim Metzger, beim Schuster, und luden zum Tee, für solchen Anlaß mit Brennstoff nicht geizend. Man parlierte gepflegt über Musik und die Künste. Zwei bis drei Butterkekse prangten auf den Bergkristall-Feinschliff-Tellern, darunter Deckchen von Brüsseler Spitzen. Die Herkunft des schwarzen Tees vom gleichnamigen Markt (Ceylon, First Quality!) verschwieg man wie den Bankert einer höheren Tochter; man besaß ihn einfach und ließ sich darob beneiden wie ein Sonnenkönig im Kreise von Bettlern.

Dem Bogenhauser Rußlandkämpfer Armin Lersch entging es freilich nicht, daß auf diesen Kristalltellern nun das untergangsgeweihte Feinbürgertum sein Stalingrad kämpfte...

Topographisch zerfiel Bogenhausen seit alters in zwei Hemisphären: eine obere, am Isarhochufer gelegene Hälfte, und den in der Tiefe gelegenen flußnahen Teil, der das zusätzliche Adelsprädikat Herzogpark führt; ein Bezirk nicht ohne gestandenen Charme, überkommenermaßen, keinerlei Alster-Steifheit trotz prunkvoller Domizile, die wohlige Nähe der Musenstadt im Rücken und der Gruß der jodelnden Flößer von Tölz, den der Stadtfluß unüberhörbar mitbrachte. Man verbarg hier mehr als man zeigte, wie in dem berühmten Hause Poschingerstraße 1, das Thomas Mann bewohnte mit seiner Familie, den kecken Kindern Erika und Klaus, bevor er im Hitler-Jahr das Land verließ.

Im Hochufer-Bogenhausen ging's spürbar gestrenger zu, auch angestrengter. An vorderster Front eine Phalanx voluminösester Großbürger- und Künstler-Palazzi, Fehdehandschuh, hingeworfen denen da unten im Herzogpark. Die auftrumpfende Allüre, noch aus dem Gestus der Jahrhundertwende, prägte zugleich den Charakter der Hinterstraßen, man brauchte sie als Bundesgenossen. Mit jedem Schritt weiter von der Frontlinie ab verlor sich der Ehrgeiz und mündete schließlich ins Dutzendhafte belanglosen Wohnens.

Die Spannung zwischen den Teilen hielt wiederum Bogenhausen als Ganzes zusammen. Dies zeigte sich besonders in Fällen unumgänglicher Berührungen mit den angrenzenden Nachbarbezirken Stein- und Haidhausen, wie es die NS-Zeit mit sich brachte bei Aufmärschen und ähnlichem. Selbst bei brütender Hitze trug die Bogenhauser Hitler-Jugend lieber die schwarzen Baumwollüberjacken statt des proletarischen Braunhemds, abgesehen davon, daß das dem geheimnisvollen Fahnenschwarz näherbrachte und dem Elite-Schwarz der SS mit ihrem mystischen Totenkopf-Symbol.

In Bogenhausen gehörte auch kaum jemand der SA an. Um so höher im Kurs stand besonders die Reiter-SS, kraft derer die Herren Reiter oder Herrenreiter hofften, sportlich und elegant über alle Hürden zu kommen in lockerem Arrangement mit der neuen Autorität. Daß es auch Beziehungen zum Widerstand gegeben haben soll in Bogenhausen, und zwar ausgerechnet von seiten von Geistlichen aus St. Georg und der Stadtpfarrei Heilig Blut, verstörte vollkommen, als es herauskam.

Armin Lersch hatte das Pfarrhaus von der elterlichen Wohnung aus sehen können. Nun schaute er oft hinüber. Seine Kontakte zur Pfarrei beruhten allerdings mit aufsteigender Gymnasialklasse immer weniger auf dem Gang zu den Sakramenten. Trotz seiner Abtrünnigkeit ließ ihn der Stadtpfarrer an Werktagen großzügig zum Üben an die Orgel, zum Ausgleich dafür, daß Lersch bereit war, die Sonntagnachmittags-Andachten mit Zwischenspielen auszuschmücken. Durch seinen Klavierlehrer war Lersch auf die Orgel gekommen als organische Ergänzung oder Erweiterung des Klavierspiels, und der Klavierlehrer hatte ihn auch an einen Kollegen empfohlen, der im *Luitpold* die dortige Kino-Orgel spielte. Der Mann war eine Kapazität. Ursprünglich Organist an der riesigen Orgel des Reichsparteitagsgeländes, brachten ihn seine mehr und mehr gichtig gewordenen Finger an die profane Orgel des Münchner Vergnügungspalastes. Zu ihm gehörte das legendäre *Café Luitpold* mit seiner mondän glitzernden Blattgoldimitation; bis tief in den Krieg hinein gastierten da noch die berühmtesten Tanzkapellen aus dem befreundeten oder dem neutralen Ausland, von Juan Llossas bis zu Arne Hülphers, und Ralph-Maria Siegel sang . . .

Bei einem der letzten Luftangriffe auf München war der Luitpold-Komplex ebenso getroffen worden wie der Dachstuhl der Kirche Heilig Blut. Das Pfarrhaus daneben jedoch blieb unbeschädigt. Lersch beabsichtigte längst, dem ominösen Einbruch der Politik ins Pfarrleben da gegenüber nachzugehen. Jetzt fuhr gar noch ein amerikanischer Jeep vor und ein Offizier betrat die Pfarrei. Daraufhin faßte Lersch endgültig den Entschluß, dem Stadtpfarrer alsbald einen Höflichkeitsbesuch zu machen als heimgekehrter Pfarreiangehöriger aus der engsten Umgebung.

Hochwürden begrüßte den Nachbarssohn mit großer Herzlichkeit und erkundigte sich ausführlich nach seinem Ergehen und seinen Studienabsichten.

Wenn Lersch ihm antwortete mit den typischen Schnarr- und Zischlauten, schlug Hochwürden mitempfindend den Blick nieder und beschwor in immer neuen Berichten die Leiden und Grausamkeiten, die der Krieg über die Menschen gebracht, über die an der Front, aber auch über die in der Heimat, über Frauen, Greise und Kinder.

Erst zu einem sehr späten Zeitpunkt gelang es Lersch, das Gespräch auf die Dinge zu bringen, die ihn ins Pfarrhaus geführt hatten.

Wenn ich Ihnen dazu nur etwas Genaueres sagen könnte, rief Hochwürden aus unter Kopfschütteln: es ist, für mich selbst, bis zur Stunde so vieles ungeklärt und unerklärlich. Pater Delp in St. Georg hat dem sogenannten *Kreisauer Kreis* angehört. Ich bezweifle aber, ob man ihn wirklich zu den Widerstandsleuten rechnen darf. Er wäre, wie die Umstände damals waren, sonst schon nach dem 20. Juli hingerichtet worden und nicht erst im Februar fünfundvierzig. Und zum Fall Kaplan Wehrle: Wehrle war nur Geistlicher und ein völlig unpolitischer Mensch, dafür kann ich meine Hand ins Feuer legen! Nicht die geringste Andeutung kam jemals in der bewußten Richtung. Und dann trotzdem die tragische Verstrickung, um die es sich gehandelt haben muß. Mein Wissensstand läßt nur folgende Auskunft zu: Am 18. August vorigen Jahres polterten drei Gestapo-Beamte hier zur Tür herein und nahmen Wehrle ohne Angabe von Gründen vor meinen Augen fest, wie einen Schwerverbrecher. Am 24. September erfuhren wir übers Erzbischöfliche Ordinariat kraft standesamtlicher Mitteilung, daß Kaplan Wehrle am 14. September in Berlin gestorben sei. Gestorben! Punktum. Kein Wort weiter. Aus dem Datum und den Umständen der Verhaftung schlossen wir natürlich, daß es sich um eine Hinrichtung im Zusammenhang mit dem 20. Juli gehandelt haben mußte.

Nun sei aber gerade vor ein paar Tagen ein Amerikaner hier gewesen, fuhr Hochwürden fort und stand auf, um sich im Raume zu bewegen. Durch diesen Mann, einen gewissen Mr. Kiefer, habe ich zum ersten Mal ein bißchen mehr erfahren. Mr. Kiefer sprach sehr gut deutsch und hat sich als Historiker in Uniform vorgestellt. Im Auftrag einer Dienststelle, die wohl *Office of War Information* heißt, wenn ich das recht behalten habe, sei er mit Recherchen zum deutschen Widerstand beschäftigt und im Zuge seiner Arbeit auf den Fall Major von Leonrod und Kaplan Wehrle gestoßen, die beide ziemlich gleichzeitig hingerichtet worden seien. Er wolle das Verhältnis der beiden aufklären und hat mich gefragt, was ich von dem seinerzeitigen Besuch des Majors in der Pfarrei wisse und über das Gespräch, das beide geführt hätten. Ich war völlig konsterniert, denn ich habe von so einem Zusammentreffen nie etwas gehört; falls überhaupt, konnte es auch nur in meiner Abwesenheit geschehen sein, sonst wüßte ich ja davon. Sie hat aber stattgefunden, behauptete der Amerikaner, dies gehe aus den Verhörprotokollen des

Volksgerichtshofs hervor, über die er im einzelnen nicht weiter sprechen könne, aus dienstlichen Rücksichten. Jedenfalls seien das Gesprächsthema die theologischen Aspekte des Tyrannenmords gewesen... Jawohl – Tyrannenmord! Ich sagte dazu, daß ich mir nur vorstellen kann, daß es sich um ein reines Seelsorgegespräch gehandelt hat, das der Baron von Leonrod, ein tiefreligiöser Mensch, mit seinem Beichtvater geführt hat, vielleicht in Gewissensnot aus Kenntnis um gewisse Vorbereitungen des späteren Attentats; anderes läßt sich nicht denken, denn Kaplan Wehrle war Geistlicher und keine Verschwörernatur, ich kannte ihn ja schließlich! Mit dieser Unerklärlichkeit hat mich auch der uniformierte Historiker alleingelassen. Aber er wollte wiederkommen. Zweifellos hätte er mir sehr viel mehr sagen können, das war zu spüren. Er hat dann noch eine halbe Stunde lang in den theologischen Werken geblättert, die wir hier in der Pfarrei haben, wollte Genaueres über Wehrles Werdegang wissen und wie man in der Pfarreiarbeit mit der Politik und den politischen Stellen umgegangen sei und so weiter. Wohl um mich aufgeschlossen zu machen, hat er mir erzählt, er käme gerade von Seiner Eminenz, dem Herrn Kardinal, den immerhin ein Kopf des 20. Juli, nämlich Herr Goerdeler, angesprochen habe. Der Herr Kardinal und ein Attentat!

Lersch fragte vorsichtig, ob es zuträfe, daß der Herr Kardinal Hitler auf dem Obersalzberg aufgesucht habe.

Hochwürden: Ein einziges Mal! In sehr frühen Jahren. Und was besagt das schon, bei seinem Amt und in seiner Stellung, bedenken Sie doch! Der Herr Kardinal hat stets mutig widersprochen. Wie Bischof Galen in Münster, Pater Rupert Mayer und andere. Hitler war aber schließlich von den Menschen gewählt, und auch die weltliche Obrigkeit hat nun mal ihr Recht und ihren Auftrag, sonst gäbe es ja nur Anarchie ...

Lersch: In diesem Sinne wohl hat der Herr Kardinal auch den Dankgottesdienst gelesen oder lesen lassen für die Rettung des Führers, nach dem mißglückten Bürgerbräu-Attentat ... Ich meine, wie soll man es sehen: Obrigkeitsbejahung prinzipiell oder mehr im Prinzip ...

Hochwürden: Das sind doch akademische Haarspaltereien! Jedenfalls hat der Herr Kardinal den Mut besessen und auch in seiner ersten Nachkriegspredigt zum Ausdruck gebracht, daß nicht nur die Deutschen Schuld auf sich geladen haben, sondern ebenso auch die Alliierten, durch ihre Luftangriffe auf die wehrlose Zivilbevölkerung.

Es möge uns die Wiederkehr solcher Zeiten erspart bleiben, schloß Hochwürden und erteilte dem vor ihm sitzenden Kriegsheimkehrer den Segen in manuell verkürzter Form. Armin Lersch wagte nicht, seine Körperhaltung zu verändern während der Segenserteilung und schlug das Kreuzzeichen über die Brust mit gesenktem Kopf.

Nachdem die Pfarrkirche Heilig Blut ausgefallen, war wieder das kleine Altbogenhauser Kirchlein St. Georg zu Ehren gekommen, dörfliches Rokoko-Kleinod am nördlichen Isarhochufer. Vor allem die Sonntagsspätmesse vor dem Mittag, eine gewisse Kurzform ohne Predigt und Gesang, erfreute sich alsbald größter Beliebtheit: ein Sehen und Gesehenwerden wie auf Verabredung, man drängte sich tuchfühlend in das schmalbrüstige Kirchlein, so, wie es draußen geschieht im Friedhof von St. Georg, Münchens erster Adresse fürs Totsein bis heute: der Gustl Waldau und der Peps Valenci liegen da, Wery und Schweikart, Rudolf Vogel und die Karlstadt Liesl; Kempe und Knappertsbusch; Annette Kolb und Oskar Maria Graf; Hausenstein und der Freigeist Kästner, und Peter de Mendelssohn. Selbst Fassbinder ruht hier aus... Es müssen da wahrlich die Schnecken und Würmer munden, als habe sie Alfred Walterspiel von eigener Hand bereitet für die Feinschmecker des Lebens... Nur die wenigsten, die hier liegen, sind Bogenhauser gewesen; wem kein weltlich Obdach zuteil geworden in diesem Geviert, wollte zumindest die ewige Bleibe in der vornehmen Erde haben. Oder er bekam's aufgedrängt als späte Wiedergutmachung der Stadt wie im Falle des aus der Ferne heimgeholten Oskar Maria.

Kaum hundert Schritt entfernt vom Areal von St. Georg, in der Hompeschstraße, einem kurzen Verbindungsstück zwischen Ismaninger- und Möhlstraße, hatte der Dentist Roderich Burhenne seine

Praxis, dem der Ex-Soldat Lersch die Reparatur seines demolierten Gebisses anzuvertrauen gedachte. Es war ein fieser, glitschiger Novembertag mit Schneeregen im Fünfundvierzigerjahr; bei Burhenne bedeutete man dem Patienten salopp, er könne angesichts des überfüllten Wartezimmers ruhig noch etwas spazieren gehen, er besäße ja seine Nummer. Die Gelegenheit nutzend und aller Unbill des Wetters trotzend durchmaß Lersch mit hochgestelltem Kragen und eingezogenen Schultern das geheimnisumwitterte Möhl-Straßen-Revier, das exotische Eiland mit seinem gestikulierenden Marktleben in allen denkbaren Sprachen, überwiegend in einem merkwürdig verballhornten Deutsch, wie es ihn anmutete – ein Tun und Treiben, für das die ramponierte Grandezza der Möhlstraßen-Prunkvillen ein hübsch absurdistisches Bühnenbild abgab.

Im Praxisraum bei Burhenne bullerte ein Kanonenöfchen; das Ofenrohr ragte durchs nächstgelegene Fenster, das zur Hälfte mit Pappe vernagelt war, hinaus ins Freie. Um viele Grade brachte der Ofen zwar die Temperatur nicht hoch, denn es zog; allein sein knatterndes Bemühen strömte Behaglichkeit aus. Mit fatalistischem Zutrauen ließ sich der Patient auf dem elektrischen Stuhle nieder.

Dieser erwies sich allerdings als gar kein solcher, denn es war wieder mal unerwartet Stromsperre. Der findige Dentist, dafür schon gerüstet, brachte seinen Bohrer über ein Spinnrad mit Fußantrieb in Bewegung. Wie die alten Weiber am Spinnrocken schwatzte Burhenne während der Arbeit drauflos über Gott und die Welt, wobei sich seine emotionalen Affekte, besonders bei Heiterkeitsausbrüchen, in ruckelnder Form auf den Patienten übertrugen. Indigniert schob der dann die helfende Hand beiseite und holte tief Luft.

Stellen Sie sich doch nicht so an, murrte Burhenne unwillig beim dritten Male, Sie waren doch schließlich Soldat. Und wo?

Luftwaffenfelddivision, sagte Lersch.

Auch ein besserer Laden! Ich, für meine Person, war, wenn wir schon davon sprechen, SS-Divisionsdentist. Warum schauen Sie so. Unsere Leute sollten doch schließlich mit ordentlichen Zähnen in den Kampf gehen, darauf hatten sie Anspruch. Ich selbst – nie eine Waffe in der Hand gehabt, bitte sehr. Außer bei der Ausbildung. Ihr Schaden, wie kam das eigentlich, sieht ja aus, als hätten Sie mit jemandem geboxt.

Lersch spuckte in die kleine runde Abflußschüssel und sagte: So könnte man's auch nennen! Ich hab bis zum Letzten geboxt für den, der bis zum Letzten kämpfend gefallen ist in seiner Reichskanzlei. Sogar ganz in seiner Nähe und an seinem letzten Geburtstag . . .

Jetzt hören Sie aber sofort auf! In was für einem Ton reden Sie da mit mir überhaupt. Kleiner Irrtum wohl mit Ihnen.

Tut mir leid. Kommt halt manchmal so hoch.

Was kommt hoch?

Ja, was kommt eigentlich hoch? Der ganze Betrug und Beschiß vor allem. Am Schluß dann jeder noch jeden schnell ausgeschmiert oder verheizt. Mich hat es nur zweifach erwischt mit Splittern. Vielleicht Zufall, daß es gerade am 20. April war.

Sie könnnen sich doch wirklich nicht beschweren... Arme, Beine, Augen – alles sogar doppelt noch, Mann...

Tu ich doch gar nicht. Ich frage mich nur, gelegentlich, ganz naiv, ob das Heereszeugamt die Wägelchen, mit denen sich die Doppelbeinamputierten so tapfer fortbewegen, schon vorbereitet hat, oder gibt's die erst jetzt, auf Bezugsschein. Was meinen Sie?

Soll wohl komisch sein, Sie Type. Wieso können Sie eigentlich behaupten, alle hätten am Schluß alle ausgeschmiert?

Weil ich es selber erlebt habe, am eigenen Leib.

Kameradendiebstahl?

Nein.

Denunziation?

Auch nicht. Unsere Einheit hatte noch Sprit. Rin nach Berlin, oder durch, meinte der Kommandeur. Da fielen Bomben, noch ehe Sirenen gingen, und ich knall auf die Fresse, daher der Zahnschwund. Wir wurden zersprengt. Ich zur Versprengtensammelstelle, weil ich keinen Krumen mehr zu fressen hatte. Von da wieder Richtung Osten, die Front lag schon im S-Bahn-Bereich. Absicherung eines strategisch wichtigen Kasernengeländes, hieß es. Als wir ankamen, fuhren Offiziere in mehreren Kübelwagen heraus. Ein Spieß verteilte Panzerfäuste und befahl Eingraben im Vorgelände, Verpflegung gäb's später. Als ich nach drei Stunden zurückrobbte, die ganze Kaserne leer. Kurz darauf russische Panzer, Beschuß der Kaserne, ich Splitter ins Gebein. Die Panzer dann Gottseidank weiter, weil kein Gegenbeschuß. Mit einer deutschen Einheit, die nachrückte in der Nacht, zu einem Verbandsplatz im brennenden Berlin und heraus im letzten Moment, weiß nicht mehr, wie.

Ein Versehen höchstwahrscheinlich, was Sie da erzählen mit Ihrer Kaserne. Es war schließlich alles in Auflösung.

Bis auf den Bunker der Reichskanzlei. Oder nicht?

Sagen Sie mal, hätte der Führer sich vielleicht freiwillig, zum Gespött seiner Feinde, auf die Anklagebank setzen sollen, in Handschellen vorgeführt etwa? Wo haben Sie bloß Ihren Verstand. Sie sind doch nach Hause gekommen. Und haben ein Zuhause. Hier sogar.

... Zuhause – was man so darunter versteht! Als ich vor der Wohnungstür stand, die Mutter die Sperrkette fest geschlossen gehalten, meine eingeschlagenen Zähne, total verschmiertes Gesicht, ich hatte mich in einen Kohlenzug eingebuddelt, um nach München zu kommen, wie siehst denn *du* aus, hieß es, und die Sperrkette blieb lange vor, da hab ich mich eher gefragt, was ich da eigentlich soll.

... Klingt ja alles entsetzlich traurig.

Traurig? *Grotesk* war das! Sonst nichts.

Sie müssen wieder lernen, positiv zu denken. Sonst kriegen Sie einen Komplex, ein Trauma, wie man das nennt. Kommt leicht vor in Ihrem Alter. Und bei Ihrer Empfindlichkeit.

Burhenne machte sich wieder zu schaffen in der Mundhöhle seines ausgemergelten Patienten. Apropos Tür, ergänzte er noch – auch bei mir gab's ein markantes Türerlebnis. Kommt da eines schönen Tags ein Männlein zu mir, klein und schmächtig, meine Damen wollten ihn erst gar nicht hereinlassen, und der sagt, er wolle partout Goldplomben haben. Goldplomben, heutzutage, sag ich. Na, er hat sie bekommen. Fragen Sie mich nicht, auf welchem Wege. Jetzt trägt er sie so stolz, wie Bauern früher ihre wertvollen Taler um den Wanst, der kleine Herr Silberstein, nennen wir ihn mal so.

Vielleicht heißt er Morgenstund, Ihr Herr Silberstein, quiekte der durch Einlagen zusätzlich molestierte Patient.

Burhenne stutzte erst einen Moment. Dann entblößte er sein treffliches Gebiß: *Morgenstund hat Gold im Mund,* na klar! Sie Witzbold! Jetzt gefallen Sie mir schon besser... Jedenfalls, Morgenstund hin, Silberstein her, so klopft das Schicksal an die Pforte: ta-ta-ta-tam, falls Sie verstehen, was ich meine.

Just in diesem Moment klingelte es draußen und die Sprechstundenhilfe streckte ihren Kopf durch den knapp geöffneten Türspalt, ohne ein Wort zu sagen.

Burhenne unterbrach bedauernd und eilte in einen

Nebenraum. Nach einigen Minuten kehrte er zurück, sichtlich nervös. Er schob das Gestänge mit der Halterung für den Bohrer hastig nach oben und begann: Ich habe Vertrauen zu Ihnen, junger Mann, bin jedenfalls bereit, es zu haben, denn Sie machen mir einen aufgeweckten Eindruck. Sie könnten mich jetzt anzeigen. Aber was hätten Sie davon. Eine verrückte Zeit... Alles scheint zum Stillstand gekommen. Es gibt nicht mal Strom. Aber man hat plötzlich einen Waggon Zucker an der Hand! So ist das. Ich könnte Ihnen helfen, wenn Sie mir helfen. Sie könnten sich sogar eine regelrechte Existenz aufbauen. Heute muß doch jeder schauen, wo er bleibt. Ich kriege regelmäßig Waren direkt ins Haus. Und das muß möglichst schnell weg. Beispielsweise muß immer was rüber in eine Pension in Schwabing. Zehn Prozent für Sie vom Reingewinn! Ist das kein Angebot? Es gibt nicht nur die Möhl-Street mit den Silbersteins, auch der Amerikaner in seinem Überfluß läßt gern mal überfließen, am liebsten gegen Weiberfleisch natürlich, und das schafft wieder Zugang zu Dingen, an die man sonst gar nicht rankommt, wie Dollars und beschlagnahmter Bonzenbesitz, unter uns gesagt... Ja, diese Zeit! Die Marken reichen wirklich kaum zum Verhungern. Auf eine ganze Stadt umgelegt, kommt aber ganz schön was zusammen. Und da soll es nicht gewisse Verschiebungen geben? Ich finde es faszinierend im Grunde, wenn man sieht, wie sich die Menschennatur zu helfen weiß, wie sie sich ein zweites System schafft, ein zweites Kreislaufsystem, wenn das erste ausfällt. Also, sind wir uns einig?

Dem Mann auf dem elektrischen Stuhl erschien es als ein Wink des Schicksals. Schwabing! Ohne allzulang zu überlegen, gab er Burhenne zum Zeichen der Zustimmung die Hand.

Es war etwas freundlicher geworden draußen. Die eilfertige Entscheidung, die ihn zum Halbkriminellen machen würde, rekapitulierend, lief Lersch nach der Behandlung in Richtung Friedensengel, die Möhl-Straßen-Region dabei nicht berührend, vielmehr über die parallel verlaufenden Anlagen der Maria-Theresia-Straße, und stellte fest, daß es diesen Engel ironischerweise noch gab.

Lersch mochte das hochgereckte Gold-Kitsch-Monument nie; kurz verweilte er nun beim Ausblick auf die dem Friedensboten zu Füßen liegende Stadt: München, niedergestreckt und verstümmelt. Geschändet und erfüllt zugleich. Hofbräuhaus und Feldherrnhalle. Braunes Haus. Zuccalli, Asam, Cuvilliés. Die Blutordensträger. Die Stadt vor den Toren Italiens … Der Heimtücker der Gemütlichkeit, überschäumend stets und so blutunterlaufen …

Vor dem Studenten in spe, der, gemäß seinen Interessensgebieten, noch schwankte zwischen Literatur, Kunst und Geschichte, legten sich die zwei Seelenachsen des zertöpperten Stadtwesens frei, die ludwigelnde und die maximilianische; kräftiger Einstiegs-Tusch mit dem hohlpathetisch römisierenden Maximilianeum, am unteren Ende die Oper, flankiert von der Palazzo-Pitti-Front der sonst so würdigen Residenz, im rechten Winkel daneben die Feldherrnhalle, hochnotpeinliche Nachahmung der Florentiner Loggia dei Lanzi, diese zugleich das Kugelgelenk zur Ludwig-I-Gegenachse mit dem Triumphbogen des Konstantin als Abschluß, auch nach Niederlage und aller Lädierung ungebrochen in München das »Siegestor« ...

Eine Theaterstadt, eine Spielzeugstadt eben, mit ihren Kulissen und Requisiten, jeder wollte ihr seinen Stempel aufdrücken. Wie stolz hatte der Zeichenlehrer doch erklärt, Adolf Hitler knüpfe gezielt wieder beim ersten Ludwig an mit seinen Plänen für die gedachten Großbauten und Masseninszenierungen am Geburtsplatz der Bewegung. Bayerns Größe und Bedeutung mußte schon immer mehr geglaubt, vorgestellt, ja vorgetäuscht werden, wie im Schlösserreigen des Unvergessenen. Lag der seelische Ursprung nicht schon in der Kurfürstenzeit, als die Bayernherrscher nach der Kaiserkrone griffen auf Deibel komm raus, fragte sich Lersch, der mit Vorliebe in Darstellungen der bayerischen Geschichte schmökerte. Schrieb nicht der Kurfürst Karl Albrecht selber in sein Tagebuch, er hätte die Kaiserkrone aufgesetzt bekommen im fernen Frankfurt, während Maria Theresias Truppen vor dem Isartor standen; so habe er Frankfurt zu seiner Residenz gewählt, in Wahrheit ein Verbannter, der keine Heimat hatte, da das Land vom Feind besetzt war... Bayerns »Kaiser« Karl Albrecht! Lersch kannte den

Wortlaut ganz genau, hatte ihn oft genug nachgelesen, denn die Bekundung schien ihm charakteristisch und ein Schlüssel zu sein.

Die Pension Gößwein, Ziel des Bogenhauser Warentransfers, lag am Schwabinger Elisabethplatz in einem altmodischen Haus mit Oberlicht und Kellergeruch, drei Treppen hoch. Bei Dunkelheit gestaltete sich der Aufstieg ziemlich abenteuerlich, denn es gab keine Beleuchtung; die Glühbirnen im Stiegenhaus wurden regelmäßig geklaut, und der Hausmeister hatte es längst aufgegeben, noch weiter für Ersatz zu sorgen. Als gelernter Luftschutzwart verfolgte er sehr wohl, wer da mit friedensmäßiger Taschenlampe ankam oder eine halbe Schachtel Streichhölzer verbrauchen konnte auf dem Weg in den dritten Stock.

Frau Gößwein vermietete bereits seit dem Tod ihres Mannes, eines Generalarztes, der während des Frankreich-Feldzugs ums Leben kam, allerdings nicht an der Front, sondern bei einem Verkehrsunfall. Nach dem Auszug ihrer beiden erwachsenen Töchter standen Frau Gößwein insgesamt sechs Zimmer für Vermietzwecke zur Verfügung. Das herrschaftlich dimensionierte Eßzimmer vergrößerte sie noch wesentlich, indem sie eine Trennwand durchbrechen ließ. Es diente seitdem als Frühstücksraum, und Frau Gößwein bot jetzt auch einen privaten Mittagstisch für Leute aus der Umgebung. In der natürlichen Frequentiertheit ihrer Wohnung erkannte sie freilich sehr schnell die Tarnungsmöglichkeit für den Vollzug lukrativer Geschäfte und handelte dementsprechend.

Der wohlerzogene junge Mann aus Bogenhausen, der nun die Zulieferung besorgte, gefiel ihr; nur nicht seine, wie sie glaubte, herumschnüffelnde Art, indes Lersch eigentlich bloß etwas von jenem ruchlosen Schwabing aufzuschnappen hoffte, und es kamen nur ganz durchschnittliche Wesen zum Vorschein, Normalverbraucher des Trümmeralltags in Hosenträgern und Schlappen wie allerorten. Lersch erstaunte der Hauch des Proletarischen, und die Pensionsbewohner sahen in ihm das Bübchen aus gutem Hause, welches er vorstellte in seinem Auftreten, seiner Kleidung, ohne sich dessen selber bewußt zu sein.

Gelegentlich eines späteren Warentransfers hatte der Lieferant auf die Chefin zu warten und schlug auf dem verstimmten Klavier im Speiseraum ein paar Akkorde an. Da erschien, stante pede, einer aus der Pension, ein Hüne von Gestalt, und rief durch den Türrahmen herein: Sagen Sie bloß, daß Sie auch orgeln können. Rainer Küppers mein Name. Wir spielen die *Heilige Messe* von Calderon und dazu brauchen wir jemanden, der was auf der Orgel klimpert. Wenn ja, bringt Ihnen das bestimmt mehr ein als Ihr rührender Zwischenhandel. Sie kriegen es bei uns an der Quelle und dazu noch kostenlos. Wir spielen nämlich in Niederbayern, und zwar ausschließlich in Kirchen. Der Pfarrer kündigt uns am

Sonntag immer von der Kanzel an und sagt am Schluß: bring auch jeder was Ordentliches ins Pfarrhaus für die ausgehungerten Stadtleut, die uns das schöne Erlebnis bescheren im Geiste des Herrn. Na, was da alles zusammenkommt, wenn's um die ewige Seligkeit geht... Manchmal haben wir geradezu Transportprobleme.

Er könne zwar ein bescheidenes bißchen Orgel spielen, nicht mehr, erklärte Lersch angesichts der für ihn professionell klingenden Herausforderung.

Reicht bestimmt, entgegnete Küppers. Kunststücke müssen es gar keine sein, es geht mehr um die Stimmung. Also – was hält Sie zurück? Wichtig ist etwas ganz anderes. Ihr Herr Vorgänger, damit Sie auch das wissen, war ein total unzuverlässiger Kerl, entweder er kam zu spät auf den Zug oder hat uns überhaupt sitzen lassen, wenn er betrunken war oder bei einem Weibsbild. Ich mache Ihnen einen Vorschlag: kommen Sie doch heute oder morgen Abend in mein Programm im *Gong-Haus,* das kennen Sie sicher, in der Kanalstraße; es ist ein Vortragsprogramm, und wir können uns anschließend weiter unterhalten. Karten kriegen Sie von mir, sonst kommen Sie nicht rein, es ist immer ausverkauft.

Lersch ging hin. Das Programm hieß *Heiter-Besinnliches von Goethe bis Wilhelm Busch und Morgenstern.* Die Morgensternschen *Galgenlieder* hatte sich Küppers bis zum Schluß aufgehoben, mit ihnen räumte er ab: das Düster-Bedrohliche, durch den

Blitzschlag des Witzes ins Heitere, Lichte gehoben, das verfehlte seine zeitgemäße Wirkung nicht.

Überall in der Stadt gab es jetzt diese kleinen lyrischen Lazaretts. In leerstehenden Kinos, in Turnhallen, Hinterhöfen. Auch das *Café Victoria* in der Thierschstraße, unmittelbar dem Wilhelmsgymnasium gegenüber, bot Vorträge und bunte Abende auf dem kleinen Podium, wo zu besseren Zeiten eine Drei-Mann-Kapelle musizierte. Im Frühjahr 1946 kündigte ein handgeschriebenes Plakat literarische Sonntagsmatineen an: *Lyrik und Lieder der Zeit – Kabarett und Chanson*. Dem Wilhelmsgymnasium gegenüber! Armin Lersch elektrisierte das, zumal er sich etwas Künstlerischeres versprechen durfte als bei der bunt zusammengewürfelten Calderon-Truppe.

Das Publikum saß, wie üblich zur kühleren Jahreszeit, in Mänteln und Handschuhen; einige hatten sogar Decken mitgebracht. Der Ankündigungswortlaut des Plakats war von einem Teil der Besucher offensichtlich mißverstanden worden, sie hatten sich Unterhaltsames erwartet.

Drei Schauspieler und eine Schauspielerin betraten mit Manuskripten das Podium und nahmen an einem Vortragstisch Platz; der Pianist schritt ans Klavier. Der Conférencier der Veranstaltung begrüßte das Publikum und erklärte, man wolle diese erste Matinee vor allem jenen Dichtern und Schriftstellern widmen, deren Werke wegen ihrer Gesinnung in der beschämenden Schauaktion der Bücherverbrennung nach der Machtübernahme den Flammen überantwortet worden seien. Die Matinee könnte auch unter dem Motto stehen: *Im Zeichen des Feuers*... Der gleichermaßen durch die Bücherverbrennung betroffene Dichter Heinrich Heine habe bereits vor hundert Jahren den visionären Satz geprägt: *Wo man Bücher verbrennt, verbrennt man am Ende auch Menschen*...

Es wurden, nach kurzem Präludium durch den Pianisten, Gedichte gesprochen, satirische zumeist, die bereits um 1930, einige 1920 schon, exakt vorhersagten, was dann nach 1933 geschehen war. Die konzentrierte Vorführung dieser Texte, zumal sie von Autoren stammten, deren Namen so gut wie niemandem etwas sagten, wirkte erdrückend und verwirrend. Ein auflockernder zweiter Teil folgte mit Zitaten aus *Deutschland. Ein Wintermärchen* und unpolitischem Heine sowie mit Brecht-Songs aus der *Mutter Courage*: »Das Frühjahr kommt/wach auf du Christ...« Sodann kündigte der Conférencier der Matinee Erich Kästners Gedicht *Wenn wir den Krieg gewonnen hätten* an. Er hob hervor, daß es sich hier um ein Gedicht aus dem Jahre 1930 handle, das also auf den Ersten Weltkrieg gemünzt gewesen sei, auch wenn vieles äußerst aktuell anmuten möge.

Aber sogleich dachte niemand mehr an diesen Hinweis. Zeile um Zeile wurde unweigerlich auf die jüngste Vergangenheit bezogen, als wäre die genannte Jahreszahl ein reiner Irrtum gewesen... *WENN wir den Krieg gewonnen hätten* hieß es da dreimal, viermal; Unmut wurde laut, der Schauspieler hatte Mühe, das Gedicht zu Ende zu bringen, und er sprach es, dem Text gemäß, auf die Schlußzeile zu: ... *Zum Glück gewannen wir ihn nicht* ... Das ging fast schon unter im allgemeinen Tumult. Der Beinamputierte, der neben Lersch am Tisch saß, war aufgesprungen mit seinen zwei Krücken und schrie: Ich protestiere! So was soll man sich sagen lassen, wenn man fünf Jahre an der Front war, und wie viele sind überhaupt nicht wiedergekommen! Ein anderer meinte, ob man hier auf einer Wahlveranstaltung der KPD sei, die sich jetzt bei jeder Gelegenheit mit solchem Zeug hervortue und brüste...

Der Beinamputierte schickte sich an, den Raum zu verlassen, eine Frau aus dem Publikum redete beschwichtigend auf ihn ein und bat ihn zu bleiben. Sie begab sich aufs Podium zu und wartete zunächst, bis es etwas stiller wurde. Sie nannte ihren Namen, sie sei Schauspielerin und Kabarettistin und sänge seit einigen Tagen jeden Abend in einem Kabarett hier ganz in der Nähe ein Chanson, das der gleiche, leider so mißverstandene Autor Erich Kästner für sie geschrieben habe. Aber vielleicht ist jemand von Ihnen schon dort gewesen, sagte sie... Nein? Sie würde jetzt dieses Chanson gern singen. Falls sie es dürfe. Sie wartete wieder geduldig.

Da sich keine Gegenstimme erhob, betrat sie das Podium und stellte den Pianisten vor; er begleite sie auch im Kabarett. Apropos, flocht sie noch ein, bevor sie begann: so wie die Frau, von der die Rede sei in ihrem Chanson, sei auch sie mit Rucksack und Koffer gen Westen getrampt, sie habe zuletzt in Prag noch gedreht, und mit Rucksack und Koffer käme sie jetzt auch jeden Abend auf die Bühne, wenn sie ihr Chanson sänge.

Der Eindruck, daß die Künstlerin von Selbsterlebtem berichtete, verstärkte sich durch die Ich-Form des Textes, den sie im Sprechgesang brachte. Burschikos, ohne eine Spur von Selbstmitleid, lieferte sie ihren Flüchtlingsbericht ab. Als sie sang: ... *und nun heißt's von vorn anfangen, vorwärts marsch, sonst wird's zu spät* ..., krallte sie ihre Hände zu Fäusten zusammen dabei, und mit einer Stimme, halb unterdrückte Heulwut, halb sarkastischer Trotz, brachte sie die Schlußzeilen, es war ein Aufschrei: ... *denn wir hab'n ja den Kopf, denn wir hab'n ja den Kopf noch fest auf dem Hals* ...

Keine Hand regte sich zunächst. Langsam erst löste sich zaghafter Beifall, der schnell anwuchs. Die Sängerin verbeugte sich tief.

Dem Beinamputierten war in der Aufregung der Zigarettendrehapparat heruntergefallen, Lersch machte sich daran, die Tabakreste unter dem Tisch zu bergen. Der Amputierte: ... Danke Kamerad! Du warst doch bestimmt auch draußen gewesen. Sag, hab ich nicht recht? Wenn ich mir diese Herren Zivilisten ansehe ...

Lersch: Wahrscheinlich sind sie auch draußen gewesen, wo und wie sonst.

... Und was heißt – von vorn anfangen, wie soll

ich vor meinem Schraubstock stehen, schau mich doch an! Diese ganze Klugschwätzerei, der pure Hohn, findest du nicht, Kamerad...

Lersch wich aus – es sei für ihn unerklärlich, wie diese Schriftsteller im voraus hätten beschreiben können, was dann später alles passiert sei, buchstäblich wie zum Abhaken...

Sie trotteten dem Ausgang zu.

Lersch war bestrebt, mit dem sich an seinen Krükken mühsam Fortbewegenden wenigstens Gleichschritt zu halten.

Der Amputierte: Und? Ist das alles, was du mir zu sagen hast... Na, dann laß es gut sein ... was bist du für ein Jahrgang?

Sechsundzwanzig.

Halt sehr jung noch... Leb wohl, Kam'rad...!

Sie gingen ohne weitere Formalitäten auseinander. Der Amputierte in seiner Kluft mit den abgetrennten Rangabzeichen und dem lausigen Mantel nach irgendwo im Lehel, Lersch nach dorthin, wo sie in der Idee der Brüsseler Spitzen ihren gesicherten Lebensinhalt hatten. Er hätte ihm diese Welt erklären sollen und vermochte es nicht. Nächtelang noch hörte er das *Kamerad, Kamerad* ... und wurde nicht fertig damit.

Küppers hatte nicht zuviel versprochen: Heiliger Calderon! Die konkrete Erfahrung, begehrteste Nahrungsmittel völlig legal in die Hand zu kriegen, als Salär für gottesfürchtiges Tun gar, ließ Lersch für

Augenblicke wieder ans Vorhandensein einer moralischen Weltordnung glauben, die den Guten belohnt mit Gutem.

Die Züge nach Niederbayern waren stets lebensgefährlich überfüllt, da nur wenige verkehrten. Wer noch einen Wertgegenstand besaß, den er entbehren konnte, trug ihn aufs Land, um ihn gegen Eßbares einzutauschen. In den Städten wucherten ganze Tauschzentralen, ein wahrer Tauschrausch hatte die Menschen erfaßt. In Niederbayern führte der Tauschhandel dazu, daß die Bauern alsbald nur noch zwölfteiliges Silber nahmen oder chinesisches Porzellan. Der Schwachpunkt bei ihnen war allein das Heizmaterial, denn nicht jedem gehörte auch gleich ein Stück Wald. Küppers erzählte auf einer der Zugfahrten von einer Bäuerin, die einer Städterin sagte: Bringen Sie mir ein Paar Wollstrümpfe, und ich gebe Ihnen dafür ein Kilo Butter. Die Städterin besaß zu Hause eine alte gestrickte Wolldecke. Sie zog die vielen Maschen auf und strickte aus der gewonnenen Wolle ein Paar Strümpfe. Damit ging sie aufs Land und holte sich ihr Kilo Butter. Nachdem dieser Handel mehrmals getätigt worden war, behielt die Städterin von ihrer Decke nur noch so viel Wolle, daß sie einen einzigen Strumpf daraus stricken konnte. Auch mit diesem ging sie zur Bäuerin und versuchte ihr Glück. Anstandslos hat sie ein Pfund Butter erhalten. Was machen Sie denn mit dem einen Strumpf, fragt die Städterin. Keine Sorge, sagt die Bäuerin, ich habe alle Strümpfe aufgezogen und zu einer Bettdecke verstrickt. Nun brauche ich genau noch die Wolle von einem Strumpf, damit sie fertig wird...

Wieder einmal einer dieser traumhaften Auftritte. Der Pfarrer hatte die Künstler beim Bauern untergebracht und im Kloster. Wohlausgestattet mit Segnungen aller Art trat die Truppe die Rückreise an. Am Münchner Hauptbahnhof, der bekannt war als Schwarzhandelsplatz, gerieten sie in eine Razzia durch die MP. Stichprobenweise wurden Reisende und Herumstehende gefilzt. Lersch fiel unter sie. Hochgemut verwies er in brüchigem Englisch auf die absolut kunstgebundene Herkunft seines Rucksackinhalts und sprach über die *Heilige Messe* von Calderon. Als Beleg wies er einen Handzettel vor, mit dem die Truppe ihrerseits für die sakralen Aufführungen warb. Den unschuldigen GI, der ihn kontrollierte, versetzte seine Erklärung allerdings derart in Rage, daß er den Deutschen am liebsten verhaftet hätte, er fühlte sich sowohl als Besatzungsmacht wie rein persönlich auf den Arm genommen. Kurzerhand stülpte er die Chesterfields, die der Bauer als Nichtraucher seinem Logiergast geschenkt hatte, und den übrigen Inhalt des Rucksacks in einen Gepäckkarren, notierte sich Namen und Adresse des impertinenten Deutschen und überlegte, wie er mit ihm verfahren solle. Da sich kein Vorgesetzter in der Nähe befand, den er hätte konsultieren können, jagte er ihn unter lautstarken Flüchen davon: go on, crazy German, ... Goddam...!

Küppers, der bei den Stichproben durchgeschlüpft

war, traf am Bahnhofsvorplatz auf den beraubten Kumpel: C'est la vie, mein Junge. Take it easy...

Und was geschieht mit den Sachen, fragte ihn Lersch.

Es soll an Krankenhäuser gehen und so. Heißt es. Vielleicht kannst du dir deinen Orgellohn mal wieder zurückholen, irgendwie und irgendwo. Wie das halt heute so ist.

Sie latschten zusammen die Augustenstraße hinunter nach Schwabing. Ein prall gefüllter Freßsack und ein total erschlaffter. Küppers stöhnte immer wieder unter der Last, rang nach Luft, dann wechselten sie. Der Zwei-Meter-Mann besaß ein zu kleines Herz, was ihm auch den Militärdienst erspart hatte. Im Kriege spielte er an den verschiedensten Bühnen, auch als singender Komödiant. Ein vielseitiges Talent. Seine Rezitation im *Gong-Haus* hatte ihm ausgezeichnete Kritiken eingebracht.

In der Pension verhandelte Küppers sofort mit Frau Gößwein über den Weiterverkauf. Das Schnellverderbliche bot er den Pensionsbewohnern zum direkten Kauf an. Auf ein Pfeifsignal hin, durch die Finger, kamen sie in den Speiseraum; einer, ein richtiger Landser-Typ, den die anderen *Kirkenes* nannten, fragte Küppers, warum steht denn der da herum wie Männeken Piss?

Ist unser Organist, erklärte Küppers, hat Pech gehabt, alles futsch, Razzia am Bahnhof! Und vorher so schön für den lieben Gott gespielt...

Mensch, was spielst auch *fa Gott, spiel doch für*

d' Leut', meinte der Kirkenes, und er meinte es sogar irgendwie gut, aufmunternd.

Küppers brauchte Entspannung nach der Anstrengung der Reise; in das allgemeine Gekicher hinein, als Fangzeile, plazierte er in Frageform sein *Da sagt der Blau zum Grün ...* –? Man klatschte, Zurufe kamen. Also gut, sagte er und ließ ein Fläschchen Obstler am Tische kreisen.

Küppers konnte ausgezeichnet Witze erzählen, er hatte vielerlei Dialekte drauf zwischen Klein-Erna und Andreas Hofer, am besten kamen seine jüdischen Witze an, das Jiddisch-Jüdelnde samt den entsprechenden Gesten lag ihm besonders. Frau Gößwein setzte sich nun auch dazu. Küppers war richtig in Fahrt gekommen.

Mitten hinein in ein neues *Da sagt der Blau zum Grün ...* ertönte durch die offenstehende Speisezimmertür vom Gang aus ein röhrender Schrei: Auf-hören!

Der Rufer trat einen Schritt weit herein in den Raum. Kirkenes erhob sich und ging auf ihn zu: Klappe, Macke! Oder willst du unbedingt Streit?

Der Angesprochene ging gar nicht darauf ein und verließ den Raum unter Geschimpfe: widerliches Kartenspielervolk! Jetzt nehmen sie ihnen auch noch ihre Witze weg ...! Dreckschweine ... Man hörte, wie er die Tür seines Zimmers zuschlug.

Hat halt seine Macke, bemerkte Kirkenes trocken. Die anderen schwiegen. Auch Küppers. Die schöne Stimmung war weg.

Schwabing und Bogenhausen, konstatierte Lersch auf dem Heimweg: zwei höchst asymmetrische Po-Backen mit der Isar als Furche... Spaßeshalber machte er den kleinen Schlenker über die Himmelreich- und Paradiesstraße, die beide ganz nah beieinander liegen; wer sich das wohl so ausgedacht hat, und ob die auch jetzt noch so hießen... Natürlich hießen sie noch so! Paradies und Himmelreich, ausgewiesen durch emaillierte Beschilderung inmitten von Schutt und Scherben... Daß *Himmelreich* von einer alten Ausflugswirtschaft stammte, wußte er. Aber was soll's. Ob der liebe Gott, falls es ihn gibt, wohl Humor hat, oder den bloß von den Menschen verlangt?

Zu Hause lag die Studienzulassung für den Sommer im Kasten. Das lang ersehnte Papier. Ein Freudenbesäufnis war fällig. Da *Cassa blanca* im Beutel, fiel Burhenne aus, man mußte sich anderweitig behelfen. Ein befreundeter Chemiker schleppte Brennkolben und Maische herbei, auch etwas Kakao-Essenz kam mit. Lersch verhängte mit Decken die Waschküchenfenster und dann marschierte die Produktion.

Wie das Tröpfchen für Tröpfchen herüberkam! Gebannt verfolgte der stud. phil. in spe die Alchimistenkünste des Freundes. Der brodelnde Kolben: Macht über die Elemente! Überwältigend erschien es ihm, er tätigte einen ausführlichen Sturztrunk. Darüber kamen sie ins Philosophieren, und der angehende Schöngeist stimmte nach dem dritten Glase ein Lamento an, wozu denn einer wie er überhaupt tauge in solch einer Zeit: Du machst Schnaps, weißt, wie man Schnaps machen kann, und Schnaps regiert die Welt. Ich, ich kann ihn bestenfalls saufen …

Na, so was, entgegnete der Chemiker, du kriegst mir doch keinen Moralischen, sonst nenn ich dich noch *Moralist* … Wir sind gar nicht so weit auseinander, wie du denkst. Ich will dir mal ein Geheimnis verraten. Sozusagen ein Schöpfungsgeheimnis. Im ganzen Weltengebäude, in der Natur wie beim Menschen, sind Verbindungen alles – und alles ist Verbindung, capito? Das ist der springende Punkt. Prost!

Aber du kennst die Formel, und das ist – Herrschafts …, hupp …

… Herrschaftseiten –, sprang der Chemiker grinsend ein …

Halt's Maul! Du bist ja so dumm, Herrschafts … wissen! Was du kannst, ist was wert heut, und was hab ich schon, hupp, – bloß mein garantiert hu … – hu … – humanistisches Knechtswissen, wie der Mensch sein muß, *haha*! Wohin er aufzublicken hat, *hoho*! Was er zu glauben hat, damit er das wird, was er soll – *hi hi hi* …!

Der Chemiker schüttete sich glucksend aus über seinen Kumpanen: Laß uns trinken! Noch im ärmlichsten Lumpen schlummert vielleicht ein Körnchen Gold. Ich schlage dich zum armen Ritter. Prost auf den armen Armin …

Eine Weile glotzte Lersch apathisch vor sich hin.

Schließlich erhob er sich schwankend und schlingerte kommentarlos hinaus in den Kellergang, wo eine Schachtel lag, die Kinder sich präpariert hatten fürs Maikäferfangen. Er nahm sie an sich und holte aus den Sträuchern vorm Haus vier von den Krabblern mit weißem Latz. Bei seiner Rückkehr erklärte er, sie unverzüglich taufen zu müssen als armer Ritter. Mit nichts anderem als dem Schnaps ihrer Erzeugung. Der Braumeister müsse den Taufpaten machen. Knödelnd wie beim Hochamt begann der sturzbesoffene Armin Lersch die sakrilegische Handlung, den ersten der Krabbler benetzend aus seinem Glase: Ich taufe dich im Zeichen von Paradies und Himmelreich auf den Namen *Gott der Ohnmächtige*... Den zweiten nannte er schlicht *Walter,* von wegen Walten höherer Gerechtigkeit, wie er dem Taufgehilfen angab. Aus dem dritten machte er, drei Hakenkreuze schlagend, seinen *Gröfaz,* und zuletzt gab's noch den Maikäfer *Rex*, denn so nennt man ja auch gern Hunde...

Ein putziges Ensemble hatte sich da zusammengefunden. Wenn es gelegentlich etwas herausstank aus den Luftlöchern, sagte Armin der Täufer sich, das kann doch nur wieder der Gröfaz gewesen sein mit seiner Schirmmütze, wer wollte ihm das Gegenteil beweisen. Dann drückte er zur Strafe eine Zeitlang die Luftlöcher zu. So fühlte er sich als Kerkermeister auf Tod und Leben und als Herr seines kleinen Welttheaters zugleich, dessen Figuren er selbst ins Leben gerufen. Schon beim kindlichen Kasperltheaterspiel hatte Lersch immer die Macht des Spielers über die Figuren gereizt und damit über das, was diese zu verkörpern hätten.

Zweiunddreißig waren sie gewesen in der Klasse. Wer ist zurückgekommen davon. Wie viele überhaupt? Täglich die gesprochenen Suchanzeigen im Radio, gelegentlich auch Informationen vom Roten Kreuz über eingetroffene Heimkehrertransporte von irgendwoher, nachträglich natürlich. Deshalb stehen die Frauen an den Rampen mit ihren Pappschildern in der Hand, darauf ein Name, eine Feldpostnummer, ein Photo, in der Hoffnung, es könnte ihnen von den Heimkehrenden jemand etwas sagen über Mann oder Bruder. Der einzige, der etwas über die Klasse wissen könnte, wäre wohl Hammacher, vorausgesetzt, er hätte überlebt, der hochgefährdete Mann.

Hammacher hatte überlebt. Sicher war es der krasse Lehrermangel gegen Kriegsende gewesen, der ihn geschützt hatte. Sogar in seinem alten Junggesellendomizil in der Wagmüllerstraße wohnte er noch, zwei Minuten vom Gymnasium, und auch seine Haushälterin hatte ihm die Treue gehalten, stellte Lersch fest bei seinem ersten Besuch. Zu seinem Erstaunen saßen da vier aus der Klasse im Arbeitszimmer des Professors: der Heymann, der Winkler, der Grunelius und sogar der Heribert Jennuwein, der Hammacher stets für einen Bolschewisten und Vaterlandsverräter gehalten hatte.

Der Professor Hammacher meinte, es sei zu befürchten, daß fast die Hälfte der Klasse gefallen sei. Beim Volkssturm sei es vergleichsweise etwas weniger verhängnisvoll gewesen; um so mehr hätte es eben das letzte an die Außenfront geworfene Aufgebot getroffen.

Von seinen persönlichen Spannungen mit dem Nazidirektor sprach Hammacher nicht. Auch nicht über den Vorfall in der Flakstellung. Wie es im Schuldirektorat zugegangen sein mußte oder im Lehrerzimmer, konnte die Klasse sich ausmalen allein aufgrund der entwürdigenden Kontrollvisiten im Winter, wenn der Rex in seinem dicken Pelzmantel von der Straße hereinkam und herumbrüllte, hier sei wieder vollkommen überheizt, sträflichste Brennstoffverschwendung im Kriege, im Überlebenskampf des deutschen Volkes, so daß Hammacher extra lang lüften ließ, bevor, nach zehn, mit dem Rex zu rechnen war.

Hammacher bemühte sich, möglichst viel von seinen heimgekehrten Schülern zu erfahren, denn er trüge sich, wie er bekanntgab, als Pensionist, der er inzwischen geworden sei, mit der Absicht, das Schicksal einer Schulklasse aufzuzeichnen mit allem Drum und Dran an Zeitumständen. Da fielen nun die Stichworte Flakstellung und Abschlußfeier. Die Perversion der Begriffe, nicht zuletzt die des Humanistischen, durch den eigenen Direktor! ... Habt ihr jemals was von einem Heinrich Heine gehört? Ich habe keine Kenntnis davon, ob sich der Kerl mal überlegt hat, was sich da alles auf seinem Schuldkonto angesammelt hat. Den letzten Anstoß für seine geplante Arbeit habe, erklärte Hammacher, ein Nachkriegserlebnis gegeben, nämlich die Fronleichnamsprozession 1945 durch die zerstörte Münchner Innenstadt; die Gnade und Huld des Herrn herbeigefleht in Gebeten, während die Luft noch voll war von den fanatischen Heil-Rufen der Durchhalter des totalen Kriegs, und die Emigranten, die um ihr Leben rennen mußten über die Grenzen, zurückkommandiert, weil man sie jetzt brauchte... Was besagt das alles, fragte Hammacher: Es besagt doch, daß man, was geschehen ist, überhaupt nicht wahrnehmen will. Und deshalb beschwöre ich euch, schaut euch den Dokumentarfilm *Todesmühlen* an, er ist gedreht worden von Armeekameraleuten, hauptsächlich amerikanischen, in den von der SS am Schluß fluchtartig verlassenen Konzentrationslagern; ferner entdeckte man Eigenmaterial der SS, das diese Kreaturen hergestellt haben als stolzen Beleg oder zur Information ihrer Oberen. Ihr seht, ich habe mich ein wenig damit beschäftigt. Der kurze Film beginnt in Buchenwald, das liegt nur sieben Kilometer entfernt vom Klassiker-Weimar; Buchenwald war eines der Vorschaltlager für die großen Vernichtungslager im Osten, wo die Beseitigung vor allem der Juden im industriellen Ausmaß betrieben worden ist, daher der Name *Todesmühlen*. Ihr werdet die Bilder nicht so schnell loswerden. Sie werden euch die Augen öffnen. Ich glaube nur, daß der Film nicht sehr lange in den Kinos sein wird, denn das will ja niemand sehen! In einigen Städten ist die Besatzung deshalb dazu übergegangen, den Leuten keine neuen Lebensmittelkarten zu geben, wenn sie auf den alten nicht den Stempel vom Besuch des Films vorweisen können. Hitler ist gewollt worden, deshalb hat man bei vielem einfach weggeschaut, und das Furchtbarste konnte im Verborgenen geschehen. Genau so sieht man eben auch jetzt weg. Denkt mal darüber nach, wenn ich euch das nahelegen darf. Hammacher schlug vor, man könnte sich an einem festen Tag im Monat treffen und über Wichtiges reden, falls das auf Interesse stieße. Es stand außer Frage.

Am 22. April, dem ersten vereinbarten Termin, eröffnete die Haushälterin den jungen Herren, daß der Herr Professor inzwischen gestorben sei. Neuerlicher Schlaganfall, Gehirnblutung! Sie trocknete sich die Tränen mit dem Zipfel ihrer Schürze ab. Man müsse schon entschuldigen, aber in den Zeitungen heutzutage gäbe es keinen Platz für Todesanzeigen.

Hammacher tot. Der großartige Mann. Ein Lotse. Sein Tod ging Lersch sehr nahe. Er wollte das Kino alsbald ausfindig machen, in dem das von ihm mit solcher Eindringlichkeit angesprochene Filmdokument zu sehen sei.

Todesmühlen wurde in einem Kino am Sendlinger-Tor-Platz gezeigt, als dritter Bestandteil eines Programms. Es setzte sich zusammen aus der Wochenschau *Welt im Bild,* einem amerikanischen Dokumentarfilm und der knapp halbstündigen KZ-Dokumentation.

Zu Beginn Weimarer Bürger von jetzt im nahegelegenen KZ Buchenwald, die östliche Besatzung hat den Besichtigungsgang verordnet. Dann die Montage des Grauens. Die Massenvernichtungsanlagen. Die Berge verendeter Wesen, nur Haut und Knochen. Die Berge von Brillen. Von Zähnen und Haaren. Ein Lampenfuß aus Menschenknochen in der wohnlichen SS-Baracke...

Lersch saß wie gelähmt. Das Blut stockte ihm in Gehirn und Adern beim Anblick des Unvorstellbaren an menschlicher Bestialität. Während sich der läppische Vorhang schloß vor der Leinwand, drängte sich einer aus den kaum zwanzig Personen im Parkett an den anderen vorbei, zischelnd: das kann es doch gar nicht gegeben haben... Draußen entspann sich ein Disput. Der Zischler fragte Lersch um Feuer. Haben Sie was gewußt von solchen KZs? – Überhaupt nicht. Bei uns im Osten wurde immer geredet davon, Genaueres hat aber niemand gewußt.

Wer verliert und am Boden liegt, kriegt halt noch eins in die Fresse, das war schon immer so, rief ein Spitznäsiger mit Schlapphut im Weggehen.

Wieso – ist doch gefilmt, hielt Lersch ihm entgegen.

Der Spitznäsige kam zurück: Daß ich nicht lache! Noch nie was von Propaganda gehört?

Eine Frau mischte sich ein: Sie sollten sich schämen, so zu reden!

Der Spitznäsige: Geht doch nur darauf, uns jetzt dafür verantwortlich zu machen, alle von uns, Sie auch, liebe Frau. Werden ja sehen!

Er zog frech seinen Hut und verschwand.

Lersch sah auf das zerbombte Sendlinger Tor hin, wo sie bei jedem Anlaß aus den Scharten drei riesige blutrote Hitler-Fahnen herausgehängt hatten, als sollten die sich noch besonders hervortun gegenüber der bis zur Halskrause beflaggten Stadt... Mit vierzehn hatte man den Pimpf Armin Lersch ins Braunhemd des *Jungvolks* gesteckt, mit sechzehn der Aufstieg zur *Hitler-Jugend*. Auf daß der Übergang auch persönliche Züge trage, die Hitler-Postkarte des Zugführers mit Hitler-Kopf und dazu die handschriftliche Losung: Was ist unser Leben, wenn es nicht Deutschland und dem Führer gilt. Der Opferspruch als Gruß zum sechzehnten Geburtstag...

Die Schreckensbilder aus dem *Todesmühlen*-Dokument, unauslöschlich. Der Lampenfuß aus Menschenknochen. Die traulichen SS-Baracken. Der Schornstein –

In den Isaranlagen oben regte sich schon erstes zartes Grün, da und dort gelbes Blütengezweig, und bald würde der Flieder blühen. Auch in Buchenwald müßte jetzt Frühling sein, man hat ja Gärten und Sträucher gepflanzt und Gemüse gezogen, für die Bewacher...

2

Im Sommer 1946 bezog Armin Lersch nach dem allgemeinen Schippdienst seinen Platz an der Münchner Universität, beflügelt vom Gedanken, Aufschluß zu erlangen über die Welt und den Menschen. Was für ein Ansinnen, sollte sich zeigen.

Ein Aushang der provisorischen Selbstverwaltung der Studenten rief zur Versammlung in den Hörsaal 133. Der gehörte zu den wenigen einigermaßen benutzbar gebliebenen innerhalb der Ludwig-Maximiliana. Die Verwaltung hatte ihn behelfsmäßig überdachen lassen. In der Woche zuvor noch konnte man an zwei Stellen den Himmel sehen. Die im Hörsaal 133 zusammenkamen, hofften nur, es möge nicht drei Tage hintereinander regnen, das hielte die notdürftige Deckenverkleidung mit Dachpappe nicht aus; Holz war ja keines vorhanden.

Die Tagesordnung der Studentenversammlung: 1) Diskussion über die Gründung einer studentischen Theatergruppe mit Vorsprechen und 2) Diskussion über die Gründung einer Münchner Studentenzeitung.

Der Versammlungsleiter, ein älteres Kriegssemester, einarmig, schlug dem Auditorium vor, doch gleich in medias res zu gehen und mit dem Vorsprechen zu beginnen, dann würde sich alles weitere von selbst ergeben. Keiner wagte den Anfang. Schließlich brach ein Halbzivilist in Offiziersstiefeln und Breeches den Bann und sprach den Major von Tellheim vor. Als zweites brachte er, den gestiefelten Fuß nachziehend wie einer vom Bau, eine Kostprobe Mephisto. Nun lief es Schlag auf Schlag. Auch Frauen meldeten sich, man hörte die Marion aus Büchners *Danton* und natürlich das Gretchen, ein Verirrter sang vor der Schiefertafel des Hörsaals 133 sogar, ohne jede Begleitung, vom Soldaten am Wolgastrande – aber nur ganz kurz ... Zum Ende siegten die Germanisten mit der Idee, eine Inszenierung von Lenzens *Soldaten* zu machen; man glaubte, in der Marion auch eine Marie für Lenz zu besitzen und wollte die Möglichkeit von Anspielungen auf die Lebensborn-Vorwegnahme durch den Sturm- und Drang-Dichter Jakob Michael Reinhold Lenz nutzen, ein halbes Zeitstück somit.

Als dann der Journalismus aufgerufen war, regte ein Student an, auch hier die Dinge von der praktischen Seite her aufzurollen, also wer hat Erfahrung in Umbruch, Satz und Layout? Niemand meldete sich. Daraufhin sprang der Anreger selbst hilfreich ein; auf entsprechende Fragen erklärte er, bei einer Heeresdruckerei gewesen zu sein, er habe auch Frontberichte geschrieben, jedoch niemals weltanschauliche Schulung gemacht und zuletzt in einem Armeeblatt die Spalte *Worüber der Landser lacht* redigiert, was ihn fast vor ein Feldgericht gebracht hätte, wegen Wehrkraftzersetzung. Ein Fachmann hatte gesprochen. Der einzige Fachmann. Ihn schickte man zu den Amerikanern wegen der benötigten Lizenz. Rahn, der Abgesandte, erhielt auch anstandslos und in Kürze das wichtige Dokument.

Bei der ersten sogenannten Redaktionsversammlung, die auf Wunsch der Studentenvertretung gleichfalls wieder öffentlich stattfand, denn es ging um die Richtlinien für das studentische Sprachrohr gegenüber der Öffentlichkeit, referierte der Lizenzträger: In vier Wochen wollen wir starten. Spätestens in sechs. Wir kommen zweimal im Monat raus. Auflage: 3000. Mehr Papier geben uns die Amis im Augenblick nicht. Sie wollen erst mal was sehen.

Leicht war Einverständnis darüber zu erzielen, daß keiner Tages- oder Wochenzeitung irgendwie Konkurrenz gemacht werden sollte; ein bloßer Studenten-Anzeiger solle es gleichwohl ebensowenig sein. Auch über den Namen einigte man sich rasch: *Münchner Studentische Blätter.* Das klang bescheidener als alles mit *Zeitung* und paßte auch besser zum gedachten handlichen Format.

Schwieriger war, Übereinstimmung für das Aufmacherthema der Startnummer zu finden. Rahn bat die Anwesenden um Vorschläge.

Es blieb lange still. Endlich hob der stud. phil. Lersch seine Hand. Er stand auf, nannte seinen Namen und sagte, es müsse doch wohl etwas sein, auf das man hinsehen, hinhören würde und das inhaltlich mit der Zeit zu tun habe. Wie es denn wäre mit *Deutsch sein heißt, eine Sache um ihrer selbst willen tun* als Titelschlagzeile. Er habe sich den Satz nicht einfach aus den Fingern gesogen, es sei 1943 Aufsatzthema eines Münchner Gymnasiums in der Flakstellung in Berg am Laim gewesen. Alternativvorschlag: *Von Weimar nach Buchenwald.* Untertitel: *Nur sieben Kilometer.* Jetzt, da es erwiesen, bewiesen sei, durch Filmmaterial, wie man wisse, daß Hunderttausende, Millionen vielleicht, in den Konzentrationslagern gefoltert und ermordet, in den Großvernichtungslagern vergast und in Öfen verbrannt worden seien; Weimar und Buchenwald, als aktueller studentischer Beitrag.

Fassungsloses Schweigen erfüllte den Raum.

Nach einigen Augenblicken hob ein anderer die Hand und sagte: Ich bin dagegen. Und zwar schon deshalb, weil das auf eine Anerkennung der höchst umstrittenen Kollektivschuldthese hinausliefe, ihr zumindest Vorschub leisten würde. Und das kann doch wohl nicht die Absicht sein ...

Ein dritter meinte: Mal praktisch gesehen, warum sollen ausgerechnet die Studenten mit so etwas vorpreschen, ausgerechnet die Jüngsten! Wie unsereiner lebt und wovon, wo er Bücher herkriegt und eine Bude, interessiert doch auch niemanden ...

Gelächter. Buhrufe. Beifall zugleich. Ein Student

sagte, er verstünde den Vorschlag von eben schon deshalb nicht, weil der Angeklagte doch nicht auch noch sein eigener Richter sein könne. Wo da die Logik bliebe...

Sehr richtig, rief einer. Buhrufe und Gelächter.

Ein weiterer Sprecher: Ich möchte konkret an das anknüpfen, was der Kommilitone am Anfang angedeutet hat. Wenn ein ganzes Land, bis zuletzt, in Sprechchören seine Treue zum Führer bekannt hat, stünde es doch, wie ich meine, gerade einem Studentenblatt nicht schlecht zu Gesicht, dazu und zu dem, was de facto im deutschen Namen alles geschehen ist, und das betrifft schließlich uns alle, Stellung zu nehmen. Ich selbst bin, nebenbei, noch kurz vor Kriegsende verhaftet worden und wäre um ein Haar erschossen worden wegen versuchter Desertion.

Zunächst betretene Stille. Dann rasche Gegenmeldung aus den hinteren Reihen; die meisten drehten sich nach dorthin um. Der Student, der sich da in Positur gebracht hatte, begann: Nachdem hier doch offen diskutiert werden soll, möchte ich dem Kommilitonen, der sich gerade so dezidiert geäußert hat, ebenso klar antworten. Ich beziehe mich auf das, was er zuletzt angesprochen hat, was seine Person betrifft. Die subjektiven Beweggründe des Kommilitonen mögen, mal unterstellt, sogar honorige gewesen sein, wir kennen die genaueren Umstände ja gar nicht; der Vorgang als solcher aber ist vom damals gültigen Recht absolut gedeckt, das darf doch wohl noch gesagt werden! Auch wenn es hart klingen mag

– ad personam. Wir diskutieren doch. Und wollen uns nichts vormachen. Recht und Gesetz gelten immer so lange, wie sie in Kraft sind. Wo auf der Welt gibt es denn eine Armee, die es sich leisten könnte, ihre Deserteure vielleicht noch mit Orden zu behängen!

Zurufe überkreuzten sich wirr. Mit erhöhter Stimme bat Rahn um Ruhe und Mäßigung, zumal sich jetzt auch der Assistent vom historischen Seminar zu Wort gemeldet hatte. Rahn rief ihn auf.

Der Historiker holte weit aus und legte den Anwesenden nahe, den ganzen ungeheuer diffizilen Fragenkomplex um Schuld und Nichtschuld einem besonneneren, abgeklärteren Augenblick zu überlassen, statt sich hic et nunc zu zerfleischen; einem Augenblick, der es ermögliche, mit Abstand zu urteilen und zu sachlich und fachlich gültigen und gerechten Urteilen vorzustoßen ...

Er erhielt lang anhaltenden, intensiven Beifall.

Rahn faßte zusammen: Die Diskussion habe jedenfalls gezeigt, daß politische Leitartikelei um jeden Preis nicht Sache eines Studentenblatts sein könne. Zumal ja *Nürnberg* noch laufe ...

Lersch empörte vor allem der Zusatz mit Nürnberg, er kam gar nicht mehr zu Wort. Die Versammlung wollte allmählich zum Abschluß gelangen, und es galt, wenigstens Konsens zu erreichen über die Grundposition des Eröffnungsartikels, gleich, wer ihn schriebe und mit welchem Aufhänger, also: Student – heute, und seine Stellung zur Gesellschaft – heute, rekapitulierte Rahn.

Die Meinungen prallten noch einmal hart aufeinander, als es um die Bewertung des Widerstands ging. Der zum Erstaunen der anwesenden Studenten von einer Kommilitonin geäußerte Vorschlag: *Die Studenten der Weißen Rose und die Männer des 20. Juli sollen verpflichtendes Vorbild für alle Zukunft sein,* wurde als zu überspitzt formuliert zurückgewiesen, da es sich ja um eine historische Ausnahmesituation gehandelt habe; sie ignoriere oder beleidige den ehrlichen Frontsoldaten, den gefallenen zumal. So blieb es denn beim *Vermächtnis der Studenten der Weißen Rose* im Sinne von Verpflichtung beim Aufbau einer neuen demokratischen Gesellschaft.

Rahn, der den Auftrag für den Eröffnungsartikel kraft Abstimmungsmehrheit erhielt, machte, als es soweit war, auch davon nur vorsichtigen Gebrauch. Er umschrieb an erster Stelle die Ratlosigkeit der Studierenden gegenüber den – alles andere überdeckenden – Alltagsproblemen und befleißigte sich dabei eines bemüht feuilletonistisch-lockeren Tons.

Das Meeting im Hörsaal 133 hatte sich bis weit in den Abend hingezogen. Auf dem so gut wie unbeleuchteten Universitätshof mußten die Teilnehmer zwischen Schutthaufen und Baubaracken hindurchirren. Zwei Kommilitonen nutzten die Gelegenheit, mit dem unliebsamen Erst-Redner ins Gespräch zu kommen: Für Leute wie dich windiges Bürschlein haben wir bestimmt nicht unseren Kopf hingehalten! Warst sicher nicht mal an der Front. Und jetzt hier das große Wort riskieren …

Einer der beiden trat Lersch blitzschnell mit dem Knie in die Hodengegend; Lersch, auf alles gefaßt, riß seinen Oberkörper zur Seite, wodurch er das Gleichgewicht verlor und stürzte. Als andere Studenten herankamen, die das Rencontre beobachtet hatten, verzogen sich die Angreifer unter höhnischem Gemecker. Man erkundigte sich nach dem Zustand des zu Boden Gegangenen. Eine Platzwunde an der Schläfe war erkennbar, die stark blutete. Eine Gehirnerschütterung hatte es nicht gegeben, jedenfalls keine im medizinischen Sinne. Wohl aber warf der Betroffene noch in der Nacht, um seine Eindrücke zu ordnen und zur Ruhe zu kommen, ein paar kurze Zeilen aufs Papier, von denen er hoffte, Rahn würde sie wenigstens in der gleichfalls geplanten Lyrik-Ecke der *Blätter* veröffentlichen. Rahn tat das auch, nach einigem Hin und Her am Telephon.

Er sagte: Ich frag mich nur, warum du immer mit Gewalt den Helden spielen willst...

Lersch: Großer Quatsch! Vielleicht, wenn du schon so fragst, weil ich eher ein Schwächling war mit der Knarre. Außerdem bin ich Katholik. Darf man doch jetzt wieder sein. Oder nicht.

Rahn: Du erwartest also, daß ein ganzes Volk niederkniet wie ein Ministrant... Außerdem, wer hat schon davon gewußt. Ein paar Eingeweihte, sonst niemand. Und die standen unter Schweigepflicht. Rein redaktionell kommt noch hinzu: Im Titel sprichst du in der Einzahl, vom Zyklopen, und unten vom Volk der Zyklopen. Ein formulierungsmäßiger Widerspruch! Aber Kommilitone, was sagste nu: Ich werd es trotzdem bringen!

Rahn veröffentlichte den Text ziemlich klein, notgedrungen aus *Platzgründen*, betonte er später, hob das Gedicht jedoch durch einen dünnbalkigen Kasten hervor. Eine Anmerkung verwies darauf, daß es sich um die Einsendung eines zwanzigjährigen Erstsemesters handle.

Der Splitter im Auge des Zyklopen

Siehe / den Rauch dort aus den Fabriken / des Todes / aus den Öfen und Gaskammern dort / diesen Rauch / der nicht enden wird / in alle Ewigkeit / treten wir nicht hin vor die Welt / unsere Schuld zu bekennen / in tiefster Scham.
Die einäugigen Ungeheuer entfernten den lästigen Splitter mit beleidigter Geste, auf daß sie blieben das Volk der Zyklopen.

Reaktionen auf die Veröffentlichung blieben aus. Lersch erlebte lediglich, wie ihn der ominöse kriegsgezeichnete ältere Kommilitone, der in allen möglichen Vorlesungen auftauchte, lang anhaltend fixierte auf der Toilette, als sie nebeneinander zu stehen kamen. Er besaß zusammengeflickte Haut an Wangen und Stirn, offenbar nach Brandwunden, war jedoch stets friedensmäßig korrekt gekleidet mit Krawatte, das glatte Haar tief nach der Seite gezogen, wohl um weitere Entstellungen zu überdecken. Auch bei der Diskussion um die *Studentischen Blätter* hatte er nicht gefehlt und gespannt jede Wortmeldung verfolgt, hatte sich selbst aber nicht geäußert. Gelegentlich glaubte Lersch, der in der Reihe hinter ihm saß, an seinem Hals und den Händen das Heraustreten von Adern zu bemerken, wenn bestimmte Dinge gesagt wurden. In der Hegel-Vorlesung saß er immer ganz vorne. Eine irritierende Erscheinung. Nicht wenigen galt er als Inkarnation des abstrakten deutschen Idealismus in seinem Über-alles-hinaus, das er ausstrahlte. Ein gewisses Faszinosum umgab ihn, wenngleich ein negativ-bedrohliches.

Lersch hatte den Zusammengeflickten dann einmal auf der Ludwigstraße gesehen, zusammen mit den zwei Dunkelmännergestalten aus dem Universitätshof, ein letztes Mal in fröhlicher Runde im Hinterzimmer einer Studentenkneipe in der Amalienstraße. Die seien von einer Corporation, sagte der Wirt, und er sagte es nicht ohne Respekt, zumal studentische Verbindungen noch gar nicht wieder zugelassen waren von der Besatzung. Daß eine Verbindung vor allem da sei, um Verbindungen zu schaffen, ließ sich auch 1946 schon deutlich erkennen.

Bei den Theatermachern unter den Studikern hatte man nichts im Sinn mit dem Verbindungswesen, man schlug sich die Köpfe lieber auf originellere Weise ein – das Vorhaben der *Soldaten*-Aufführung bot hinreichenden Anlaß dafür. Die Regie war an

Helmuth Haberkorn gefallen, und zwar einfach deshalb, weil er das kühnste Konzept vortrug: Durchbrechung der Illusion wie bei Thornton Wilder, und das anhand eines Literaturstoffs des Sturm und Drang mit aktuellen Bezügen. Was wollte man mehr! Haberkorn scheuchte das Ensemble damit unbarmherzig herum, endlose Debatten und Streitereien beherrschten die Proben, speziell, was die bewußte Durchbrechung der Illusion anbetraf. Das Unternehmen wäre mit Sicherheit über kurz oder lang aufgeflogen, hätte es Haberkorn nicht verstanden, die Truppe durch sein organisatorisches Talent bei der Stange zu halten. Im feuchten Luftschutzkeller der Uni fingen sie an bei den ersten Proben, er holte sie herauf über leere Hörsäle am Abend auf die Vereinsbühne mit Brauereiausschank in der Türkenstraße; vom Staatsschauspiel bekam er sogar zwei Scheinwerfer geliehen. Die Kunst fängt beim Reißnagel an, schrie er einmal wie Kortner, und *da* widersprach man ihm wahrlich am wenigsten.

Su Eckes, die die Marie spielen sollte, sprach Lersch an, als er sich wieder mal auf den Proben herumdrückte, gewiß nicht aus überbordender Kunsterwartung, das war ihr längst klar. Sie sagte: Ich hab Ihr Gedicht gelesen. Mehrmals sogar. – Gedicht? Ein paar Gedankensplitter sind das gewesen, sonst nichts ... Und? – ... Nicht mit zwei Worten zu sagen ...

Die Frühsommerlichkeit lockte sie in den Englischen Garten: Veterinärstraße, Monopteros. Haberkorn bildete natürlich das Thema und die nervenaufreibende Probiererei, ihr Soldatenflittchen hänge ihr allmählich schon richtig zum Halse heraus, ein echtes Problem, vielleicht müsse man doch jemanden vom Theater holen, aber was für ein Reinfall dann ...

Ihre Rolle macht Ihnen aber im Grunde Spaß, merkt man.

Ja. Weil ich was darstellen kann, was ich gar nicht bin. Sanft bin ich selber...

Drüben schlenderten sie an der Isar entlang in nördlicher Richtung, aufs Stauwehr zu. Ich heiße Susanne, sagte das Mädchen; Sie können mich auch Su nennen, wenn Sie wollen. Für den Herrn müßte ich noch einen hübschen Namen suchen. Einen passenden.

Warum das?

Weil der Herr ein Pöt ist.

Ein was?

Ein Poet halt. Ein Dichter, ein Lyriker. Bei Armin denkt man doch immer an die Schlacht im Teutoburger Wald ...

Da haben Sie wohl recht, das habe ich oft genug zu hören bekommen, sagte Lersch.

Leiden Sie sehr darunter?

Nein. Ich habe mich längst daran gewöhnt, und es gibt wirklich Schlimmeres, was einen treffen kann.

Vom Stauwehr aus schauten sie hinunter auf den künstlichen Wasserfall, sie standen an der Stelle, von der aus oft Sänger und Schauspieler in die zischenden Strudel ihre Partien hineinrezitierten, Lersch hatte sogar mal einen Posaunisten gesehen, der wohl seinen Bruckner übte hier, ein hochmusischer Punkt somit.

Am Stauwehr zweigt rechter Hand der Isarkanal ab, sie nahmen den schmalen Randweg; auf Höhe des Oberföhringer Kirchturms machten sie halt.

Ich habe viel nachgedacht über das Gedicht, auch wenn's keines sein soll, fing Su Eckes an. Ist der Herr Poet nicht ein bißchen zu rigoros mit dem, was er da fordert. Haben wir überhaupt das Recht dazu, in unserem Alter. Wenn ich an meine Eltern denke, zweimal ausgebombt, grundbrave Leute, haben alles zusammmengekratzt, damit ich studieren kann, und jetzt sollen sie auch noch das Büßerkreuz durch die Trümmer schleppen für das, was ganz andere getan haben.

So war das nicht gemeint, erwiderte Lersch.

Klingt aber so!

Ich will Ihnen sagen, was mir in diesem Moment einfällt. Vielleicht hat mich das mit dazu gebracht, das Zyklopen-Ding zu schreiben, ganz unbewußt. In Polen lag unsere Kompanie in einem Nest in der Nähe von Krakau. Da gab es eine Schule, und im Musikzimmer des Schulhauses stand ein Konzert-Bösendorfer mit geschnörkelten Füßen. Ein Bösendorfer-Flügel, *hier*! Ich habe mich rangesetzt und spielte was. Da kam ein Kind hereingelaufen, wahrscheinlich das Hausmeisterkind, angelockt von den Tönen, und in dem Moment, als es die deutsche Uniform sah, rannte es, heulend und schreiend vor

Schreck, hinaus, die Treppe hinunter. Ich werde dieses verängstigte Kindergesicht nie vergessen. Das stand vielleicht mit dahinter, vielleicht... Und Sie wollen also Schauspielerin werden...

Keine Ahnung! Ich nehm halt nebenbei Unterricht.

Bei wem?

Er heißt Friedrich Domin, in der Trogerstraße, ist zweiter Mann an den *Kammerspielen*. Nur seine Stimme gefällt mir nicht. Er singt mir zuviel. Ist nicht ganz billig, das Ganze, hab was von meiner Aussteuer verkauft, die die Alten verlagert haben im Krieg, da sieht man's, es lebe der bürgerliche Zopf...

Auf dem Rückweg erspähten sie auf Höhe der *Kunstmühle Tivoli* ein sonniges Plätzchen im Weidengebüsch am Abhang. Der Firmenname prangte in altmodischen Riesenlettern auf der Seitenwand des Gebäudes am anderen Ufer, und sie überlegten, ob hier das Mehl so unendlich fein gemahlen werde, daß es schon wieder Kunst sei, oder ob hier die Kunst vielmehr zwischen die Räder komme in dieser unsäglichen Zeit...

Die Isar führte viel Wasser; es hatte fast eine Woche geregnet, sie sah aus wie ein gefährlicher, reißender Strom. Man kam gar nicht zur Ruhe, wenn man länger hineinsah.

So wandten sie sich selber zu, beschlossen ihr Du und besiegelten es mit Küssen. Lersch spürte es deutlich, wenn Su die Augen geöffnet hielt dabei. Sie nannte als Grund, sie wolle die aufregende Zitterbewegung auf seinen Lidern beobachten, nicht immer gäbe es dieses schöne leichte Beben, doch oft...

Su Eckes hatte sich in Armin Lersch vernarrt. Die klassische Denkerstirn, trotz beginnender Stirnglatze, die buschigen Nietzsche-Brauen, hatten es ihr angetan. Und sein Aus-der-Reihe-Tanzen. Nur seine gebeugte Haltung beim Gehen konnte sie nicht ausstehen, den angestrengten Blick zu Boden, wenn er über etwas Wichtiges nachdachte oder sprach; da wirke er dann wie ein leidgeprüfter Emeritus, meinte sie, und sie stichelte ihn gern damit.

Apropos: Kommst du morgen mit in die Existenz-Philosophie, sagte Su. Wenn, dann sei bitte pünktlich, wird bestimmt wieder zum Umfallen voll!

Sie trafen sich dort. Existenz-Philosophie: das klang irgendwie kühn, elitär und anrüchig zugleich. Katheder-Gurus traten als Priester vor die Gemeinde, man war vereint im schwarzen Kult des *Nihil*. Nicht mit dem bloßen Nihil hatte man es zu tun, vielmehr mit dem *nichtenden* Nichts, und wie dieses Nichts be-greifen können in seiner spezifischen Entität... Die *ins Dasein Geworfenen* hingen an den Lippen des Gurus, der beim Deuten oftmals die Augen schloß, um zum Seher zu werden, und Weihrauch stieg auf. Lersch verfolgte die Verabreichung dieser Begriffs-Opiate längere Zeit, ohne etwas in die Hand zu kriegen über die Welträtsel à la mode. Daß das verzweifelte Ringen um sprachlichen Ausdruck letztlich aus dem Zwang herrührte, das Unbenennbare benennbar zu machen, das da über die Menschen gekommen, vermochte der zwanzigjährige Student freilich noch nicht zu erfassen.

In der Uni-Mensa, bei der von den Schweden gestifteten Studentenspeisung, hatte ihm Hans, ein befreundeter Theologe, der auch bei den Existentialisten nippte, einen Zeitungsaufsatz über den Tisch geschoben, der durch endloses Falten schon im Begriff war, in Teile auseinanderzufallen: Es handelte sich um einen Artikel aus der Nr. 1 der Zeitschrift *Der Ruf* mit dem Titel *Das junge Europa formt sein Gesicht*. Ein gewisser Alfred Andersch schrieb da über ein europäisches Wiedererwachen, dessen Träger junge, unbekannte Menschen seien, aber auch namhafte Schriftsteller, Philosophen, Geistliche und Politiker aller Länder, vereint in der Vision eines sozialistischen Humanismus. Lersch hatte sich die wichtigsten Sätze des Artikels sogar abgeschrieben und die darin zitierten Namen, zu denen auch Jean-Paul Sartre, Albert Camus, Simone de Beauvoir und der italienische Dichter Ignazio Silone gehörten. *Sozialistischer Humanismus!* Das war ein Wort.

Armin Lersch, der einen wunderschönen Sommer mit Su verbracht hatte, versuchte, auch ihr diese politische Gedankenrichtung nahezubringen. Sie wehrte ihn ab; die Politik in ihrem Theaterverein Marke Haberkorn reiche ihr vollauf. Seit Silvester sahen sie sich nur sporadisch. Su hatte mehrere

Prüfungen gleichzeitig und dazu noch die unglückselige Theaterspielerei.

Fasching 1947. – Für den Rosenmontag bräuchten wir Sie doppelt, sagte Frau Gößwein. Sie können doch Klavier spielen, nicht wahr, wir sind jetzt wieder eine richtige Künstlerpension, oder zumindest fast. Jedenfalls feiern wir, unser Fest heißt: *Schwabinger Walpurgisnacht.* Auch die Vorräte sind komplett verbraucht. Wo ist meine Liste –? Hoffentlich kriegen Sie alles …

Es klang rundum phantastisch. Nur daß Susanne auch noch am Rosenmontag Probe haben mußte, idiotische Theaterei! Bei Burhenne gab es inzwischen Alkoholica, Zigaretten, Kaffee, stets im Hause, auch ungebrannten, wie ihn Frau Gößwein verlangte. Das Geräucherte wollte er beschaffen; nur beim Rindertalg mußte er passen.

Die stattliche Warenmenge, die da zusammengekommen war, schaffte der Grenzgänger zwischen den Hemisphären in einem großen Koffer, samt etwas Gerümpel, um einen Umzug vorzutäuschen, auf geliehenem Leiterwagen nach Schwabing. Das Februar-Glatteis ließ eine einzige Gletscherpartie daraus werden.

Die Pension hatte sich in eine Lasterhöhle verwandelt. Frau Wirtin, von der man wußte, daß sie sich ein halbes Regiment potenter Krieger als Streicheleinheit hielt, öffnete in einem wallenden Nachthemd, Betörendes auf der Haut, ein Tiroler Hütchen krönte sie, offenbar sollte damit auf den bekannten Satz von der Almenkeuschheit verwiesen werden. Durchs ausgeräumte Eßzimmer, das jetzt wie ein Saal wirkte, war eine Wäscheleine gespannt mit allerlei weiblichen Dessous, aufreizenden und solchen aus Großmütterzeit. Das schuf Stimmung schon beim Eintritt.

Diesmal konnte der Lieferant sich wie ein Hausierer aus dem Fürstenhause Thurn und Taxis fühlen, als er den Koffer auf den wackeligen Küchentisch hob und die Schlösser aufschnappen ließ. Frau Gößwein visitierte flugs die angekommenen Waren, entnahm das Trink- und Rauchbare, verstaute den grünen Kaffee in der Küche und notierte die Entnahme mit den gewohnten Tarnkürzeln in ein schon etwas schmuddelig gewordenes Wachstuchheft. Der Lieferant schloß den Koffer ab, und Frau Gößwein schob ihn kurzerhand unter ihr hochbeiniges Bett im Schlafzimmer, welchselbes sie ihrerseits verschloß: Verrechnung, bitte, wenn alles vorbei ist.

Gut, daß du da bist, höchste Zeit, brummte Küppers, als clownesker Mephisto nervös durch den Gang hastend, er war kalkweiß geschminkt mit zwei Diagonalstreifen in Schwarz von der Stirn zum Hals und von Ohr zu Ohr, dazu kam eine kurze schwarze Kappe: jeder Zoll ein Dämon. Küppers fungierte als Regisseur des kleinen Programms, das man für die Gäste machen wollte, und es mußte wenigstens eine kurze Verständigung stattfinden; mit schallender Stimme rief er zur *Generalprobe* heraus.

Wie geblendet von so viel geballtem Schwabingertum, das sich da auf Stichwort in den Speiseraum ergoß, zog der Student vom anderen Ufer seinen zerrissenen Strohhut tiefer ins Gesicht; er war als Strolch gekommen. Welche Inkorporation des Bizarren, des Ausschweifendsten in diesen Gestalten! Bei einer früheren Lieferung war Lersch lediglich einmal in eine der gefürchteten Oscar-Wilde-Rezitationen geraten, die der Dandy aus dem vordersten Zimmer nach dem schalen Sonntagsfrühstück in der stets gewärmten Pensionsküche abzuhalten pflegte; mit ausladenden Gesten deklamierte er aus einem Insel- oder Reclam-Bändchen, ein Revolutionsprediger narzißtischer Amoral. In der Pension hieß er bald nur noch der *Wilde Oscar.* Er gab sich als Modeschöpfer aus, er habe die Tschechowa angezogen und sei mit Käutner befreundet, indes man munkelte, er sei schlicht Kostümschneider bei der UFA gewesen. Klaus Pielke, so der bürgerliche Name, lebte in der Pension zusammen mit einem holländischen Tänzer, der im Kriege zuletzt noch in der Münchner *Bonbonnière* engagiert war und jetzt oft bei der amerikanischen Truppenbetreuung tingelte. Der Holländer konnte singen wie tanzen, war Artist, Entertainer, Parodist, kurz, ein Multitalent, und dazu war er noch bei allen beliebt im Hause kraft seines gewinnenden Wesens – ein höchst merkwürdiger Bund, diese beiden, und wohl nie rätselhafter denn in diesem Moment, als Pielke, gefolgt von dem kaum mittelgroßen Tom mit seinen lustig blinzelnden Äuglein, primadonnenhaft seinen Einzug hielt auf der Probe. Pielke hatte sich toll herausgeputzt, trug, wie auch Tom, ein schwarzes Tänzertrikot, dazu goldfarbene Schühchen, und beeindruckte alle durch seinen wolkenkratzerhaft hochschießenden, röhrenhaften Zylinder, ein Gebilde, mit schimmernder Fallschirmseide besetzt; an diesen Überzylinder hatte er kleine Glöckchen genäht, die bei jeder Kopfbewegung eine Art Schellengeläut von sich gaben.

Sofort traten die Spannungen hervor, die zwischen dem primus inter pares und den andern bestanden. Das *Sie,* das Pielke als einziger in der Pension pflegte und das er sich auch für diesen Abend noch einmal nachdrücklich ausbedungen, erzeugte eine zusätzliche Vereisung. Er bestand darauf, im Programm als erster dranzukommen, das heißt: bevor die Leute in ihren Vollräuschen nicht mehr verstünden, was er ihnen zu sagen hätte ...

Pielke deutete seinen Auftritt an, den Platz und die Länge. Tom legte dem Pianisten die Noten von *In the mood* hin: vielleicht brauchen wir auch noch *Ich steh im Regen ...*, kannst du bestimmt auswendig. Dann kam Sonja ans Klavier, eine Mondäne mit schönen Schenkeln, sie wollte den *Tango Jalousie* tanzen. Man ging alles kurz durch, informierte auch den Beleuchter; der hatte zwar nur ein paarmal das Licht auszumachen, mußte aber schließlich wissen, wann. Das war's denn auch schon. Der Regisseur entließ seine Künstler und überreichte dem Musiker-Kollegen noch ein handgeschriebenes Notenblatt ohne

Text und Titel für seinen eigenen Auftritt: vom Verbotensten im Tausendjährigen, ließ er ihn wissen. Haben wir immer gesungen, wenn wir allein waren. Text und Musik: Jude und Kommunist, toller geht's nimmer! Du mußt das Ganze nur nach B transponieren, ist kinderleicht, immer dasselbe, acht Strophen...

Frau Gößwein illuminierte unterdessen das Treppenhaus; zehn Kerzen opferte sie, es sah aus wie in Versailles. Schon rückten die ersten Gäste an. Alle brachten Sitzkissen mit, wie erbeten; ein Pärchen erschien gleich mit einer ganzen Matratze, was entsprechendes Hallo auslöste. Auch für die Getränke mußte jeder selbst sorgen; Frau Gößwein gedachte nur zusätzlich Hochprozentiges zu verkaufen, zu entsprechenden Preisen.

Der Ball-Saal füllte sich schlechthin beängstigend. Es mußten wohl doppelt soviel Menschen gekommen sein als man erwartete. Die Hautnähe erhitzte Leiber und Seelen. Der junge Mann am Klavier glaubte am Nabel des Universums zu sitzen, als er nach dem Zeichen von Küppers auf dem verstimmten Instrument mit den drei toten Tasten den Anfangs-Tusch spielte mit einem lang ausgehaltenen, Silentium erheischenden Tremolo, woraufhin der Beleuchter auf halbes Licht ging: Pielke schritt herein, hinter ihm Tom mit einer Miene, die offenließ, was er von der literarischen Erkrankung seines Beschützers hielt, doch schlug er graziös auf einer exotischen Handtrommel kleine Akzente. Es wurde ganz still.

Pielke verharrte, die vor ihm Stehenden streng ins Visier nehmend, bis man den Eindruck hatte, in einer Kirche zu sein, und genau das wollte er haben. Er trat einen halben Schritt vor und hob gravitätisch die Linke, um noch die letzten Gedanken der Schweiger zum Schweigen zu bringen. Und dann begann er mit süffisantester Natürlichkeit zu sprechen: Mein Name ist Melmoth. Se-ba-stian Mel-moth. Doch in Wirklichkeit heiße ich: *Oscar Wilde!*

Tom unterstrich das mit einer Art Wirbel auf seinem Trömmelchen. Nun kam Pielke, die Linke gemessen wieder zurückführend, zur Sache. Er bewegte bei seinem Text den stark geschminkten Mund, wie es Stummfilmmimen gern taten, manchmal bewußt noch im Zeitlupentempo. In dieser Manier verkündete er sein Evangelium wider die erniedrigende Zeit, vier herausgerissene Sätze aus der Vorrede zum *Dorian Gray*:

Der Künstler ist der Schöpfer aller Dinge.

Tom reagierte mit einer knappen Wendung auf seinem Instrument. Pielke machte eine ruckartige Kopfbewegung dazu, die das Schellengeläut in Gang setzte. Sodann führte er eine Stabmaske mit ausgeschnittenen Augen- und Mundteilen, die Tom ihm reichte, vors Gesicht und deklamierte:

Kunst offenbaren, den Künstler verbergen, ist das Ziel der Kunst.

Tom sekundierte. Pielke ließ die Handmaske wieder herabgleiten und verfiel in einen kreischenden Sprechgesang, Wort für Wort zerquetschend und zelebrierend zugleich.

Wer in schönen Dingen einen häßlichen Sinn entdeckt, ist verderbt, aber noch nicht liebenswürdig verderbt, was ein Fehler ist. Wer in schönen Dingen den schönen SINN *entdeckt, hat Kultur. Aus ihm kann noch etwas werden.*

Sachte sich steigernd wie ein Trommler im Varieté vor dem dreifachen Salto, trieb Tom die Spannung aufs höchste: Pielke lüftete seinen Zylinder, ganz langsam, und was kam da zum Vorschein? Eine Art Paradiesvogel, aus Stoffresten geformt, mit gespreizten Flügeln à la Kaiser Wilhelm, auf seiner Stirnglatze festgeklebt. Er deckte ihn wieder ab mit feierlicher Gebärde. Die Drastik der Selbstentblößung verblüffte die Zuschauenden. Noch einmal Schellengerassel und zum Beschlusse eine Geste bodenloser Verachtung; die meisten hielten es für einen bloßen Clownseffekt: Pielke verzerrte seine Gesichtszüge, weiter und weiter auseinander, bis sie zur Fratze geworden, dann ließ er die Grimasse mit einem Schlag zusammenschnellen wie ein überdehntes Gummiband. Begeistertes Klatschen!

Pielke nahm ungerührt die Ovationen entgegen, machte eine Handbewegung zu Tom hin, dieser sprang nach der Mitte, und zu den Boogie-Woogie-Rhythmen, die der Pianist dem Klavier mit den drei toten Tasten zu entreißen versuchte, entwickelte er seine Interpretation des Glenn-Millerschen *In the mood,* indem er auf die Melodie pantomimisch die ausgelassensten Verrenkungen der Jazzmusiker vorführte, aber zugleich das jeweilige Instrument noch stimmlich treffsicher imitierte. Schließlich ging er in einen klickernden Steptanz über und sang die letzten Zeilen des Schlagers in parodiertem Slang: *Step, step, step. Step like a stepper. We're muggin' and higgin' we're in the mood now* ... Und alles tobte!

Er mußte noch etwas zweites bringen, und so kam es zu der sicherheitshalber vorgesehenen Zugabe. Dafür zog sich Tom vor den Gästen eine lange Unterhose übers Trikot, setzte sich einen Chapeau claque auf und sang unter einem aufgespannten Regenschirm, mit schlotternden Knien, Zarah Leanders Stimmbibber exakt intonierend: *Ich steh im Regen und warte auf dich* ... Nur zwei weitere Zeilen noch, dann jubelte alles wieder drauflos, so umwerfend komisch war ihm das gelungen. Tom verbeugte sich tief und lief zur Seite, dann noch zweimal zurück zur Verbeugung.

Danach hatte es die Tänzerin Sonja nicht leicht, als sie mit ihrer Vamp-Parodie zum *Tango Jalousie* dran war. Sie hatte sich eine große dunkle Sonnenbrille aufgesetzt und posierte zu Beginn rittlings auf einem Stuhl wie Marlene im *Blauen Engel.* Sie brachte ihre Corsage unterm halb offenen Pelzmantel geschickt zur Geltung und warf ihn beim Tanz ganz ab und räkelte ihren Körper, um sich beim lächelnden Abgang wieder kokett in den Pelz zu hüllen. Man spürte solides Handwerk.

In den Beifall hinein präludierte Lersch sodann die Melodie von – *Mackie Messer,* ohne zu wissen noch, was er da spielte, jedenfalls nahm sich die Moritat auf der verstimmten Drahtkommode nicht schlecht aus. Küppers, in seiner Mephisto-Aufmachung, war während der verlängerten Vortakte hereingekommen und nannte pathetisch den Titel; er sang die Moritat ungewöhnlich schnell und ganz aufgeregt, als Report einer brandfrischen Neuigkeit von der Ecke drüben. Die Ungeheuerlichkeiten um Mord und Kindsschändung wurden in der faschingshaften Laune verstanden als Art Nonsenseinlage. Die Herkunft des Liedes war kaum jemandem bekannt. Inzwischen hatten sich Tom und Sonja fürs Finale präpariert. Da Sonja ein Stück größer war als Tom, tauschten sie für den Apachentanz, den sie bringen wollten, einfach die Rollen. Sonja erschien in gestreiften, langen Hosen mit Melone und mimte den Kerl, Tom kam in Damenperücke mit Strapsen und ließ sich bei den entsprechenden Biegungen seines Körpers durch den sinistren Mac mit dem Rücken fast bis zum Boden fallen. Verabredungsgemäß ging das Licht aus. Tom und Sonja produzierten ein Liebesgestöhne, bewegten sich unter gleichzeitiger Steigerung ihres Gestöhnes auseinander, und als der Höhepunkt da war, ging das Licht wieder an und man sah sie links und rechts an ihren Seiten; im Tanzschritt kamen sie wieder aufeinander zu und demaskierten sich bei der Verbeugung. Riesenbeifall! Etwas Anspruchsvolleres hätte die Stimmung jetzt schon nicht mehr vertragen. Man hatte längst das Bedürfnis zu tanzen, und als aus dem Radio die neuesten Rhythmen des amerikanischen Soldatensenders AFN drangen, gerieten an die fünfzig Arme und Beine unwiderstehlich in Bewegung. Ein Sog erfaßte alle, selbst jene, denen die neuartigen Tänze noch fremd waren oder befremdlich – man tanzte, mitgerissen von dem, was um einen geschah.

Inspiration, Körperbegier und Exzentrizität überlagerten sich im Raum. Zwei Gestalten, ihr Geschlecht schwer auszumachen, schienen dem Skizzenbuch Toulouse-Lautrecs entstiegen; etwas am Rande postiert alternde Vestalinnen der göttlichen *Zarah,* die ihre Adorantinnen so schmählich verlassen hatte, eine von ihnen mit Augenmaske zu ihren schwarz und blutrot geschminkten Brustspitzen unter durchsichtiger Hülle, von andern fatalen Fammen umringt. Sehr viel Homophilie, die wiedergewonnene Freiheit schlürfend; Pärchen gestrenger Damen und zu Damen gewordener Nicht-Damen nebeneinander. Ein blutjunges Ding mit Pagenkopf und Asiatinnencharme, das in einem Kostüm aus Packpapier mit Kapuziner-Kordel steckte, gab sich als *unbeschriebenes Blatt* aus und wurde alsbald bekritzelt auf ihrem Kostüm. Männer wie Frauen tollten ihr nach.

Der *Wilde Oscar* trank nicht, tanzte nicht; er hatte sich in den Hintergrund verzogen, ein orientalisches Tuch ausgebreitet, und da hielt er Hof. Er erzählte von all den Großen und Größten aus Babelsberg und Tempelhof; vor allem die Jüngeren lauschten ihm andachtsvoll. Sonja verabschiedete sich mit einem

Dankesbussi für den Pianisten, der ihr ohne richtige Probe bei all ihren abrupten Wechseln im Rhythmus gefolgt sei wie ein Professioneller, und versprach, bald wiederzukommen. – Sie hat einen Ami, ließ Küppers verlauten, keinen hergelaufenen natürlich, er ist Captain, in Deutschland geboren, ein wichtiger Mann: *Theatre Control Officer,* heißt das. Der holt sie oft ab und fährt sie hinaus nach Garmisch in die *Casa Carioca,* ein feudaler Ami-Club, vielleicht will sie da mal tanzen. Ich kenn sie noch vom *Gärtnerplatz,* dem Gauleiterpuff, aber sonst ein prima Kerl.

Jetzt hatte Frau Gößwein ihre Bar aufgemacht: ein Tisch stand schräg übers rechte Eck an der Stirnseite des Ballsaals, und die Marketenderin im Nachthemd lächelte hinter fünf Flaschen teils braunen, teils durchsichtigen Inhalts hervor. Lautstark begrüßte sie ihren ersten Gast. Es war der *Baron*: Monokel zum kahlrasierten Schädel, Menjou-Bärtchen, eine Frackfliege um den nackten Hals. Der Baron wohnte im gleichen Haus. Im Speicher hatte er sich aus einer Notunterkunft mit Waschbecken eine sturmfreie Junggesellenbude mit Komfort gebastelt. An seiner Tür stand *von Jagow.* Der Baron betätigte sich als Kunsthändler mit Spezialisierung auf russische Ikonen, die Frau Gößwein gegen Dollars an Amerikaner verkaufte. Das waren schon die besseren Sachen. Daß es sich durch die Bank um Falsifikate handelte, konnte die Pensionsinhaberin nicht erkennen, und Gefälligkeitsexpertisen ließen sich unschwer beschaffen, wenn man sich auskannte. Das leicht Abgeblätterte und die Wurmstichigkeit gab der Baron bei einem Restaurator in der Kurfürstenstraße in Auftrag. Seine eigenen Kenntnisse in Sachen Ikonen stammten aus Rußland, von dortigen Plünderungen genauer, als er noch der Obersturmführer Karl Kakuske war. In den letzten Kriegstagen wechselte er in die Uniform eines Wehrmachtsfähnrichs, der beim Tieffliegerangriff liegengeblieben war, nachts zerrte er ihn in eine Scheune. Hätte man ihm gesagt, daß zur selben Zeit Himmler als Feldwebel untertauchte, er hätte sich gewiß einen gemeinen Mann gesucht. Die Namensentlehnung lag nahe. Die Kakuskes arbeiteten durch drei Generationen als Verwalter auf einem von-Jagow-Gut in der Altmark. Das Geschlecht derer von Jagow war außerordentlich weit verzweigt und verbreitet wie kaum ein anderes; und Kakuske wußte natürlich, daß die Jagows märkischer Uradel waren, zahlreiche Jagows im Osten gefallen waren und einer mal Berliner Polizeipräsident geworden war, unterm Kaiser, ein ganz scharfer, berüchtigter, von dem es witzige Anekdoten gab, die ließen sich gut erzählen. Papiere und Erkennungsmarken sind vielen verloren gegangen beim Schlußdesaster, und so ließ sich Kakuske im Gefangenenlager, mit schwungvollem Punkt unterschrieben hinter dem kleinen v., seinen Entlassungsschein bei den an deutschem Klein-Adel nicht interessierten Engländern auf *von Jagow* ausstellen, was an der Isar, mangels Beurkundungsmöglichkeit damals, auch zu von-Jagow-Zivilpapieren führte. Kakuskes Ikonenschätze lagerten sicher bei einer Cousine im Voralpenland; ihnen wollte er nahe sein und den Kameraden im bayerischen Auffangrevier.

Zunächst pflegte der kennerische Baron ein Bratkartoffelverhältnis mit einem Fräulein vom Wohnungsamt, das darüber knospenhaft aufblühte; als Weihnachtsgeschenk erhielt er die äußerst seltene, praktisch unerreichbare Ausbaugenehmigung für seinen Speicher ohne zusätzliche Belegungsauflage, ein Vermögen wert unter seinerzeitigen Umständen. Dank dessen bewohnte er mit seinen Stilmöbeln standesgemäß zwei größere Räume, die ineinander gingen, abtrennbar durch einen Vorhang. Auch den Stoff für den Vorhang besorgte ihm Lieselotte noch, bevor sich die Beziehung abkühlte aufgrund anderweitiger Verpflichtungen des Adeligen.

Darf ich bekanntmachen: Baron von Jagow – Gräfin Moritzburg, geborene von Schaffgotsch! Nur mühsam verbarg Leni Gößwein ihre Erregung über die hochblaublütige Begegnung an ihrer Bar. Der Baron verbeugte sich zu einem schlechthin hofreifen Handkuß, als ihm die Rechte der Gräfin entgegenkam. Die Verneigung entlockte der gräflichen Zigeunerin, an der riesige Ohrringe baumelten, ein huldvolles Lächeln und zauberte Grübchen in ihr Gesicht. Der Baron war hingerissen und auf der Stelle verliebt. Eine geborene Schaffgotsch, durchraste es ihn. Schlösser, Wälder, die größten Kohlengruben in Schlesien. Das Mädchen mit den Kohlengrübchen! Leni Gößwein glaubte sich dunkel zu erinnern, daß die Gräfin ihr einmal Schmuck angeboten hatte und Perlen, die der Juwelier zurückwies. Aber das war längst vergessen. Der Baron bat die Gräfin zum Tanz. Noch ist Polen nicht verloren, und wenn! Eine zu besitzen, die einmal ganze Kohlengruben besaß: er strahlte, die Gräfin lächelte, ihre Grübchen kamen wieder. Was für ein bezauberndes Paar! Die Gößwein konnte sich gar nicht sattsehen an den beiden, wie sie sich wiegten im Walzertakt. *Sous les toits de Paris* schepperte es aus dem laut aufgedrehten Radiogerät.

Armin Lersch stand an seinen Klimperkasten gelehnt und hielt Ausschau nach einer Faschingsbraut, die Kreissäge in den Nacken gestemmt. Die zierliche Griechin mit den Stopsellöckchen begann sich ernsthaft herauszukristallisieren, genauer gesagt – ihr nekkisch in ein geschlitztes Kinderbettlaken gehüllter Wespenleib. Diana, Göttin der Jagd, dich will ich erlegen!

Stör ich, sagte ein Pappnasenverschönter und stellte Flasche und Glas auf dem Klavierbord ab. Er nahm das knollige Requisit ab und warf es daneben, es stellte seinen einzigen Tribut dar an die kostümierte Umgebung. Der Pianist erkannte unschwer die Gestalt wieder, die durch ihr Dazwischentreten das Küpperssche Witzeerzählen erstickte seinerzeit in der Pension. Ich habe nichts gegen Heiterkeit, nur etwas gegen die organisierte, gab der Mann unaufgefordert von sich als Grund für seine Verweigerung.

Warum gehen Sie dann überhaupt hierher, fragte Lersch zurück.

Weil ich die Demaskierungen beobachten kann, die der Fasching so bietet; wie die Leute sich verkleiden, sagt immer viel aus. Sie sind Musiker und liefern in die Pension, also Künstler und Kaufmann, nicht wahr.

Weder noch!

Was dann?

Studiker. Und was sind *Sie* von Beruf, wenn man fragen darf?

Ich, ich war mal Maler!

Wieso *war*?

Weil es vorbei ist, bevor es eigentlich angefangen hat. Lassen wir das. Hübsch, wie Sie immer um die Töne rumgespielt haben, die fehlen, man hat sie richtig mitgehört, ja! Aber daß Sie sich mit diesem unerträglichen Küppers zusammengetan haben. Ich hätte ihn keine zwei Stunden ertragen, dieses Schauspielerhirn, diesen Schwätzer! Diesen Rezitator! Eine Welt kann untergehen, und er rezitiert Klassiker. Küppers war nicht draußen im Krieg, natürlich. Ich habe mir eine ganze Nacht Zeit genommen und ihm auseinandergesetzt, auseinanderzusetzen versucht, was da alles vor sich gegangen ist, jahrelang, in Rußland und in Polen, bei der *Ungeziefervertilgung* im Osten, während er hier Theater gespielt hat. Ich weiß, wovon ich rede. Ich war nämlich bei der Wehrmacht einige Zeit Kraftfahrer, das zur Erklärung. Beim Rückzug, da ist die SS mit der Auflösung der KZs und ähnlicher Einrichtungen nicht mehr nachgekommen, da mußte unsere Einheit auf Himmlers Druck Transporthilfe leisten, auch nach den Massenerschießungen von polnischen Geiseln. Einmal hatte ich Kisten mit KZ-Zahngold zu fahren. Sagt Ihnen das was? Zahngold! Und jetzt nehmen sie ihnen auch noch ihre Witze weg! Um das ging es, Sie waren doch auch im Raum damals. Und darum *geht* es. Jedenfalls, der Küppers hat sich alles angehört, unter dauerndem Kopfschütteln, so hat er es wahrscheinlich abgeschüttelt, daß nichts rankommt an ihn auf seiner Insel der Illusion, auf der er immer noch sitzt. Im übrigen fiel es für ihn ja ohnedies unter *Macke,* was ich da gesagt habe. Jawohl, so werde ich geführt hier in der Pension, unter: Macke. Weil ich einen Kopfschuß abgekriegt habe samt Folgen, gelegentlichen, gewissen Folgen. Stammt von dem Kerl mit dem ekelhaften Landserjargon, den die anderen Kirkenes nennen. Ist Ihnen der Maler August Macke ein Begriff?

Der Musiker verneinte.

Ein Gott! Ein Zehntel Macke hätte mir genügt, ein Fünfzigstel. Ich war Schüler von Otto Dix; auch ein großer Mann. Können Sie ebensowenig kennen. War Privatschüler bei ihm, als er am Bodensee gelebt hat, zurückgezogen, er gehörte natürlich zu den Verbotenen im Dritten Reich.

Und Sie malen überhaupt nicht mehr?

Nein. Ich krieg nichts mehr richtig aufs Blatt oder die Leinwand. Genial ausgequetschte Tuben sind nicht mein Fall. Ein Maler und ein Graphiker braucht eine sichere Hand, und da ist jetzt der Knax vor.

Bockholt versuchte die mitgeführte Flasche mit ausgestrecktem Arm vor sich hinzuhalten, sie fing richtiggehend zu schlingern an. Komisch, nicht! Tremor! Zen-tral-nerven-system ... Etwas anderes. Sie schleppen doch alles nur Denkbare an in die Pension. Seit meiner Kopfschußgeschichte brauche ich immer was ... Bestimmtes. Man hat mich damals behandelt damit. Mußte. Mußte sehr lange. Und dann eben der Preis dafür. Können Sie mir da was beschaffen. Ich kriege zuwenig im Moment und brauche es dringend.

Es tue ihm leid, erklärte der Musiker, es sei nicht sein Fach. Er wüßte auch keine Quelle.

Ach Gott, es tut Ihnen leid, erwiderte Bockholt. Sie kommen doch an alles ran, wenn Sie nur wollen. Erzählen Sie mir doch nichts.

Ich glaube, Sie überschätzen meine Kontakte, sagte der Studiker.

Also gut, dann nicht – –.

Mit seiner Flasche in der Hand stieg Bockholt auf den Klavierdrehstuhl, drohte sofort vornüberzukippen, der Pianist stützte ihn gerade noch ab, Bockholt schrie in die wabernde Menge hinein: Olly! Olly! Die Umstehenden erschraken, die anderen amüsierten sich über den Betrunkenen.

Die Olga freilich hörte ihn nicht, denn sie lag unter dem Baron, zu dem sie öfters hinaufging auf Honorarbasis, um sich etwas zu holen ganz für sich selbst wie auch für den gemeinsamen Haushalt mit Bockholt und dessen Bedürfnisse. Der Baron wollte die Olly heute sogar zu einer zweiten Tour haben. Und die Olly wollte den Baron endlich mal fragen, ganz verschmust, war ja Fasching, ob er denn nicht vielleicht einen Doppelgänger habe, mit dem man ihn verwechseln könne. Das heißt, Bockholt war sich seiner Sache ziemlich sicher, er glaubte, den SS-Kakuske wiedererkannt zu haben trotz seiner raffinierten Verwandlung, samt geändertem Namen. Und zwar an seiner Warze am Nacken: Malerauge! Der Olly wollte das Ganze nie recht in den Sinn, auch das nicht, was sie da ewig hörte vom Sondereinsatzkommando Lublin. Jetzt stiegen sie beide erst mal wieder hinab, zur geheimnisumwitterten Gräfin, zum verhinderten Meister des Pinsels.

Im Ballsaal wüstes Gewoge. Der Packpapierpage fiel eben in des Musikanten Hand, er hatte das Wesen buchstäblich gekidnappt, als sie an seinem Klavier vorbeistürmte. Dafür legte er mit seiner Beute gleich zwei verrückte Tänze hintereinander hin. Ganz groggy hielten sie inne. Obgleich atemlos noch, sagte der Page: Ich ernenne dich auf der Stelle zu meinem Ernährer, Herr Kapellmeister, ihr werdet doch ein Stück trockenes Brot im Haus haben. Sie gingen in die Küche, aber die Brottrommel war leer. Da stimmte sie ein kätzisches Jammergeschrei an und schlug sich aufs Bäuchlein – mein Ernährer läßt mich verhungern, diese brotlosen Künstler!

Das geht an die Ehre, sagte der Kapellmeister,

wait a moment! Er holte sich blitzschnell von der Gößwein den Schlüssel zum Schlafzimmer, unter geschäftlichem Vorwand, und breitete vor der Hungrigen die kannibalischen Reichtümer aus: zwei geräucherte Schweinsschenkel lagen da plötzlich vor ihr und erregten einen geradezu sexuellen Appetit. Da sich kein Messer im Schlafzimmer befand, schnipselte er mit einer Nagelschere, die auf Leni Gößweins Frisiertisch lag, Stückchen für Stückchen ab, dabei den entstehenden Verlust sehr wohl kalkulierend.

Weißt du, was das ist, sagte der beschwipste Page und lüftete, während er gierig kaute, das schon ziemlich eingerissene Packpapierkostüm mit den ungezählten Aufschriften, Anschriften, Lippenstiftherzen und Telephonnummern, – na was? Ein Keuschheitsgürtel ist das! Nie gesehen, gell! Mein *zweites* Faschingskostüm, wenn ich dann richtig tanze. Ich kann nämlich Bauchtanzen.

Und was ist, wenn der Schlüssel verlorengeht? Verloren ist das Slüsselin, du mußt immer drinnen sin, warnt schon ein berühmter Minnesänger...

Guck an, spricht einer fließend mittelhochdeutsch im Fasching! Kollega! Um dich weiter aufzuklären, Herr Kapellmeister: raus geht's, aber nicht rein. Klar?

Ist der Schlüsselgewaltige hier?

Nein, zu Hause, mit Grippe!

Man soll ja nichts unversucht lassen im Leben, meinte der Kapellmeister, nahm das leicht rostige

Slüsselin seines Koffers und steckte es probehalber ins Schloß des aus Wehrmachtsleder flüchtig zusammengenähten Gurts. Mit dumpfem Aufschlag fiel er zu Boden. Die beiden starrten sich an, bevor sie in dröhnendes Gewieher ausbrachen.

Wenn es schon so ist, sagte das Mädchen ganz leise, kannst du auch *ab*schließen? Er glaubte nicht recht zu hören und drehte wie in Trance Frau Gößweins Schlafzimmerschlüssel herum. Sie krochen in ihr frischbezogenes Lotterbett und wärmten sich aneinander. Als er über sie kam, flüsterte sie ihm ins Ohr: virgo sum!

Und es geschah – ein Akt des Hingebens ohne Hingabe, ein Wegwerfen vielmehr, wenngleich mit sichtlicher Genugtuung über den erweiterten Zugang zum Leben.

Ich bin die Doris, sagte sie, und wie heißt du? Sie nahm sich eine Zigarette von Frau Gößweins Nachttisch und paffte vor sich hin.

Ohne ihn anzuschauen, sprach sie weiter: Mein Zug hat ein bißchen Verspätung, nicht. Alle Züge mußten rollen für den Sieg! Verstehst, was ich meine?

Er wollte liebkosend zurückkehren an den Ort der verwegenen Tat. Doris stellte ihr Knie hoch wie als Zaun.

Sie legte dem Bettkommilitonen dar, der Schlüsselgewaltige, wie er ihn nenne, sei ein Mensch mit einer kleinen Lederfabrik in Moosach. Der habe gemeint: ein losgelassenes Vollblut wie dich kann man doch nur mit einem Keuschheitsgürtel auf den Fasching gehen lassen. Die Einrichtung sei noch bis vor vierzig Jahren in bestimmten Kreisen verwendet worden, wisse er genau ... Doris weiter: Er holte sogar den Brockhaus raus unter K-e-u ..., um mir das per Jahreszahl zu beweisen, es stimmte. Ich sagte: Lebt jetzt vielleicht wieder auf! Alle Menschen werden prüder ... So haben wir halt herumgeblödelt und so bin ich auf die Idee gekommen mit dem unbeschriebenen Blatt. Fred und ich, wir kennen uns übrigens erst seit ganz kurz, sind also noch im Stande der Unschuld, deshalb! Er ist sehr viel älter als ich, und es hat mich schon sehr belustigt, was der Mann so akkurat in mir gesehen hat. Wäre es nicht komisch gewesen, wenn er mich so erlebt hätte, wie ich tatsächlich noch war, besonders mit dem Gürtel, dachte ich mir! Nun ist es halt anders gekommen, Fasching ist Fasching ... Was ist mit dir, hei?! Sei nicht so ernst, Herr Kapellmeister! Fasching! Mein Held und Befreier! Sie spendete dem Kommilitonen einen flinken fröhlichen Kuß und ging mit ihrer Hand sogar ein wenig spazieren auf seinem Körper zum Dankeschön. Du Pelztier, murmelte sie dabei; gefällt mir, deine Wolle! So muß mal Esau ausgesehen haben ...

Rasch zogen sie wieder all ihre Gürtel und Gewänder über. Der Türschlüssel schlug laut an. Sie mußten durch ein Spalier kichernder Pärchen auf dem Gang beim Rückweg ins Geflute. Besuch mich doch mal beim Schellerer, das Antiquariat in der Amalienstraße, du weißt; da arbeite ich halbtags, manchmal auch ganztags, du mußt nur nach Doris Freitag fragen, kann auch an einem Donnerstag sein – und schon rauschte sie ab zu ihrer Faschings-Clique.

Der Musiker gab der Gößwein den Schlüssel zurück und nahm lebemännisch einen tiefen Schluck Whisky an der Bar, warf sich wieder ins Getümmel, hängte sich schließlich an eine Gruppe von Zaungästen an, die ausgelassen diskutierten: von ihren Häusern mit Terrasse zum Meer schimpfen sie zu uns herüber... Nein, Falckenberg war wirklich kein Nazi! Wenn Falckenberg ein Nazi gewesen sein soll, dann waren wir alle welche.

Und Furtwängler?

Furtwängler? Ich bitt dich!

Und Gründgens vielleicht?

Jeder, der Gründgens kennt, weiß doch, wo *der* stand.

Aber Heinz Rühmann?

Zum Lachen!

War dann wenigstens Hitler ein Nazi?

Nein. Nicht direkt. Oder nur bedingt. Er hat ja von vielem überhaupt nichts gewußt!

Diese Mitarbeiter! Endlich!

Nein! Die taten nur ihre Pflicht.

Aber einen muß es doch gegeben haben...

Klar, mischte sich der Student ein, ich kenn ihn sogar. Es war der PG Hans Müller, Mitgliedsnummer 9 Millionen und sowieso, Schlosser bei Krupp!

Man lachte.

Alles-aufstellen-zum-Roulette! Küppers' Stimme übertönte gerade noch den Lärm, er wiederholte es und gab die Anweisung: Damen mittlerer Ring, Herren äußerer Ring, Blick zueinander. Wo die Leihdamen hinsollten zum Beispiel, hatte der Magister Ludi nicht gesagt – es gab spontan die verschiedensten Lösungen. Der Pianist griff noch einmal in die Tasten, spielte, auftragsgemäß, etwas Marschartiges; wenn die Musik abbrach, hatte jeder einen Partner für den nächsten Tanz. Zweimal wurde das so praktiziert; beim dritten Male machte der Inspizient wieder das Licht aus und stellte im Raum vier Kerzen auf, der Pianist leierte noch weiter, dann drehte man die AFN-Musik aus dem Radio voll auf.

Doris erschien an der Stirnseite des Raumes, dort, wo vorher das Programm abgelaufen, zu ihrer Privatvorstellung. Man hatte sie zunächst gar nicht bemerkt in dem Dreivierteldunkel, als sie, die Bauchkordel lösend, ihr Kostüm abstreifte, plötzlich barbusig dastand. Küppers sah es und grölte marktschreierisch: unser unbeschriebenes Blatt – im Keuschheitsgürtel! Die Meute drängte heran, der Musikus mit, Doris sah ihn und forderte ihn auf, sie offiziell zu entsperren mit seinem Schlüssel. Er kam dem nach. Nur einen winzigen Slip hatte sie jetzt noch an, und sie deutete auf den Kollegen mit einer Varietégebärde: Mein Befreier! Gejohle und Applaus, dem Befreier versetzte es einen Stich, der bis in die Harnröhre ging. Doris begann zum Klatschtakt der Umstehenden zu tanzen, sich immer mehr steigernd, einmal faßte sie ihre schönen Brüste dabei, während ihr Körper schlangenhafte Bewegungen vollführte. Auch die politisierende Gruppe wandte sich gebannt dem Naturereignis zu und stimmte in den Klatschtakt mit ein, man wollte Doris nicht enden lassen. Von der Seite rückten daraufhin Pielke und Tom an, in rosa Trikots gehüllt, mit schwarzem Chapeau claque und eingerollten Regenschirmen: sie waren gleich geschminkt, und im synchron gehaltenen Pendeltakt ihrer Schirme sangen sie in blasiertem Tone einen Quatsch-Text, der gelautet haben konnte: wir sind so schön, wir sind so schön, und das ist wunderschön, das allerschönste aber ist, daß keiner weiß, daß keiner weiß, wer von uns der andere ist ... Es ging unter in dem allgemeinen Durcheinander, Küppers hatte noch den Versuch gemacht, aus Rilkes *Cornet* zu rezitieren, mit haariger Brust und Stahlhelm ...

Der Musikus floh an sein Instrument zurück, und der Hausinspizient stellte bei ihm die Wander-Kerze ab, an der er sich bislang festgehalten: damit dir ein Licht aufgeht, Junge, lallte er. Schön spielsu Klavia! Spielsu auch mal was für mich? Rosemarie, ja? Rosemarie, sag ich dir! Es is mein ganz pasönlicha Wunsch. Mein Befehl! Verstehstu ... Rose-marie, wa meine Braut. Keine Angst, Rosmarie! Spiel, sonst spiel ich. Wo warsdu eijentlich im Krieg. Ich, ich war in Kirkenes, war ich, nie was gehört von, du Milchgesicht, klar, kennst nich ma von der Landkarte, spielsu jetzt oda spielsu nich – –. Der Lallende schüttete sein Bier in das aufgeklappte Klavierinnere. Küppers hatte den Auftritt bemerkt trotz seiner eigenen Blauheit und griff ein: ist ja gut, Kirkenes, Krieg is nich mehr, und du gehst jetzt mal hübsch in die Heia, verstanden. Er schob ihn hinaus auf den Gang.

Kirkenes stand dort einen Moment an die Wand angelehnt, zur Eingangstür zu, als es heftig klingelte: Er werde die Polizei holen, drohte der Hausmeister, dieser Krach, der durchs ganze Haus geht um diese Zeit. Da versetzte ihm Kirkenes mit seiner leeren Bierflasche einen Schlag auf den Kopf, stieß die Türe zu und setzte sich aufs Clo, wo er einschlief.

Leni Gößwein an ihrer Bar hatte von dem Zwischenfall zwar nichts mitbekommen, denn Kirkenes war zufällig allein auf dem Gang gewesen. Ihr Instinkt drängte sie längst, die alkoholisierte Gesellschaft durch die Verabreichung von Kaffee zum Aufbruch zu bringen, jetzt wollte sie's tun. Es befand sich allerdings nur grüner im Haus, denn der kam viel billiger im Einkauf. Eiligst begann sie ihn in der Pfanne zu rösten. Das erzeugte einen beißenden Qualm, der in den Augen brannte. Das Clo sei immer noch besetzt, ließ man wissen, wir haben mit Fäusten dagegengetrommelt, es scheint einer eingeschlafen zu sein. Frau Gößwein ahnte schon, wer. Sie holte ihren größten verfügbaren Eimer hervor und postierte ihn als Erste-Hilfe-Gerät auf dem Balkon. Das Hula-Mädchen, das ihr beim Kaffeemachen helfen wollte, hatte währenddessen Küchenfenster und

Wohnungstür kurz geöffnet, um im Durchzug den Röstqualm zu vertreiben.

Dieser Gruß von oben brachte das Faß zum Überlaufen. Die versammelten Parteien der anderen Stockwerke waren entschlossen, die Schwarzmarktzentrale nun endgültig hochgehen zu lassen. Die Frau des Hausmeisters – er selbst lag mit einer größeren Platzwunde auf dem Sofa – rannte aufs Polizeirevier, berichtete alles, speziell, daß auch immer Amerikaner heraufkämen, das könnten alle im Hause beschwören. Das Revier gab die Meldung an die Ettstraße, das Polizeipräsidium, weiter, und hier setzte man sich pflichtgemäß mit der *Military Police* in Verbindung, die, wie stets in Fällen entsprechenden Verdachts, auf gemeinsamer Razzia bestand.

Das ermüdete Karussell quälte sich über die letzten Runden, Verklammerte trieben es stampfend fort, um nicht unterzugehen, Gestrandete überall, schiffbrüchige Clowns ...

Und wo ist Doris. Doris F. oder der vaginale Existentialismus, wollte Lersch sich vorsagen beim Suchen, kriegte es aber nicht mehr hin in seinem zerfließenden Hirn, jagte nur noch einem Geschmacksphantom nach, ihrem Allerpersönlichsten ... Diese Hitze im Raum ... mal auf den Balkon ... Die frische Luft plötzlich ... der Kübel – –

Immer raus mit der Sprache, sagte ein Älterer, spuck's aus! Er tat es. Am Geländer festgekrallt.

Inzwischen fuhren zwei Wagen vor, Uniformierte erstürmten die Pension, gefolgt vom blessierten

Hausmeister und deutscher Kriminalpolizei. Soldatenstiefel stiegen über Schnapsleichen auf dem Schlachtfeld der Lustbarkeit, schreckten verschlungene Pärchen hoch, der Hausmeister identifizierte Frau Gößwein, in einer Zigarrenschachtel wurden 850 Dollar gefunden, das reichte, und dann – der Koffer unter ihrem Bett. Da er verschlossen war, ging er kurzerhand mit. Lersch sah nur noch Schatten, die ihn wegtrugen. Und Leni Gößwein plötzlich im Mantel! Ein deutscher Kriminaler schaute noch ins Speichergeschoß hinauf, mehr routinemäßig, und läutete. Der Baron öffnete erst beim zweiten Male und nachdem sich die Polizei zu erkennen gegeben durch die Türe hindurch. Da lag Olga, schon regungslos.

Ja, sie ist tot, sagte der Baron, der einen Bademantel trug.

Hier sei ein Mord passiert, bedeutete der Kriminaler den Kollegen im Hausgang unten. Allen voran lief Bockholt hinauf, von dunkler Ahnung getrieben, ein Küchenmesser mit sich führend. Beim Anblick der nackten Toten verließ ihn der Verstand, er ging mit dem Messer auf den Baron los. Der schlug es ihm mit geübtem Griff aus der Hand. Bockholt spuckte dem Gegner ins Gesicht. Als die ganze Polente in den Raum kam und man das Messer sah, sprang Bockholt auf den Tisch unter der Dachluke und schrie: Was wollt ihr denn alle von mir? Er öffnete mit einem Ruck die Dachluke, man versuchte sofort, ihn an den Füßen zu packen, halt,

Polizei, er hatte sich losgemacht und schwang sich mit der verzweifelten Kraft des Hochalkoholisierten hinaus auf das vereiste Dach, Sekunden später ein gellender Aufschrei, der sogar noch von oben vernehmbar war.

Da hat sich einer selbst gerichtet, sagte der Baron zu den Kriminalern. Eifersucht! Krankhafte Eifersucht. Die beiden haben in der Pension zusammengewohnt, unverheiratet natürlich. Ein Mann mit Dachschaden. Kopfschuß. Morphinist und Trinker. Kann einem eigentlich nur leid tun. Ich wollte ihn schon x-mal anzeigen, denn er hat mich laufend bedroht. Vor fünf Minuten kam er herauf, völlig betrunken, bimmelte wie verrückt und stürzte sich erst auf mich, dann auf seine Gefährtin, als er sie bei mir sah. Er warf sie aufs Bett und hat sie gewürgt wie ein Wahnsinniger, ich konnte sie nicht mehr retten. Er lief weg und sagte, er komme gleich wieder. Ich dachte natürlich sofort, mit einer Waffe. Und so ist es geschehen. Deshalb habe ich auch nicht öffnen wollen.

Wir brauchen Sie natürlich noch, Herr Baron, ließ ihn der Oberkriminaler wissen, da gibt es noch diverse Fragen.

Selbstverständlich, stets zu Ihrer Verfügung, sagte der Baron und hätte ihm fast die Hand gegeben. Der Kriminaler verbeugte sich kurz vor dem Baron, mit Blick auf seine herrlichen Möbel.

Die Mordkommission traf ein und tat das Ihre, von Jagow erklärte alles noch einmal, ganz ruhig.

Ein Polizeiarzt nahm sich des schaurig zugerichteten Bockholts an auf der Straße, konnte jedoch nur noch seinen Tod feststellen.

Lersch wußte noch gar nicht, was sich da alles abgespielt hatte, lief blindlings vors Haus, hier trägt man mein Vermögen weg, rief er der Sonja zu, die eben mit ihrem Captain aus Garmisch zurückkam, der Koffer wurde verladen, Frau Gößwein auf den Rücksitz des Jeeps bugsiert. Sonja hatte die Lage sofort erfaßt und versuchte, ihren amerikanischen Freund zum Eingreifen zu bewegen, wurde jedoch scharf zurechtgewiesen. Captain Faller ließ sich nur die Dienstnummer vom Fahrer des amerikanischen Wagens geben. Sonja stellte vor: Unser Musiker, unser Pianist . . .!

Der brabbelte etwas über den späteren Verlauf des Abends vor sich hin, und da er sich erinnerte, daß Sonjas Freund, der auch fließend deutsch sprach, Theaterkontrolloffizier sein sollte, fing er in seiner Beschickertheit an zu erzählen, wie die Besatzungsmacht schon mal auf die *Heilige Messe* des spanischen Dichters Calderon reagiert habe. Der Captain mußte grinsen, obwohl er nicht gerade den Eindruck machte, daß ihm Calderon ein Begriff war.

Lersch wollte noch von Frau Gößwein sprechen, der Captain wehrte sofort ab und sagte nur: Hören Sie, Ihre spanische Story, die kann ich vielleicht brauchen . . ., kommen Sie doch heute gegen Mittag mal zu mir . . .

In der Renatastraße in Nymphenburg, wo sich in

einer beschlagnahmten Villa der Sitz der Presse- und Theater-Kontroll-Offiziere der Besatzung befand, trafen Lersch und die Tänzerin den Theateroffizier im Gespräch mit einem amerikanischen Pressekollegen, der für die Soldatenzeitung *Stars and Stripes* schrieb und Stories aus dem Nachkriegsdeutschland sammelte. Lersch mußte die Razzia-Story noch einmal erzählen, wobei er aus unerfindlichen Gründen aus seinem Calderon-Rucksack einen Koffer machte. Dem Pressemann gefiel die Geschichte sehr und er sagte zu Faller: Du weißt, daß übermorgen Colonel McLean kommt, er hat doch mal in München studiert, ihm könnte man das servieren, *Surprise Party* in einem Theater. Ich sehe da zum Beispiel das Interview mit einem Koffer: Sie, sagte er zu dem Pianisten, Sie erzählen die Story, und zwar hinter dem Vorhang, in Deutsch, und ich, ich übersetze das, was quasi der *Koffer erzählt,* den ich mit dem Mikrophon in der Hand interviewe, Satz für Satz. Als Baustein für eine improvisierte kleine Show.

Dazu bräuchten wir aber unseren beschlagnahmten Pensions-Koffer, sagte Sonja, die blitzartig geschaltet hatte. Und wir könnten doch auch etwas aus unserem Programm bringen, Tom spricht und singt ja perfekt englisch, und er tanzt ausgezeichnet, er ist Holländer und arbeitet viel beim *Special Service!*

Die Amerikaner besprachen sich in einem Nebenraum, es wurde mit dem Hauptquartier in Heidelberg telephoniert und mit Münchner Dienststellen. Es vergingen etwa zwanzig Minuten, dann erklärte der Captain: Well, euer Requisit wird für die Show zu Ehren von Colonel McLean in das Army-Theater in der Schauburg am Elisabethplatz überstellt. Also über die Straße! Wir machen eine Nachtvorstellung, Midnight-Show, etwa dreißig oder vierzig Minuten. Mein Freund March wird das arrangieren.

Lieutenant March fuhr mit den beiden in die verwaiste Pension, wo in der Küche Kriegsrat gehalten wurde. Der Amerikaner engagierte kurzerhand das ganze Künstlervölkchen-Programm, aus Zeit- wie aus Authentizitätsgründen, und baute das *Interview mit einem Koffer* ein in der von ihm entworfenen Form. Über AFN gab er die Einladung zu dieser mitternächtlichen Sondershow für alle Angehörigen der Besatzung durch.

Colonel McLean zeigte sich äußerst angetan von der originellen Aufmerksamkeit am Platze seiner juvenilen Erinnerungen. Den Koffer, der hinter der Bühne herrenlos herumstand, transportierte der Musiker auf seinem Leiterwagen wieder nach Bogenhausen. Den unbeschädigten Schenkel nahm Burhenne mit Abschlag zurück. Den beschnipselten, an dem sich an einer Stelle sogar Abdrücke von Doris' Zähnen befanden, behielt er für sich als verzehrbares Faschingssouvenir. Schwabinger Walpurgisnacht! Rosenmontag siebenundvierzig. Pension Gößwein, drei Treppen …

Am Aschermittwoch stand er beim Schellerer im laden, die Doris im Blute; die Folianten bestaunend, die sich da in den Regalen türmten bis unter die

Decke, manches mit Schweinslederrücken und Golddruck. Tief sog er den eigentümlichen Geruch von vergilbendem Papier und trockenem Staub ein, indes er auf das herbeigerufene Fräulein Freitag wartete, das in einem Hinterraume tätig war. Ihr oblag die Sortierung angekaufter Bibliotheken, und es kam vielerlei zusammen in jenen Tagen, wenngleich die Antiquariate meist nur etwas mehr als den Altpapierpreis bezahlten; Schriftgut, das des Teufels war, wollten die Leute loswerden, doch ebenso solches, das dem Satze huldigte *Edel sei der Mensch*, und so weiter.

Der muntere Pagenkopf des Fräulein Freitag, das alsbald erschien, steckte in einem offenbar geliehenen, übergroßen, grobgestrickten Rollkragenpullover; die überschießenden Ärmelenden hatte sie zu dicken Stulpen aufgeklappt und die Hauptmasse des Wollwerks tief heruntergezogen bis zu den Knien. Armin Lersch befremdete der Anblick außerordentlich. Die demonstrative Wohligkeit, mit der sie den Moosacher Nebenbuhler auf dem Leibe trug, schien ihm geradezu an Prostitution zu grenzen.

Zum Reden blieb nicht viel Zeit. Man wollte sich in der Novalis-Vorlesung treffen, beim *Casanovalis,* sprudelte Doris schnell noch hervor, so heiße er seit neuestem.

Klingt gut für euren braungebrannten Schürzenjäger und läßt tief blicken, mokierte sich Lersch.

Doris: Nichts gegen ihn! Bringt wenigstens etwas Farbe ins triste Gemäuer...

Gemeint war der außerordentliche Professor, der nicht bloß Novalis interpretierte, sondern gelegentlich auch Zeitgemäßes: kühnes Außenseitertum wie eh und je an dieser Stätte, wenn es vorkam.

Ganz Schwabing sprach natürlich von der Pension Gößwein. Für die Amerikaner war Frau Gößwein kein Fall mehr, als sie durch drei nachprüfbare Adressen belegen konnte, daß ihre Dollars vom Ikonen-Verkauf an kunstinteressierte Amerikaner stammten, was ja kein Delikt darstellte. Die paar Stangen Camel konnten da tatsächlich Mitbringsel sein. Allerdings hatte die deutsche Kripo in Bockholts Zimmer seine Morphiumspritzen gefunden, und das brachte die Pensionswirtin zunächst in den Verdacht zusätzlichen Rauschgifthandels. Hatte sich vielleicht auch Rauschgift in dem bei den Amerikanern verbliebenen Koffer befunden? Die Ettstraße rief sofort bei der *Militäry Police* an, bekam aber von einer ziemlich verschlafenen Kaugummi-Stimme die Auskunft, der Armeeangehörige Lieutenant March hätte zu Protokoll gegeben, in dem vor seinen Augen im Special-Service-Theater am Elisabethplatz geöffneten Koffer sei nichts anderes gewesen als angeknabbertes Rauchfleisch.

Angenagt von Menschen oder von Mäusen? Der Amerikaner hängte ein mit der Bemerkung, man hätte wirklich andere Sorgen.

Voll aus dem Schneider war Frau Gößwein erst, als man unter Bockholts Papieren auf einen alten Taschenkalender mit der Telephonnummer eines

Apothekers in Schwabing stieß und von da auf die entscheidenden Hintermänner beim Pharmaziegroßhandel in der Schwanthalerstraße. Mit Rauschgift hatte die Gößwein nun wirklich nichts zu tun, sie kannte das Schicksal Bockholts und die Ursachen seiner Abhängigkeit, sie ließ, was sie sah, einfach stillschweigend geschehen, auch das Techtelmechtel Ollys mit dem Baron. Blieb der florierende Naturalienhandel. Daß Frau Gößwein Burhenne als den Freund ihres gefallenen Mannes nicht ohne weiteres preisgeben würde, war die ganze Hoffnung des Kofferträgers, der das corpus delicti so waghalsig wieder an sich gebracht hatte. Leni Gößwein lenkte bei der Frage nach der Herkunft der Waren in die Richtung jener ab, die in diesem Moment die Gesicherteren waren, und nannte ihre Ausländerquellen, derer sie sich ja stets gleichermaßen bediente, dort besaß man auch längst die nötige Razzia-Erfahrung. Sie selbst kam mit einer unverhältnismäßig hohen Geldstrafe davon, bezahlte dem Lieferanten jedoch prompt alles Behaltene.

Der Kriminalobermeister Heintze von der Mordkommission hatte von Anfang an darauf bestanden, auch die Linie des möglichen Gegenverdachts sofort mitzuverfolgen, zum Beispiel, ob die spitz zugefeilten Fingernägel des Opfers etwa Kratzspuren am Körper des Barons hinterlassen hätten und so weiter; der Baron war ja in der Rosenmontagsnacht in einen Bademantel gehüllt. Bereits am nächsten Tage öffnete jedoch beim Baron niemand mehr, und so tat es schließlich der Hausmeister im Auftrag der Polizei mit einem Dietrich. Seither galt der Baron als verschwunden, beziehungsweise als vorläufig nicht auffindbar.

In der Tat hatte Olly ihrem Beischläfer erhebliche Kratzwunden beigebracht, an den Handrücken einige, die meisten auf der Brust. Bis zum Gesicht war sie nicht gekommen. Kakuske hatte sich auf ihre Schultern gestemmt und mit beiden Daumen auf ihre Kehle gedrückt, als sie zu schreien anfing – im Kampf der sich aufbäumenden Körper den Orgasmus seines Lebens erfahrend.

Die Contenance, die er an den Tag legte vor der Polizei, ließ Kakuske an seine guten Nerven glauben, falls es nicht der pure Selbsterhaltungstrieb gewesen war nach der fatalen Kurzschlußreaktion. Wollte doch gar nicht töten – bloß das Wissen austilgen in ihr; daß sie, während er in ihr war, mit dem Doppelgänger ankam und dabei noch geil an seiner Warze spielte vor seinem Erguß, löste das Verhängnis aus. An seinen Wundmalen jetzt würde man ihn erkennen. Sich selber ans Kreuz schlagen – mit Kakuskes Karl nicht! Ein unwägbares Gefühl zudem bekräftigte ihn in der Auffassung, er flöhe im Grunde nach vorn, flöhe er zum Kameraden Paul Meierhans.

Mit dem Meierhans hatte Kakuske vor den Schlußeinsätzen die bewußten drei Adressen ausgetauscht fürs Wiederfinden, Wiederzusammenkommen. Die Maßnahme sollte sich jetzt bewähren. In sein Felleisen raffte er ein paar der nötigsten Klamotten zusammen, und schon bei der ersten Adresse, Plinganserstraße 84 in Sendling, bequem mit der Straßenbahn erreichbar, war er fündig geworden. *P. Meierhans, 4 x läuten* stand da, und der Paule auch noch zu Hause, als hätte er bloß auf sein Eintreffen gewartet. Kakuske nahm es als gutes Omen.

Meierhans gebot Schweigen auf dem Gang und zog Kakuske rasch in sein Zimmer: Mensch Kaku, alter Junge! Und kaum wiederzuerkennen... Steht dir aber prima! Kahlschädel und französisches Verführerbärtchen, na-na-na!

Kakuske sagte: Ich heiße jetzt auch anders, Paule, damit von vornherein alles klar ist, ich heiße jetzt – von Jagow. Alexander von Jagow, wenn ich bitten darf. Steht auch in meinen Papieren. Man nennt mich meist nur den *Baron* ...

Zu Befehl, Herr Baron! Meierhans nahm militärische Haltung an... Auf so was fliegen die Weiber doch! Von Kopf bis Fuß, wie du jetzt, und dann noch ein Baron, Schockschwerenöter!

Eine hat mir sogar meine ganze Brust zerkratzt, aus Eifersucht, sagte der Kaku. Hast du Wundsalbe im Haus?

Im Ernst? Gehst ja wirklich scharf ran! Wo wohnen der Herr Baron eigentlich?

In Schwabing. In einer Künstlerpension.

Und jetzt auf Durchreise, nicht? Oder hast du etwa Probleme?

Kakuske: Ich habe, Paul. Und zwar: Ich habe allen Grund, mich gemein verpfiffen zu fühlen. Und das von feldgrauer Seite. Sonst wäre ich nicht hier. Partisanenbekämpfung, du weißt ja, Maßnahmen gegen die polnische Bevölkerung... Der Krieg ist eben noch nicht aus.

Von feldgrauer Seite, sagst du. Ganz typisch! Die alten Ressentiments kommen jetzt raus. Was anderes, Kaku, fuhr Meierhans fort: Weißt du, was der Hans im Glück ist.

Ein Märchen!

Nein, sehr viel mehr. Wenn der Herr Baron nicht sogar ein ausgesprochener Glückspilz sind. Einer im Gold. Also, zunächst mal, Kaku, zwei Tage hier auf Bude; möglichst auch zum Pinkeln nur, wenn keiner im Bau ist. Und am Samstag, jetzt halt dich fest, ist unser erstes Kameradschaftstreffen für Frühentlassene. Ich nehm dich einfach mit, weil du Rat brauchst und Beistand. Soll ja ein Kameradschaftskreis sein oder werden. Treffpunkt: im Haus des *Wehrmachts*-Obersten Kerschbaum in Rottach-Egern. Zeit: Zwölf Uhr. Absolute Unauffälligkeit. Keiner kennt keinen, falls bekannte Gesichter auftauchen sollten. Rein praktische Vorsichtsmaßnahme. Klar?

3

Pünktlich fanden sich zehn Mann im Hause Kerschbaum zur Mittagsstunde ein, nicht achtend der zeitbedingten Beschwerlichkeiten des Anwegs und der Kältegrade, die freilich nur Zivilisten verschreckte. Ein Klacks gegen Rußland.

Die im weitläufigen Obersten-Hause zwangseinquartierten Flüchtlinge und Ausgebombten hielten sich angesichts der Besucherschaft noch scheuer zurück denn je. Kerschbaum hatte zwei Tische zusammenrücken lassen in seinem Wohnzimmer, und eine Vollbusige im Berchtesgadener Janker teilte Geschirr aus. Man erwarte noch General Weylandt, erklärte der Hausherr. Der General, aufgrund seiner Zuckerkrankheit vorzeitig aus dem automatischen Arrest entlassen, traf auch alsbald ein; tollkühn war er auf der vereisten Straße von Bad Wiessee herübergeradelt.

Herr General! rief der der Tür zunächst Sitzende aus, als er Weylandt im Vorraum bemerkte. Man sprang zwar keineswegs auf; doch in der Art, wie man sich erhob, Blick zum Eintretenden, lag alle fraglose Unverbrüchlichkeit.

Der General entbot den Anwesenden seinen Gruß.

Man setzte sich gesäßsynchron.

Die Vollbusige stellte zwei Schüsseln auf den Tisch: So, meine Herren!

Meierhans spielte Ordonnanz und legte dem General casinogerecht vor. Die anderen bedienten sich selbst. Es gab Pellkartoffeln mit Quark. Die Zehntschaft saß, wie die Jünger beim Abendmahl saßen.

Nachdem gegessen war, klopfte General Weylandt mit seinem Ehering ans Dünnbierglas.

Kameraden! Meine Herren Zivilisten! (Gesundes Gelächter.) Lassen Sie mich unser Zusammensein beginnen mit der Wahl des Mannes, der an der Spitze unseres Kameradschaftskreises stehen soll. In meinen Augen kann es da niemand anderen geben als den, der uns nicht nur durch seine Tapferkeit vor dem Feind stets besonderes Vorbild war, sondern auch als Kommandeur seiner Verbände, als Mensch, als Kamerad. Wolfgang Schinagl, Träger höchster Auszeichnungen, mehrfach verwundet – er kann noch nicht in unserer Mitte sein. Man hält ihn im Lager eingesperrt, wie so viele andere Kameraden. Das soll uns jedoch nicht daran hindern, ihm die Führung unseres Kreises heute *ehrenhalber* zu übertragen. Für die Zeit bis zum Ablauf seiner Internierung wäre ich allenfalls, so es gewünscht ist, bereit, in diesem Sinne kommissarisch, sozusagen, für ihn tätig zu sein, das heißt, soweit Sie in mir einen *Kommissar* sehen können ... (Knappes Gelächter.) Wer mit meinem Vorschlag einverstanden ist, hebe als Zeichen der Zustimmung die Hand.

Geschlossene Zustimmung.

Wolfgang Schinagl, Kameraden, ist nicht der einzige, der wie ein Krimineller behandelt wird. Ob der jetzige Sieger geruht, auch die Waffen-SS als kämpfende, soldatische Einheit anzuerkennen oder nicht, davon hängt unsere persönliche Ehre nicht ab. Wahrlich nicht! Die Diffamierung unseres ganzen Volkes ist ja durchsichtig genug. Und vielleicht wird sogar einmal aus *diesem* Kreise der Mann hervorgehen, der die Geschichte der Waffen-SS schreibt. Sachsen und Thüringen einfach hergeschenkt, Stalin ist also über Nacht zum Biedermann geworden. Wie die Kinder! Und jetzt, noch keine zwei Jahre nach Kriegsende, das beginnende Erwachen! In den sogenannten Kriegsverbrecherprozessen – als ob Kriege jemals mit Glacéhandschuhen geführt worden wären ...! – selbst bei diesen Veranstaltungen einer angemaßten Pseudo-Justiz ist inzwischen doch schon eine ganz andere Tonart zu vernehmen.

Aber bleiben wir beim Handfesten, Kameraden. Da ist von einem Unternehmen zu sprechen, und es *kann* jetzt darüber gesprochen werden, weil die Dinge alle unter Dach und Fach sind.

Sie wissen, daß der Chef von *Fremde Heere Ost,* General Gehlen, nicht gerade unser Freund war. Hauptsächlich aus Rivalitätsgründen gegenüber unserem eigenen Nachrichtendienst. Was uns mit ihm verbindet, ist aber viel stärker: keinerlei Beziehungen zum 20. Juli und ähnlichen Schweinereien, wie der feine Abwehrherr Canaris etwa. Obwohl Gehlen mehr wußte als jeder andere, er stand als deutscher General zu seinem Eid, wie wir es auch taten.

Gehlen ist, müssen wir neidlos anerkennen, ein taktischer Coup ersten Ranges gelungen. Ein Husarenstück, bei Licht betrachtet. Gehlen hat kurz vor Kriegsende sein gesamtes Nachrichtenmaterial, alle Arbeitsunterlagen, Karteien zweifach vervielfältigen und dann verlagern und vergraben lassen. Unsere Leute bekamen davon natürlich Wind und wollten wissen, wohin es mit der heißen Ware geht. Sie wurde jeweils am Wendelstein, im Allgäu und im Hunsrück versenkt. Gehlens Archiv kam nach Berchtesgaden. Der General selbst, der seinen letzten Sitz bekanntlich in Reichenhall hatte, verschwand in den Bergen. Mit einem Kern seines Stabes sowie drei Stabshelferinnen – ... lachen Sie nicht, es war ein hartes Brot ...! – bezog die Gehlen-Gruppe Quartier an drei schwer zugänglichen Punkten, einmal in der Nähe von Reit im Winkl, ferner auf der Wildmoosalm im Wilden Kaiser sowie auf der Elendsalm am Spitzingsee. Man wechselte sicherheitshalber auch an einen schlechthin unzugänglichen Punkt in noch viel höherer Region, verbrachte den Tag im Freien, bis die Stabshelferinnen gegen Abend ein Bettuch auf die Leine hängten, zum Zeichen, daß die Luft rein sei, Sie sehen, die Damen haben also wirklich geholfen. Mit ihren Bettüchern ... Einer der engsten Mitarbeiter Gehlens war im Zivilberuf Forstmeister gewesen, der organisierte alles und sorgte auch für den nötigen Nachschub. Gehlen stellte sich dann nach einigen Wochen den Amerikanern, wurde nach drüben geholt und arbeitet heute wieder in Richtung Osten, nachdem den Amis ein wenig die Augen aufgegangen sind. So gut wie nahtlose Überführung also! Und wo sind wohl unsere Peenemünder abgeblieben, die kurz vor dem entscheidenden Abschuß standen, werden Sie fragen. Die haben ihr gesamtes Material in den Harz geschafft und sich nach Bayern abgesetzt. Was dieser Bauch nicht alles aufgenommen hat! Und wo die Peenemünder heute sind? Nicht inmitten unserer Ruinen. Und wo wohl? So was sickert doch durch! Tja, ich habe mir sagen lassen, das Rad der Geschichte bliebe nicht stehen. Es drehe sich sogar bei Nacht weiter... (Gelächter.)

Soviel, meine Herren Kameraden, zur äußeren Lage.

Eine wahrlich schizophrene Situation: Aus vierzehn Ländern, von Estland bis zur Ukraine, von Frankreich bis Norwegen kamen sie zu uns, Freiwillige aus diesen Ländern, und reihten sich ein. Menschen, beseelt, durchdrungen von der nordisch-abendländischen Idee. Opferbereite Menschen. Die junge Elite eines blut- und rassebewußten Europa, das es zu schaffen galt. Wann wird man das nur erkennen. Man *wird* es erkennen. Dieses Erbgut verfliegt nicht im Wind. Es wirkt weiter. Es ruft zur Tat. Was allein Hunderttausenden deutscher Frauen angetan wurde durch die bolschewistische Hunnenarmee! Es wird verschwiegen, weil es verschwiegen werden muß. Aber ich prophezeie Ihnen: kein Politiker in diesem Lande, der Erfolg haben will, wird ohne dieses durch die Geschichte und so viel frisches Blut geprägte Feindbild auskommen, darauf können Sie Gift nehmen.

General Weylandt entrollte ein Kartenblatt, das zwei andere an den Enden festhielten. Unsere derzeitigen Kontaktschwerpunkte, erläuterte er, mit einem Bleistift bestimmte Strecken abfahrend, unsere Kontaktschwerpunkte liegen augenblicklich isar- und loisachaufwärts, die Weißach eingeschlossen; zwischen Höllriegelskreuth und Kreuth, das sich ja noch bis zu allerletzt so heldenhaft verteidigt hat.

Dabei richtete sich der General wieder auf: auch das gehört ja dazu – man hat uns als blinde, fanatische Befehlsempfängernaturen hingestellt. Dabei hat es den Fall *Charkow* gegeben, und vielleicht wäre manches anders verlaufen, hätte sich der Führer entschlossen, wie von unserer Seite mehrfach an ihn herangetragen, mit der Alpenfestung Ernst zu machen. Hier, in diesem Umfeld, wäre eine ganz andere Heimat-Motivierung zustande gekommen für den Gegenschlag als in dem dekadenten Berlin, von der Kaukasus-Erfahrung der deutschen Einheiten ganz abgesehen! Von hier aus und vom Norden her, von Schleswig-Holstein, die große Zange!

General Weylandt endete mit einem ausführlichen Dankeswort an die Adresse des Gastgebers.

Der gemütliche Teil schloß sich an, und die Herren entspannten sich bei Schach und Skat; Oberst

Kerschbaum, angesichts der zurrenden Februar-Kälte jetzt in wärmende Pantoffeln gehüllt, ließ in einer abgeblätterten Emailkanne heißen Ersatzkaffee servieren.

Was für ein Männlichkeitspotential – unwürdig außer Gefecht gesetzt. Den Brachliegenden freilich war anzusehen, wie sie die erzwungene Bürgerlichkeit mit Ironie hinnahmen, es schwang noch mit beim Rücken der Schachfiguren, beim Dreschen des Skats. Der smarte Obersturmbannführer Frickhäuser ging modisch bewußt voran als Eichenlaubträger in Zivil; auf seiner folkloristisch umgearbeiteten Offiziersjacke trug er links und rechts ein großes Eichenblatt aufgesteppt in leuchtendem Grün um die schmalen Griffschlitze.

Endlich konnte Meierhans den Kaku dem Dr. Ekkehart Wormbs vorstellen. Er ist studierter Jurist, erläuterte Meierhans, war mehrere Jahre Schriftleiter beim *Schwarzen Korps,* bis er dann SS-Richter geworden ist im Osten. Genau der richtige Mann für dich, Karl!

Dr. Wormbs nahm mit beichtstuhlhafter Gelassenheit auf, was Kakuske ihm zu berichten hatte über sein Mißgeschick in der Rosenmontagsnacht im Gefühl des Erkannt- oder schon Denunziertseins und über die Einsatzaufgaben von 1943, als sich die entkommenen Bewaffneten aus dem Warschauer Ghetto mit dem polnischen Untergrund vereinigt hatten zu Partisanenverbänden und allerschärfstes Durchgreifen angesagt war, auch gegenüber der unterschlupfgewährenden Zivilbevölkerung, also Erschießungsmaßnahmen zur Abschreckung, und so weiter. Nur den *Baron,* den behielt Kakuske bei sich. Aus Scham und aus Stolz.

Dem Wormbs war schon nach den ersten Sätzen klar, er mußte den Mann da erst mal richtig zur Sau machen, um ihn aufbauen zu können.

Er sagte: Nu hör mir mal gut zu, Kamerad ... wie war der Name? – Kakuske. – ... Kamerad Kakuske. Da hat also einer von uns, einer von unsere Leut, wie die Jidden sagen, den schwer bewachten Duce rausgeholt mit einem Fieseler Storch und nach Wien gebracht, hat den Verräter Horthy aus Ungarn geholt. Und *du* willst die gleiche Uniform getragen haben, oder hast. Mensch! Blamiert einer die ganze Innung noch im nachhinein. Durchdrehen, und lieferst dich selbst ans Messer, indem du abhaust! Wo hast du bloß deinen Grips. Die Frau kann nicht mehr reden. Und dein Feind da ist tot. Du meinst, er hätte dich reingelegt – eine Kopfschußtype, ein Morphinist, wie du selber sagst. Was gäbe jemand auf so ein Gewäsch. Bist du wirklich so ahnungslos? Fürs Militärische wären allein die Amerikaner zuständig. Und für die Zivilsache: Die Richter sind doch noch die gleichen wie früher. Wer sagt denn, daß man es dir nicht *gerichtet* hätte bei dem sofort erkennbaren politischen Hintergrund. Ein Mörder, der sich dann selber ... Genau das! Wo leben wir denn. Abgesehen davon: Für die Sachen in Polen, wo gibt es da überhaupt Beweise. Hat dich vielleicht einer photographiert beim Erschießungsbefehl oder bei der Ausführung... Ja? Nein? Na also! Wieviel Tage ist dein Durchdreher jetzt her?

Vier Tage. Es war in der Nacht vom Rosenmontag zum Faschingsdienstag.

Allerallerhöchste Zeit, daß du zurückfährst! Oder noch besser, du legst dich morgen früh bei Sonnenaufgang, es soll ja schön bleiben, auf dem Wallberg in den Schnee bis Sonnenuntergang und rufst dann sofort die Polizei in München an von einer Kneipe aus, du hättest dringend verreisen müssen aus privaten Gründen und stündest selbstverständlich sofort zur Verfügung, falls man dich bräuchte. Wenn ja, zurück – marsch – marsch, du siehst ja blendend aus, ein richtiges Mannsbild, und dann auch noch ein kompletter Tag Sonne auf der Haut, das strahlt doch was aus, ist ein Argument, das überzeugt, in Hollywood nennt man so was *Sexappeal*. Noch etwas: für den nächsten Rosenmontag, Kamerad Kakuske, ein originelleres Nervenkostüm, wenn ich bitten darf! Alles klar?

Alles klar, Kamerad Dr. Wormbs...

Wenn *Wormbs* dir das rät, Karl, sagte Meierhans anschließend – einen klügeren Kopf haben wir nicht! Jetzt die Vorbereitungen für morgen, Kaku. Ich werde das hier in die Hand nehmen...

Kakuske bekam ein Nachtlager im Keller, auf Lattenrosten, wie sie sonst zum Lagern von Obst verwendet werden, und Meierhans organisierte für ihn zwei Decken – der Kamerad hätte etwas an der

Lunge und würde sich gern morgen ein bißchen kurieren an der herrlichen Schneeluft, lautete seine Erklärung. Ja, er besorgte dem Kaku sogar voll schneefähiges Schuhwerk aus des Obersten Privatbesitz, leihweise, und ohne solches wäre die ganze Aktion Wallberg schlicht ins Wasser gefallen.

Die Zehntschaft zog ab. Keiner im Hause konnte Kakuske genau sagen, wann Sonnenaufgang sei. Das wirkte sich auf seinen Schlaf aus. Er wälzte sich auf dem harten Lattenrost, Traumzeug molestierte, er sah sich als Lohengrin, in seiner Lieblingsoper, nie sollst du mich befragen, und die Gräfin, die er ansingt, lächelt ihm in einem fort zu mit ihren Grübchen, und er kriegt sein Schwert nicht hoch, der Chor der Schwäne schnattert, schwarze Schwäne, sein Chor, der einzige SS-Chor, den es gab und den man die germanischen Don-Kosaken nannte – Kakuske fuhr empor und sah auf die Uhr: Schon fünf. Gottverdammt. Lieber zu früh als zu spät! Er machte sich auf. Legte die Decken fein säuberlich zusammen, Knick auf Knick, überprüfte es nochmals. In Socken schlich er nach oben und zog sich erst dort die geliehenen Stiefel des Obersten an, um niemanden zu stören.

Wie aber herauskommen, wenn die Haustür verschlossen! Leichte Panik erfaßte ihn. Mehrfach drückte er die Klinke lautstark nieder hintereinander.

Kerschbaum kam angeschlürft: Was machen denn *Sie* noch hier?

Herr Oberst haben mir gütigst Obdach gewährt im Keller.

Ich?? Nu aber raus hier!

Bitte melden zu dürfen: Die Tür ist verschlossen, Herr Oberst.

Was dachten denn *Sie?!*

Kerschbaum ging zurück ins Zimmer, kam mit seinem Schlüsselbund: Einen aus dem Schlaf reißen im eigenen Haus. Eine Unverfrorenheit! Mit mürrischer Handbewegung entließ er das Überbleibsel des ansonsten so erquicklichen Treffens.

Das Obersten-Leder am Fuße beschwingte Kakuskes Anmarsch. Er zählte die Schritte im knirschenden Schnee bis hundert, die Reste von Schläfrigkeit zu vertreiben. Noch leuchtete der fahle Mond dem einsamen Wanderer. Bei Sonnenaufgang ging nichts auf, es wurde bloß heller. Eintöniges Grau. Lastend auf Weiß. Und so blieb es. Gipfelwärts weiter! Kein innerer Schweinehund. Kein Blick auf die Uhr.

Mittags zeigte die spröde Geliebte sich. Dem Himmelskörper ganz nahe zu sein, entblößte Kakuske sich bis zum Gürtel, lagerte sich glückselig auf einer Felsplatte.

Narretei! Kaum ein Viertelstündchen! Ein Schneesturm fegte heran, die Landschaft mehr und mehr in Finsternis tauchend. Schon fallen die Flokken so dicht, daß kaum ein paar Meter noch Sicht ist. Schnee fällt und fällt, in wütenden Wirbeln.

Im Laufe des Spätnachmittags erst hat es sich ausgeschneit. Am Berge war nichts mehr erkennbar, kein Weg und kein Steg. Wie der Abstieg, wie? Und es begann schon zu dunkeln. Fortbewegung nur möglich noch von Baum zu Baum…, immer im Kreise… Bis um sechs der Wind das Abendgebetsläuten vom Ort unten herauftrug durch die freie Luft – herrgottnochmal, dem nach!

Vollkommen aufgelöst langte der Wallbergsteiger im Tale an. Seine Knie schlotterten, als er festen Boden wieder unter den Füßen spürte, wollte sich schon niederwerfen, um ihr Gezitter zu stoppen: Gerettet! Eine Kirche hätte Kakuske gewiß nicht betreten, eine versteckte Gnadenkapelle sehr wohl. Verstehe das alles ein Mensch…! Die geliehenen Stiefel stellte Kakuske vor des Obersten Haustür ab, er fand dort auch sein eigenes Schuhwerk wieder. Die siegreiche Rückkehr nach München vermasselt. Als Bleichgesicht – wohin… Einziger Fluchtpunkt die Cousine im Moor.

Von Tegernsee, via Miesbach und Penzberg, in extrem überfüllten Holzgaser-Bussen, in die sich die Menschen hineinprügelten, von Penzberg im Fußmarsch, erreichte Kakuske kurz vor Mitternacht Iffeldorf, mehr tot als lebendig.

Eleonore wollte erst gar nicht öffnen, sie lag schon zu Bett. Karl hatte dreimal geläutet. Klopfte dann an alle Fensterläden, sich leise meldend dabei. Eleonore hörte das Geflüsterte nicht, nur das Klopfen. Sie hatte solche Angst, daß sie nicht wagte, Licht zu machen. Im Dachgiebelzimmer des eigentlich nur ebenerdigen Kleinsiedlungshauses ging das Fenster auf, eine zerbrochene Stimme fragte, was denn da los sei. Kakuske machte deutlich, er sei ein Verwandter und wolle zu Frau Schall. Hastig warf Eleonore sich etwas über und holte den Cousin ins Haus.

Karl, du! Und ohne Haare. Ausgebüchst aus dem Lager? Was ist los? Klipp und klar!

Kakuske bat, sich wenigstens setzen zu dürfen. Eleonore, sagte er, um es auf den kürzesten Nenner zu bringen – könnte ich vorübergehend bei dir logieren. Du weißt, wie sehr unsere Truppe verleumdet wird jetzt, und das sogar von Leuten, mit denen man einmal zusammen gekämpft hat. Nicht aus den eigenen Reihen. Der Krieg von heute heißt Wehrmacht contra Waffen-SS! Übrigens: Der vor dir steht, heißt jetzt Alexander von Jagow!

Kakuske hatte sich die Scherbe ins Auge geklemmt, blieb vollkommen ernst dabei. Die Cousine beeindruckte das überhaupt nicht. Sie sah ihn nur ratlos an. Von der Existenz des *Barons von Jagow,* fuhr Kakuske fort, respektive von seiner *Erst*existenz, weiß übrigens, Cousine Lore, nur ein einziger Kamerad. Und *du* jetzt natürlich. Wenn man aber das richtige Pech hat, wohnt mit einem im gleichen Haus in Schwabing eine Wehrmachtstype, die einen von weiß der Teufel woher kennt und jetzt hinhängt beim Amerikaner. Jawohl, beim Amerikaner! Das ist die Situation. Ich appelliere an keinerlei Verwandtschaftsgefühle, eher an das, was uns im Grundsätzlichen zusammengeschweißt hat. Auf *diese* Verbundenheit setze ich allerdings.

Also, wie lange, fragte Eleonore.

Ich kann es nicht auf den Tag sagen. Vorübergehend natürlich nur. Fürs erste halt mal, bis sich weiteres findet.

Wie stellst du dir das eigentlich praktisch vor, Karl. Du kennst doch meine beschränkten Verhältnisse. Wo willst du zum Beispiel pennen, ich habe nur meine Kammer.

Irgendwo auf dem Boden. Wirklich das wenigste!

Es wird heißen im Ort: Wer ist das. Warum meldet sich der nicht auf der Gemeinde. Wovon lebt der; ohne Marken!

Kann man nicht sagen – Verwandtenbesuch, und der hat Reisemarken.

Das geht doch auch nicht für ewig, Mensch!

Hör mal, Lore, wir werden das Kind schon irgendwie schaukeln.

Wir ist gut!

Was ist mit dem oben, der aus dem Fenster gekräht hat.

Das sind zwei. Ausgebombtes Ehepaar, um die siebzig. Aus Nürnberg. Harmlos, aber sie kommen in die Küche mittags, und Clo ist bekanntlich auch nur eines im Haus, nämlich hier unten. Also. Den Mund verbinden kann ich ihnen ebensowenig, wenn sie mit anderen zusammenkommen.

Wir werden das schon packen, Lore, da bin ich fest überzeugt. Wo ein Wille, ist auch ein Weg. Ich meine das nicht etwa auf dich persönlich bezogen; nur, was die Umstände betrifft. Noch mal: Ich will dir wirklich in keiner Weise zur Last fallen, in keiner Beziehung. Wie der eine was auf der Bank hat, haben wir ja was im Keller. Nachteil ist nur, es läßt sich nicht davon runterbeißen. Nicht direkt. Apropos: Ich habe, um ganz ehrlich zu sein, seit gestern mittag nicht einen Krumen in den Magen bekommen, und bei dieser Gelegenheit bloß zwei Pellkartoffeln und einen Löffel Quark ...

Eleonore ging in die Küche und schlug zwei Eier in die Pfanne, anderes hatte sie nicht zu bieten. Während sie mit dem Wender die brutzelnden Eier anhob, trat Karl hinter sie und löste ihren Haarknoten auf: hat dich immer so streng gemacht, Lorli. Wo doch jetzt alles vorbei ist ...

Von kaltem Entsetzen getroffen, fuhr sie herum: was soll das heißen – *wo doch jetzt alles vorbei ist,* Karl? Das will ich genau wissen, ganz genau, bevor ich dich auch nur einen Tag unter mein Dach aufnehme, falls ich es überhaupt tue. Du scheinst dich ja mächtig verändert zu haben. Nicht bloß äußerlich! Karl! Karl! Heute ist es zu spät. Ich muß um halb sechs raus. Morgen, wenn ich von der Arbeit zurück bin, das ist um vier, wirst du mir Rede und Antwort stehen. Ich bin außer mir!

Eleonore verließ die Küche und verschwand zornig in ihrer Kammer. Karl zog die Eier vom Feuer, schlang sie gierig hinunter. Teller und Pfanne spülte er beflissen ab, um in gutem Lichte zu erscheinen. Auf dem Fußboden des unwirtlichen Wohnraumes versank er alsbald in Tiefschlaf, die Schafwolltischdecke sich übergetan.

Die Cousine mied den Raum, als sie morgens das

Haus verließ. Karl hörte sie beim Weggehen, sah ihr sogar kurz nach durchs Küchenfenster. Obwohl es noch ziemlich dunkel war, erkannte er, daß sie ihre Haare wieder in die gewohnte Fasson mit Knoten gebracht hatte. Was für ein vergrabschtes Wesen, dieses Cousinchen, meinte er, das spießige Siedlungshaus in Penzberger Bauart, das ihr nolens volens geblieben als letzte Behausung, paßte exzellent zu ihr; auf der anderen Seite blieb sie der prima Kumpel, auf den immer Verlaß war – hätte sie sonst seine Ikonen genommen? Karl fand sie nicht einmal häßlich; nur das richtige Ausschwingenkönnen als Frau fehlte ihr, obwohl sie doch gerade fürs Keulenschwingen bei *Glaube und Schönheit* in ihren Ausbildungsschriften die trefflichsten Worte gefunden hatte. Sollte sie etwa deshalb so sehr Kamerad sein können, weil sie auf jede Betonung ihrer Weiblichkeit verzichtete, um leuchtendes Vorbild sein zu können? Ordentliche Figur, nettes Gesichtchen, Bekken und Busen, alles da, und bestimmt sogar noch was anderes . . .Ihren genauen Dienstgrad in der NS-Frauenschaftsführung kannte er nicht mehr, ein sehr hohes Tier war sie ohne Frage gewesen, es stieg in Karl der Kitzel auf, der hohen Cousine jetzt mal unter die Röcke zu fassen, kein Kerl da, nur er und sie, erste funkenstiebende Reibung hatte es ja bereits gegeben . . . und sie war ihm im Grunde immer ein Rätsel geblieben in ihrer Art.

Eleonore Schall, geborene Fischbeck, stammte aus dem Münchner Kleinbürgertum, arbeitete seit Ende fünfundvierzig beim Mooslechner-Bauern, dem die Politik eh wurscht war, und zwar in der Gärtnerei, die er neben seinem Hof betrieb, was ihr Salat, Eier und Frischmilch als Zulage einbrachte. Im Ort galt sie rundweg als das, was der Bayer unter einer *gschpinnerten Urschel* versteht, eine Bezeichnung, die, wenn man genauer hineinhört, eher gutartig klingt und gewährenlassendes Verständnis einschließt für leicht verschrobene Weibsbilder. Bei den Älteren vergaß man der Schall nicht, daß sie, in München selbst ausgebombt, anno vierundvierzig freiwillig das Ehepaar aus Nürnberg in ihr bisheriges Wochen-end-Retiro aufnahm, obwohl der Kreisleiter in Weilheim sie von einer Belegung freihalten wollte aufgrund ihrer herausragenden parteilichen Stellung.

Zwei Koffer mit Kleidern hatte sie gerettet; dennoch sah man sie überwiegend im selbstgeschneiderten Dirndl. Oft kam sie sogar zur Arbeit in der Mooslechner-Gärtnerei damit, sie trug es als ihr Bekenntnis zu Heimat und Boden, ein Akt von Fanatismus, der an Johannes Heesters erinnern mochte, wie der seinen Frack trug, ungebrochen über die Zeiten hinweg, durchs Inferno der Bombennächte hindurch, dieser Danilo des zweitjüngsten Gerichts!

Vater Fischbeck war Möbelschreiner gewesen, einer, der sich auch aufs Schlossern verstand. Als er die Mutter heiratete, flatterte ein bescheidenes Sümmchen ins Haus, von dem die beiden sich den kleinen Haushaltswarenladen Ecke Ganghofer-Kazmair-Straße im Münchner Westend zulegten. Für überspannten Firlefanz wie Kino, Grammophon, Tanzstunde gar gab Vater Fischbeck nicht einen Pfennig, obwohl die Lore, im Grunde sein Stolz, sich fürs Tanzen ohnehin schon mit dem weit billigeren, wenngleich auch gesellschaftlich zweitrangig beleumundeten Institut der Thea Sämmer im Deutschen Theater in der Schwanthalerstraße bescheiden wollte.

Daß es in Deutschland aufwärts ging seit dem Hitler, bekam selbst der kleine Fischbeck-Laden alsbald zu spüren. Zu Ostern vierunddreißig erklärte Vater Fischbeck stirnrunzelnd, er müsse sein Warensortiment erweitern, ja vielleicht sogar eine zusätzliche Kraft einstellen; hätte man bei ihm bisher meistens Nägel und Schrauben gekauft, würde jetzt auch nach Sektgläsern gefragt und nach Porzellan... Die Kundschaft bildeten bislang hauptsächlich die Handwerker von der Schwanthalerhöh, dem Münchner Glasscherbenviertel im Westen. Ab und zu schaute nun auch eine Madame von den Moll-Blökken herein, wie der von der Baufirma Moll hinter dem Ausstellungspark für ein anspruchsvolles Publikum errichtete Komplex genannt wurde. Die Außenarchitektur da zeigte modernistische Ambition, es gab Lift und teppichbelegte Treppen, und auf den Teppichen dezent gemusterte Schutzbeläge, von Messingstangen mit verzierten Knöpfen gehalten. Manche der hier Wohnenden glänzten gar als Besitzer eines Automobils.

Zu den wenigen konkreten Erinnerungen, die

Karl besaß von gelegentlichen Besuchen her, zählte eine vergilbte Photographie, die im Fischbeck-Wohnzimmer an der Wand hing, eingerahmt unter Glas. Sie zeigte den Großvater Jakob Fischbeck als Souverän auf dem Kutschbock seines Augustinerbräu-Gespanns mit Schnalzpeitsche und gezwirbeltem Schnurrbart. Aufregendes Erlebnis für das Kind Lore, wenn es mit dem Großvater ausfahren durfte, vom Brauereihof in der Landsberger Straße aus; sie bewunderte den Kutschmeister, wie er, seinen breiten Lederschurz um den Bauch, mächtige Greifhandschuhe an, die mit Metallreifen beschlagenen dunklen Holzfässer stemmte und die Eisstangen hineintrug auf der Schulter, nachdem er sie hervorgezaubert mit seiner Hakenstange aus dem Eisladefach unter den Fässern.

Einmal sagte er: Wer in München mit Bier zu tun hat, der weiß, wo Gott wohnt, mein Kind ... Er meinte damit vor allem die gesegneten Hersteller des nationalen Getränks, Klein-Lore hielt aber den Kutsch-Opa seitdem für einen besonders gottesfürchtigen Mann.

Der Kontakt zum Großvater ersetzte dem Kinde bald mehr und mehr den zu den Eltern, speziell jenen zum Vater, der nur verbieten konnte und nochmals verbieten. Die erste gravierende Entfremdung entsprang daraus, daß der Vater die Tochter auf die Handelsschule schicken wollte, damit sie ihn im Geschäft entlaste und es später vielleicht mal übernähme. Lore aber wollte das Abitur und machte es auch. Zur endgültigen Entzweiung kam es durch die Politik. Konrad Fischbeck war alter Sozi. Er konnte zwar mit dem meisten nichts anfangen, was da geredet wurde auf den Versammlungen vor dem Verbot durch die Nazis und später beim Traxler-Wirt in der Holzapfelstraße; das eine aber hatte ihm vom ersten Moment an eingeleuchtet, und darin ließ er sich von niemandem beirren, nämlich, daß die Verbindung von Großkapital und Schwerindustrie mit dem cholerischen Hitler nur ein Verhängnis bringen könne, vor allem für den kleinen Mann, ganz einfach das. Und sein einziges Kind rennt zu denen hin, verbringt jede freie Minute in BDM-Uniform, hängt am Volksempfänger wie eine Hypnotisierte, wenn der Führer und Reichskanzler das Wort ergreift, so wie er vorher die Macht ergriffen, der alles und alle Ergreifende.

Ein normales, auch nur neutrales Gespräch zwischen Vater und Tochter fand längst nicht mehr statt. Die Abiturientin blieb tagelang weg. Schließlich hatte sie eine Bekanntschaft gemacht und war entschlossen, Sportlehrerin zu werden. Im Hundertmeterlauf war sie schon in der Schule kaum zu schlagen; jetzt kamen noch die 100 Meter Hürden dazu und die Bayernmeisterschaft im Weitsprung.

Am 4. August des Jahres 1934 gedachte sie den endgültigen Schlußstrich zu ziehen. Vater und Mutter saßen bei Tische, Lore stellte das Radio an: Eine Übertragung aus Bayreuth kommt! Ich muß das hören!

Man ließ ihr ihren Willen, zumal der Vater bei *Bayreuth* naturgemäß an Musik dachte. Es kam jedoch keine Musik. Eine Radio-Ansager-Stimme meldete sich nach den Fanfaren: Hier ist Bayreuth! Rudolf Bockelmann, der Darsteller des Wotan und des Hans Sachs, spricht zu Ihnen!

Lore ging ganz nah ran an den Volksempfänger, um das, was der angekündigte Künstler aus Bayreuth sagen würde, möglichst gut zu verstehen.

Der gefeierte Wagner-Sänger vermittelte seine Botschaft mit bewegter, erregter Stimme vom ersten Satz an: »In allen Tageszeitungen war vor wenigen Wochen zu lesen, daß Deutschlands Führer und Kanzler Adolf Hitler wie im Vorjahre auch diesmal die augenblicklich stattfindenden Bayreuther Festspiele besucht hat. Für uns, die mitwirkenden Künstler der Festspiele, war dieser hohe Besuch natürlich eine besondere Ehre und Auszeichnung. Wie im Zuschauerraum herrschte auch auf der Bühne eine wahre Festesstimmung, und jeder von uns hat sich in besonderem Maße bemüht, sein Bestes und Letztes zu geben zur Ehre unserer deutschen Kunst, deren höchster Schirmherr Adolf Hitler ist. Aber darüber hinaus brachte uns persönlich seine Anwesenheit noch ein herrliches Erlebnis. Wie im Vorjahre hatten wir auch diesmal die hohe Ehre, gelegentlich einer Einladung im Hause Wahnfried unseren geliebten Führer in unserer Mitte zu sehen. Der tiefe und beglückende Eindruck dieser Stunde ist schwer in Worte zu fassen. Wir haben Adolf Hitler im wahrsten Sinne des Wortes *erlebt.* Diesem genialen, gottbegnadeten Menschen von Mann zu Mann in die Augen sehen und seinen Worten lauschen zu können, ist ein Erlebnis, das wir nie vergessen werden. Seine einfache, aber so herzliche und liebenswürdige Art, der ganze Zauber seiner einzigartigen Persönlichkeit strahlt auf uns aus und reißt uns zu uneingeschränkter Bewunderung und Begeisterung hin. Wir wissen und fühlen es, jeder einzelne von uns, dieser Mann ist auch unser Führer, ist der Beschützer und Förderer auch unserer Arbeit, die der deutschen Kunst geweiht ist. Und darum kann es für uns deutsche Künstler wie für alle anderen Berufe und Stände deutschen Lebens am 19. August nur eine Antwort geben auf die Frage, die unser Führer und Kanzler uns stellt: ein freudiges, unbedingtes, vertrauensvolles *Ja!*«

Lores Triumph bestand darin, daß der Vater sich die Ausführungen des Bayreuther Sängers bis zum Schluß anhörte; sie konnten ihn also nicht unbeeindruckt gelassen haben, zumal es sich bei dem 19. August um einen Wahltermin handelte, um ein Plebiszit für oder gegen den Führer. Ihren Triumph ausbauend, eröffnete sie den beiden Alten lakonisch, sie würde sich in Kürze selbständig machen, und zwar, weil sie heirate. Ihr künftiger Mann sei Gerichtsassessor und dächte politisch wie sie. Sein Name sei Korbinian Schall. In Kürze sogar *Dr.* Korbinian Schall.

Mit ihrem Assessor hatte sie dann einige hoffnungsvolle Monate verbracht, bis sich herausstellte, daß sie nicht imstande war, den sich herausschälenden Wünschen ihres Gatten in bezug auf bestimmte Variationen des Verkehrs zu entsprechen. So kam es zur Scheidung, und zwar auf ihr Begehren hin.

Auf dem Reichsparteitag des Jahres 1937 hatte auch sie den Führer ganz aus der Nähe erlebt. Hatte die Faszination erlebt, die von ihm ausging auf die Tausende angetretener Uniformierter. Dies unendliche Fahnenmeer und der Jubel der Heil-Rufe aus ungezählten Kehlen, ein Jubel, aus dem sie den heißen Herzensdank heraushörte für den gottgesandten Mann. Die Standes- und Klassenunterschiede überwunden, alles geeint in der Idee eines neuen Deutschland: ihr wollte sie dienen, mit ganzer Inbrunst, im Geiste des neuen Deutschland aufgehen um einer gewaltigen Zukunft willen, die auch die ihre sein würde.

Der gleiche Parteitag, 1937, brachte ihr ferner die Begegnung mit der Reichsfrauenführerin Gertrud Scholtz-Klink, die, nach dem Führer, separat vor den Frauenabordnungen sprach. Mochten sich Männer und Frauen lustig gemacht haben über ihren dort geprägten Satz: selbst wenn die Waffe der Frau nur der Holzlöffel sei, so solle seine Durchschlagskraft nicht geringer sein als die anderer Waffen – sie verstand das Gleichnis und wußte um ihren Weg und Auftrag, nämlich die deutsche Frau zu erfassen in ihrem ganzen Tun, und nicht wenige standen ja immer noch abseits. Im NS-Werk *Glaube und Schönheit,* wo sich ihr Aufstieg vollzog, sorgte sie anhand des von ihr verfaßten Schulungsmaterials für die seelische und weltanschauliche Vertiefung von Leibesertüchtigung und Sport durch das Postulat innerer Ausrichtung auf Führer und Volk; die sich Leibesertüchtigende müsse wissen, warum und wofür, müsse sich dessen bewußt sein in jedem Moment.

Der *Illustrierte Beobachter* druckte einmal sogar ihr Porträt als Titelblatt; ihr Typ wurde als beispielhaft empfunden für die neue deutsche Frau – kein aufdringliches Zuviel und kein Zuwenig, karger Liebreiz eben, bei ländlich-gesunder Frische. Alle Heiratsangebote von Sportgrößen, Offizieren, Architekten, Regisseuren wies sie ab.

Das Jahr 1939 rief Eleonore Schall schließlich in die Reichsfrauenführung, Hauptabteilung *Kriegseinsatz,* mit einem Aufgabenbereich, der von Jahr zu Jahr an Wichtigkeit zunahm und schließlich den gesamten Einsatz-Komplex von der Rotkreuzschwester im Lazarett über die Frau im Rüstungsbetrieb bis zum Bewachungspersonal für Inhaftierte und Konzentrierte umfaßte. Als Koordinatorin pendelte sie beständig zwischen München und Berlin hin und her, behielt jedoch ihre Münchner Wohnung als Hauptwohnsitz bei. Tiefe Freundschaft verband sie in diesen Jahren mit Gertrud Scholtz-Klink, nicht zuletzt deshalb, weil die in feudalem Glitzer lebende Gattin des Reichsmarschalls Hermann Göring diese am liebsten wegintrigiert hätte. Frau Göring, die Ex-

Schauspielerin Emmy Sonnemann, die sich mit Hohe Frau hatte anreden lassen, befand es als beschämende Zumutung, daß die deutsche Frau vor aller Welt offiziell durch eine Scholtz-Klink repräsentiert würde, die jede Spur an Fraulichkeit vermissen ließ und sich noch freiwillig durch ihr zum geringelten Kuhfladen geformtes Gretchengezöpf auf dem Kopf verunstaltete. Es wog schon schwer genug, daß die Serrano, die Rökk und die Leander alles Ausländerinnen waren.

Die Partei indes wußte, wen und was sie in Gertrud Scholtz-Klink besaß: eine Rednerin, die die Menschen im In- und Ausland wie kaum ein anderer zu überzeugen vermochte von der Heiligkeit der deutschen Kampfessache. Goebbels war unüberbietbar, hier aber sprach eine Frau!

Wie oft hatte Eleonore ihrer gedacht, sich gefragt, wie es Gertrud ergehen mochte. Auch sie mußte ja untertauchen: wahrlich die Schlechtesten nicht! Und da war nun dieser Cousin, der *Herr Baron,* das Filou mit dem bezeichnenden Verräterwort auf den Lippen, kaum, daß er das Haus betreten, das sie jetzt mit ihm teilen sollte: hieße dies nicht, selbst zum Verräter zu werden?

Dem anberaumten Tribunal sah Karl Kakuske am Nachmittag mit reichlich gemischten Gefühlen entgegen. Schließlich hatte die streitbare Cousine ihn voll und ganz in der Hand. Er durfte sich nicht die geringste Blöße mehr geben, das war ihm klar; sein persönliches Resümee, mit der SS schlicht auf das falsche Pferd gesetzt zu haben, versenkte er meerestief in sich.

Zwanzig nach vier kam Eleonore von der Arbeit zurück. Ihre Augen waren klein und verschwiemelt, wahrscheinlich hatte sie sehr schlecht geschlafen oder womöglich gar nicht in der zurückliegenden Nacht. Sie nahm grußlos Platz an dem kleinen Erkertisch, dem Cousin gegenüber.

... Wo doch jetzt alles vorbei ist, hast du gesagt, Karl, eröffnete sie gezielt das Gespräch.

Karl protestierte: Das sei doch nur völlig privat gemeint gewesen, keineswegs politisch und auch nicht mit einem solchen Nachdruck auf dem *jetzt alles vorbei,* wie sie ihn eben zitiert habe. Vielmehr nur so halt, wie man auch *Es geht alles vorüber, es geht alles vorbei* gesungen habe, beispielshalber.

Was hat denn das damit zu tun, sagte Eleonore.

Karl: Die Bemerkung war jedenfalls ausschließlich auf dein Haar gemünzt. Auf dein Haar, und weil du so schönes Haar hast, und das voll nur zur Geltung kommt, wenn es frei fällt. Höchstens im Sinne von Marscherleichterung, so war das gemeint, und kein Jota anders.

Eleonore: Unverschämt! Ich trage mein Haar, wie ich will. Und warum soll ich es jetzt anders tragen als früher. Das ist es ja gerade!

Karl: Nu mach doch nicht aus einer Mücke einen Elefanten, ist ja lächerlich, es war ein völlig harmloser Nebensatz ohne tiefere Bedeutung.

Eleonore: Das nehm ich dir nicht ab! Du ziehst dich aus der Affäre. Versuchst es. Du kannst mir aber nichts vormachen. Was ich meine, ist weder lächerlich noch eine Lappalie. So redet doch keiner, dem nicht Glauben und Gesinnung abhanden gekommen sind, Herr Obersturmführer der Waffen-SS: *wo doch jetzt alles vorbei ist*... Wenn ich bitten darf!! Wem haben Herr Obersturmführer eigentlich den Treueid geschworen?

Karl: Höchst merkwüdige und überflüssige Frage.

Eleonore: Trifft aber exakt den Punkt.

Eleonore Schall stand auf und holte ihr Exemplar von *Mein Kampf* an den Tisch; eine Menge schmal geschnittener Einmerker ragte oben heraus. Die Linke auf die geschlossene Bibel gelegt, fuhr sie fort: Von *seiner* Kraft und *seinen* Ideen, die im Begriffe waren – nein, die schon die halbe Welt verändert haben, ging alles aus. Nicht von einem professionellen Schriftsteller ist dieses Buch geschrieben worden, ein Mann aus dem Volke ist es gewesen, ein Begnadeter, den die Vorsehung auserkoren für seine historische Mission als Führer einer großen Nation, die in den Ketten von Versailles lag; ein Mann, bewundert von Künstlern und Wissenschaftlern, Generälen und Feldmarschällen, bewundert weit über die Grenzen hinaus und auch gefürchtet, wie alle großen Heerführer der Geschichte, Herr Karl Kakuske! Ein Volk, das schmählich erlahmt und solch einem Manne in den Rücken fällt, hat das bitterste Schicksal verdient, denn es hat *ihn* nicht verdient. Wenn ich zurückdenke: Weihnachten zweiundvierzig, die Ringsendung im Rundfunk mit den vielen Feldsendern von der Atlantikküste bis zum Eismeerhafen, immer noch einer schaltet sich zu, und über Zehntausende von Kilometern hinweg dann zusammen mit *Stille Nacht, heilige Nacht . . .*

Eleonore hatte feuchte Augen bekommen dabei und dem Karl stand es bis oben. Die Kuckucksuhr kuckuckte gerade, der Bleizapfen war schon ganz tief angelangt, kurz vorm Stehenbleiben also, Karl ging hin und zog die Uhr schnell auf mit ihrem Schnarrgeräusch, höchste Zeit!

Eleonore Schall jaulte auf wie ein getretenes Tier: Ich spreche von unserer Schuld und *du,* was machst du –?

Das hochgradige Gefahrenmoment erkennend, kehrte Kakuske augenblicklich zurück an den Tisch. Er sah die Cousine kaum an und begann mit forcierter Lautstärke: Darf ich jetzt auch mal was sagen!? Und paß mir gut auf, mein Mädchen. An die *Ehre* gehen laß ich mir von *niemandem!* Auch von dir nicht, in aller Freundschaft! Ich verbitte mir, daß du in solchem Ton mit mir sprichst. Daß wir gefehlt haben, wir alle, das muß mir keiner sagen. Auch du nicht, Cousine Lore. Wir hätten alle mehr geben müssen, alle. Und zwar schon viel früher! Nicht erst zuletzt. Auf einen unbesiegten Führer hätte kein deutscher Mann geschossen. Geschweige denn ein Offizier. Und wer stellte am 20. Juli die Aktentasche hin? War das vielleicht jemand von uns? Wir, wir waren politisch motivierte Soldaten, und wir waren die Minderheit. Der große Haufen, Wehrmacht genannt – eingezogene Zivilisten, Muschkoten, samt ein paar alten Knackern im Generalstab, von früher. Na gut, das jüngere Offizierscorps vielleicht, Flieger wie Rudel und Mölders. Aus diesem Fehler muß man lernen für später. Und man muß auch lernen, das wirklich Große in der Geschichte in größeren Zeiteinheiten zu sehen. Der Führungsanspruch des nordischen Menschen gilt auch über zeitliche Rückschläge hinweg, denn er ist blutmäßig legitimiert. Es ist historisches Urrecht, das sich kämpfend ins Recht setzen wird bis ans Ende der Zeiten. Unsere Waffen, die hat man uns genommen im Moment, das konnte man. Aber nicht das, wofür wir angetreten sind mit unseren Waffen. Das, was in uns lebt, fortlebt. Fortleben wird...

Gleichmütig und träge tickte die Kuckucksuhr während des langen Stillschweigens.

Karl, ich danke dir, fing Lore an mit verhangener Stimme, den Blick zum Boden gesenkt. Du gibst sicherlich zu, wie wichtig das war, unsere Aussprache. Karl, du! Wenn *das* nicht mehr stimmt... Nu laß uns aber Friedenspfeife rauchen. Ich hab allerdings bloß einen kratzigen Enzian im Haus. Für Gäste. Ich selber trink ja so gut wie nie Alkohol. Ist das was für dich?

Und ob das was ist, bekräftigte der Cousin. Du trinkst aber bitte auch mit, Lorli, spring über deinen Schatten!

Meinetwegen! Zur Feier des Tages. Ein Gläschen in Ehren kann doch niemand verwehren!

Sie suchte nach dem Enziankrügerl und den dazugehörigen Stamperln, Karl rekapitulierte indessen, daß er seine Trinkfestigkeit eigentlich dem Russen zu verdanken habe, ebenso wie das Chorsingen, nach dem Grundsatz, es gibt keinen Feind auf der Welt, von dem sich nicht noch was lernen ließe, einschließlich was zu seiner Vernichtung.

Sie stießen an, und Lore sagte, der Herr Cousin könne, obwohl er nur ein Mann sei, vielleicht nachvollziehen, was es für sie bedeutet habe als Frau, keine Kinder kriegen zu können, und das noch in ihrer Stellung!

Karl goß ihr nach und hieß sie abermals anstoßen mit ihm.

Sie vertrug wirklich nichts und entwickelte schnell eine merkwürdige Art von Kichrigkeit. Sie suchte Halt an der Seite von Karl und bat ihn um Verzeihung für ihre harten Worte vorhin.

Schon gut, Lorli, sagte er und gab ihr einen Versöhnungsschmatz aufs glühende Bäckchen und knöpfte langsam ihre Strickjacke auf.

Was machst du denn da, rief sie verschreckt und schob seine Hand weg. Der Karli als Verführer, ganz was Neues...

Karl flötete ihr ins Ohr: darf ich dir ein Geheimnis sagen, Lorli? Er goß ihr abermals ein.

Sie, schon mit Schwierigkeiten: ... wenn es dir ein Bedürfnis ist, du Schlingel...

Karl: Ich bin kein Schlingel, Lorli. Tatsache ist aber, an dich war doch überhaupt nicht ranzukommen all die Jahre. Es sah so aus, als wolltest du dich ganz für ihn aufbewahren, dem du kein Kind schenken konntest. War das so oder war es etwa nicht so?

Sah ich so aus, Karl?

Ja, es sah so aus, Lorli. Alle haben wir es eigentlich so gesehen.

Eleonore Schall wurde schwindlig bei diesen Sätzen, obwohl sie noch saß. Karl geleitete sie in ihre Kammer. Es drehe sich ihr alles, hauchte sie kraftlos, als er ihr beim Ausziehen half, und nahm schon gar nicht mehr wahr, daß er selbst dergleichen tat.

Es dreht sich mir alles, stöhnte sie wieder, mit geschlossenen Augen, er kniete sich nieder und legte seine Linke beschützend auf ihre Brust, indes die Rechte nach unten glitt. Sie widersetzte sich kaum in ihrer Schwäche, bloß ein gelispeltes *bitte nicht, bitte nicht* kam noch, und Karl darauf, da der richtige Moment ihm gekommen schien vor dem endgültigen Absacken: nur ganz im Scherz, mein Schatz, ob der Führer wohl auch ein großer Verführer war... gewesen wäre, mein Schatz... und der, der dich das fragt in diesem Moment, ist jetzt der Stellvertreter des Führers... Und dann ritt er sie mit vehementen, ruppigen Stößen.

Die also Berittene nahm nur wie aus Fernen und ganz verschwommen auf, was Karl da vor sich hinredete bei seinem Tun; bestimmte Wortsignale sakraler Bedeutung aber fielen bleischwer auf ihr be-

bendes Inneres, so kam es dazu, daß Karls Orgasmus auch den ihren auslöste.

Es hatte geklappt, stellte Kakuske befriedigend fest, er verstand es eben, die Weiber zu nehmen. Aufs Kreuz legen nennt man das, sagte er sich, als er die Kammer verließ; kommt halt immer drauf an, wer wen …

Eleonore besaß, allem Unklärbaren zum Trotz, die Ahnung, Fürchterlichstes sei vor sich gegangen, vorgegangen mit ihr, Entsetzliches, wenngleich verwoben mit aufwühlender Lust.

Am andern Morgen, als sie aus dem Bad kam, stand, kaum zu glauben, das Frühstück schon auf dem Küchentisch.

Sehr nett von dir, Karl, sagte Lore. Weiter gab es kein Wort, während sie das mehr als bescheidene Ersatzkaffee-Frühstück einnahmen; es tat ihr dennoch wohl, wenn Karl das Haferl mit der glasierten Aufschrift *Lore* nachfüllte, sie ließ es sich aber nicht anmerken. Von der Gartentüre aus schaute sie noch einmal kurz zum Küchenfenster hin, ob der Karl da vielleicht stünde, und er stand da tatsächlich. Jetzt frißt sie mir aus der Hand, meinte Kakuske in diesem Moment.

Dem war freilich keineswegs so. Eleonore überraschte ihn vielmehr mit einem ausgeklügelten Sicherheitsplan, nach welchem er sich strikt zu richten hatte als ihr Schützling, wollte er dies bleiben. Er durfte für die Augen und Ohren im Haus und im Ort nur in großen Abständen, und das auch nur für Tage jeweils, in Erscheinung treten, sonst ginge das nicht mit dem Verwandtenbesuch. Und was sonst! Es schied auch aus, daß er sich bloß in ihrer Kammer verkroch bei ihrer Abwesenheit, das sei viel zu gefährlich.

Bleibt also nur der Kartoffelkeller, neben deinen Heiligtümern, stellte sie kategorisch fest. Hat ein kleines Fensterl, Gott sei Dank, also Licht und Luft. Eine Klopfzeichenverständigung müßten sie sich noch zurechtlegen. Du kriegst von mir einen Liegestuhl aus dem Schuppen hinunter, das hat den Vorteil, daß du nicht auf dem saukalten Erdboden liegen mußt. Ferner kriegst du ein Potschamperl, du weißt, was das ist – einen Nachttopf, in Bayern sagt man so, und jeweils Marschverpflegung für mehrere Tage sowie Lindenblütentee in der Thermos, damit der Lukendeckel nicht dauernd aufgeht, das hört man. Ich werde auch noch einen Läufer drübergeben, sonst liegt der Einstieg zu offen da im Falle des Falles. Alles zu deiner Sicherheit, Cousin Karl! Nur so geht es, und nicht anders! Ich hoffe, es ist wirklich bloß für vorübergehend, sonst muß ich dir kündigen, denk doch mal nach. Mich gibt's ja auch noch!

An den Dunkelpunkt ihrer Körperbegegnung rührten sie wohlweislich nicht, beide. Für Eleonore schwelte das im Dustern Liegende in unguter Weise fort. Nicht zuletzt deshalb hatte sie die erste Versenkungsphase gleich auf zwei Wochen festgelegt, und den Umstand, den Karl in seinem armseligen Verlies zu wissen, ihr anheimgegeben auf Gedeih und

Verderb, kostete sie unterschwellig gar mit Genugtuung aus.

Nach Ablauf dieser Frist, an einem Wochenende, trat Karl wildererhaft und krausbärtig in die Stube. Er nahm Eleonore in seiner Euphorie so sehr in die Arme, daß er sie fast erdrückt hätte. Sie balgten sich etwas, und daraus entwickelte sich das später beibehaltene präcoitale Zeremoniell zwischen ihnen, das stets in einer Art Ringkampf, einer Art Kräftemessen, einem Niedergerungenwerdenwollen ihrerseits bestand. Im ganzen gesehen könnte man sagen, die beiden hätten sich buchstäblich zusammengerauft; manchmal wirkten sie sogar wie ein funktionierendes Paar mit Wunsch, Gegenwunsch und Erfüllung, Eleonore unterdrückte jedoch beim Akt jedwede Zwischennachricht über den Fortgang ihrer Aufladung, selbst wenn Karl sie oben und unten zugleich reizte, bloß gab es da dann das Signalement ihrer umworbenen Brüste, die sich getreulich zuspitzten, wenn es sich zuspitzte, er konnte sich danach richten wie nach dem Zeiger der Kirchturmuhr. Auch den Krönungsschluchzer suchte sie meist wegzustecken und beschränkte sich, falls unumgänglich, auf ein leis gewimmertes *Ach, Karlimann,* während sie ihrerseits dem Selbstvergessenen oft genug den Mund zuhalten mußte, wenn er zu zappeln begann.

Als Ehrenmann entschied Kakuske, daß eine der Ikonen verkauft werden sollte, er wollte nicht kostenlos mit durchgefüttert werden, und Lore mußte ja kräftig zukaufen, schwarz natürlich, besonders an Fleisch, mußte dafür auch noch extra in Nachbarorte fahren, damit es nicht auffiel.

Ein pensionierter Gymnasiallehrer aus Murnau, Herr Drilling, der sich stark für Kunst interessierte, übernahm gegen Prozente die Verscherbelung bei den Amerikanern in Garmisch. Bei dessen Rückkehr ärgerte sich Kakuske allerdings bis unter den Hutrand, denn der Mann war weit unter dem Richtpreis geblieben und hatte nicht einmal annähernd das herausgeholt, was Kakuske für die Falsifikate in München zu erlösen gewohnt war. Den Tadel wies Drilling mit dem Hinweis zurück, man habe ihm überall gesagt, mit dergleichen müßte man eben nach München gehen und nicht in einen Kurort.

Über das liebe München als Stadt und als Kunststadt kamen sie dann auf Gott und die weite Welt zu sprechen. Drilling dozierte, mit zurückgeworfener Gerhart-Hauptmann-Mähne, hier in der Gegend hätten sich früher einmal ganz berühmte russische Maler niedergelassen, auf die Namen komme er im Moment nicht; ihm persönlich habe Venedig die Augen geöffnet hinsichtlich der Kunst durch die dortige Nähe des Schönen zum Tode, wie es sich auch in der Musik und den Werken von Richard Wagner spiegle, Wagner, der ja bekanntlich in Venedig gestorben sei, wohl kaum zufällig. In dieser Stadt verlange das Übermaß an Schönheit nach Erlösung im Tode wie die übergroße Liebe im Liebestod. Wagner, sagte er, Wagner!

Hier brach Kakuske das Gespräch unter nebensächlichem Vorwand ab. Das Gerede vom Liebestod ging ihm auf die Nerven und ließ das Schwabinger Geschehen wieder aufleuchten, die selbsterlebte Realität von Liebestod. Sinnvoller schon, was Drilling über die malerischen Reize der Gegend andeutete, ein guter Hinweis, denn er hatte als junger Spund ja sehr gern aquarelliert.

Im Frühjahr, als Eleonore nicht mehr so auf Abzug drängte wie anfangs, erhielt Karl von ihr sogar einen nagelneuen Tuschkasten geschenkt zum Geburtstag. Wenn die schweren Frühsommergewitter aufzogen und mit einer Freigang-Phase zusammenfielen, rannte er mit seinen Utensilien und dem Klappsitz unterm Arm hinaus an den Ortsrand, die aufregende Naturstimmung einzufangen, das Schwarz-Blau der Berge, die plötzlich ganz nahe gerückt waren, die immer näher kamen; den Kampf des Schwarz mit dem Blau wollte er bannen, und die schafsnasigen Heukruken davor... Ein irrwitziges Wettrennen war es zumeist, denn die von West nach Ost vordringende Regenwand hatte für gewöhnlich ein ziemliches Tempo drauf, und der Vorhang schloß sich oft jäh vor dem Alpenprospekt, wie beim Aktschluß im Tölzer Bauerntheater.

Eines schönen Tages, Anfang Juni, brachte Lore die Hiobsbotschaft nach Hause, daß inzwischen ganz offen im Wirtshaus geredet würde darüber, mit dem Verwandtenbesuch von der Schall könne doch was nicht stimmen, das röche man um sechs Ecken...

Karl darauf: Woher willst du denn das wissen?

Sie: Vom Mooslechner! Und wenn der schon so was sagt, wo er sich grundsätzlich aus allem raushält. Jetzt ist es also soweit, Karl, und ich häng mit drin! Deine sogenannten Werte im Keller, die kommen mir auf den Misthaufen, aber ganz unten und bei Nacht! Nein, noch besser, du vergräbst sie im Wald. Du suchst sofort einen Platz, ich gebe dir zwei Tage Zeit, das zu erledigen, keinen Tag länger. Was bis dahin nicht weg ist, wandert in meinen Herd, so wahr ich hier stehe.

Karl meinte: Nur keine Panik, im Wirtshaus wird viel geredet! Und so schnell schießen die Preußen nicht, auch nicht in Bayern...

Dein Zynismus, brüllte sie, wird dir schon noch vergehen, du ekelhafter Egoist...

Wenn es auch nicht gerade ein Sanatoriumsaufenthalt bisher gewesen war im Hause Schall, sein Nervensystem hatte sich doch im ganzen schon ein bißchen erholt, stellte Kakuske fest. Ziemlich mulmig war ihm trotzdem; so schrieb er eine Postkarte an Paul Meierhans in der Hoffnung, dieser würde noch in der Plinganserstraße wohnen. Er kritzelte die Karte voll mit allem möglichen Geschwätz über Wanderungen und Wetter, die Schlußwendung hieß: Komm, wenn du kannst, recht bald mal hierher. Dein K. Qu. Er warf die Karte noch in der Nacht ein, bevor er loszog, im Wald nach einem geeigneten Platz zu suchen.

Zwei Tage später kreuzte Meierhans tatsächlich auf, in einem Vorkriegs-Mercedes. Sie fuhren zu den nahegelegenen Osterseen hinaus, um ungestört reden zu können, Meierhans wünschte es so.

Wer diese Frau sei, fragte Meierhans als erstes im Wagen.

Meine Cousine! Dieselbe Person und Adresse, an die du meine Klamotten geschickt hast, nach der Wallberggeschichte.

Tja, versicherte der Paul Meierhans, habe viel an dich denken müssen, Kaku; so ein Pech mit dem Wetter damals! Ich hätte dir auch keinen Zentimeter mehr weiterhelfen können. Heute kann ich's vielleicht, Karl! Hat alles seine Gründe. Und wenn ich es tue, geschieht es aus mehrfachen Gründen. Erstens, weil wir uns kennen. Zweitens, weil für mich Kameradschaft kein leeres Wort ist. Und drittens: Weil es doch ein Hilferuf deinerseits ist. Was Besonderes passiert?

Nicht direkt. Der Boden hier wird nur allmählich etwas heiß. Auch wenn ich überwiegend in einem Kartoffelkeller untertauche. Kurz: Ich muß weg von hier.

Daß du hier in der Falle sitzt in dem Kaff, wo jeder jeden kennt, das sieht wirklich ein Blinder!

Sie liefen das schilfbewachsene Ufer entlang. Keine Menschenseele weit und breit. Krähen und Möwen als Herrscher der Stille. Nur die Äxte und Sägen der Waldarbeiter vom anderen Ufer, wie von ganz weit.

Herrlich hast du's hier, sagte Meierhans. Unbeschreiblich eigentlich. Und von da soll ich dich wegholen... Nein, im Ernst, Kaku. Nur weil ich dich praktisch schon bei uns sehe und du ja wissen mußt, worum es geht, spreche ich mit dir jetzt unverschämt offen. Vorweg: Ich vergattere dich dazu, daß du dein Maul hältst, wie du dein Maul noch nie gehalten hast im Leben. Absolut ausnahmslos, daß das klar ist! Also: Du erinnerst dich vielleicht an das, was General Weylandt in Rottach-Egern über den Gehlen-Coup berichtet hat. Die Sache ist jetzt einen Schritt weiter. Die alte Organisation *Fremde Heere Ost,* also Gehlen, arbeitet seit Frühjahr für den Amerikaner. Wir kriegen Geld von amerikanischer Seite und sollen weiter ausbauen für die Praxis.

Zielrichtung Osten natürlich. Vorläufiger Sitz irgendwo in der Nähe von Frankfurt, in Kürze woanders. Gegenüber der SS wird zwar personell Distanz gehalten, vor allem aus Rücksicht auf den Geldgeber. Ist aber nicht überzubewerten, schließlich hat man ja auch mich genommen.

Und wie bist du da hingekommen?

Wie ist egal. Wenn du meinst *warum:* wegen meiner slawischen Sprachkenntnisse, die was wert sind. Ich hab die Empfehlung der seligen Reichsführung an die Verbände im Osten hinsichtlich meiner Fähigkeiten gehütet wie meinen Augapfel, das hat sich inzwischen optimal ausgezahlt, schon der Ami hat mich ja laufen lassen aufgrund dieses Papiers, weil er mich für einen biederen SS-Dolmetscher gehalten hat, wie du weißt. Dann natürlich, weil ich nachrichtendienstliche Erfahrungen habe und man in so einem Laden lieber mit Fachleuten arbeitet als mit Laien, die nur im Weg rumstehen.

Darf man dich nach deiner Aufgabe da fragen, Paul?

Ich bin sozusagen im Außendienst tätig. Man könnte auch sagen: in der Personalbeschaffung. Wenn ich dich offiziell vorschlage, ist das schon sehr entscheidend. Dann wird noch ein Einstellungsgespräch stattfinden mit den zwei Chefs, man wird sich ein bißchen mit dir unterhalten, um ein Bild von der Person zu kriegen.

Andere Frage: Was sollte ich denn bei euch machen, nach deiner Planung?

Bestimmt etwas, was deinem Bildungs- und Intelligenzgrad entspricht. Alles weitere an Ort und Stelle! Wir würden dich gegebenenfalls komplett verwandeln. Dein Haar ist ja schon prima nachgewachsen, aber als erstes müßte deine Riesenwarze weg, wie kann man auch mit solch einem Ding herumlaufen, du unverbesserlicher Naivling!

Und unter welchem Namen sollte das Ganze geschehen?

Wieso, du hast doch einen so schönen! Irgendwelche Papiere mußt du natürlich vorlegen.

Der *Baron* geht aber doch nicht, Paul!

Wer sagt dir denn das! Zu deiner Aufklärung: Wir unterstehen ausschließlich den Amerikanern, für die deutsche Öffentlichkeit hat es uns überhaupt nicht zu geben! Also auch schon gar kein offizieller Kontakt zu irgendwelchen deutschen Stellen. Außerdem werden wir in Kürze, das wurde jetzt durchgesetzt, Personalausweise mit entsprechenden Schutznamen bekommen, wie für jede Einrichtung solcher Art üblich. Alles klar?

Meierhans schlug dem Kaku auf die Schulter. Jetzt zum Nächstliegenden! Unser Apparat bereitet gerade einen Umzug vor, in ein geräumigeres Quartier. Wohin, spielt im Moment keine Rolle. Bis dahin, was mit dir? Hast du Bargeld, Schmuck, Wertgegenstände?

Wieso das?

Hast du vielleicht gedacht: *für mich,* du Rhinozeros, weil du mich so anschaust?! Es gibt, gäbe nur *eine* Möglichkeit, dich vorübergehend irgendwo unterzustellen – das ist ein Kloster. Und die wollen immer was sehen, wenn man bei ihnen eintritt durch die Pforte, ob's für immer sein soll oder bloß für kurz. Umsonst gibt's eben nichts auf der Welt.

Alles, was ich besitze, Paul, sind sechs Ikonen aus Rußland.

Sind die greifbar?

Die sind hier im Keller.

Mensch, dann bist du ja ein Krösus, und wir können es versuchen. Die Chose ist nämlich die: Es gibt ein Kloster, der Ort heißt Altgeroldsried, gar nicht weit weg von hier, und in diesem Kloster ist ein ehemaliger Kamerad. Er ist schon dreiundvierzig ins Kloster gegangen, in Italien, von einem Moment auf den andern. Man sagt, er hätte in Rom, beim Ausgang in Zivil, an einem Brunnen einen Pater kennengelernt und wäre mit dem ins Kloster gegangen wie andere in ein Hotelzimmer, nur eben für länger. Vielleicht war er auch nur seiner Zeit ein bißchen voraus, einer mußte ja den Anfang machen. Jedenfalls erhielten wir – sprich: seine Dienststelle, eine Woche nach seinem Verschwinden einen Brief, in dem er uns seine guten Dienste angeboten hat. Wir haben dann auch davon Gebrauch gemacht und sind kein einziges Mal übers Ohr gehauen worden, also faires Geschäft auf Gegenseitigkeit, wir nannten ihn unseren Mann beim Vatikan. Er soll auch daran beteiligt gewesen sein, daß die Duce-Tochter, die Gräfin Edda Ciano, in einem Schweizer Kloster unterkam, vierundvierzig war das. Nach dem Krieg hat er wohl Heimweh bekommen und ließ sich von seinem Orden nach Deutschland versetzen.

Um was für einen Orden handelt es sich da, fragte Kakuske.

Keine Ahnung! Für mich ist einer wie der andere, auch wenn sie verschiedene Uniformen tragen, du wirst es noch früh genug erfahren, wenn es klappt. Bei den Klöstern gibt es ja, wenn die wollen, auch eine Möglichkeit, unterzukommen ohne Gelübde und Kutte, daran denke ich. Dann bist du hinter Klostermauern, gehörst aber nicht zur kniefälligen Mannschaft. Sobald es dunkel ist, laden wir und starten. Klar?

Als Karl in Begleitung des ihr Unbekannten ins Haus trat, rechnete Eleonore Schall schon mit dem Schlimmsten. Kakuske sah Lores Aufgeregtheit, stellte hastig vor: Paul Meierhans – meine Cousine, Frau Schall; Paul Meierhans, ein Kamerad von früher. Und ein Kamerad – von heute... Er ist gekommen, mich abzuholen, Lore. Abzuholen zu sich. Mehr kann ich im Moment dazu nicht sagen. Ich verlasse also in kürzester Kürze dein gastliches Haus. Um exakt zu sein: in wenigen Minuten. Unter Mitnahme alles belastenden Materials natürlich!

Eleonore bot den Herren frische Erdbeeren aus der Gärtnerei an, etwas Milch darüber. Nach dem Schmaus zog Meierhans sich taktvoll zurück: die Herrschaften werden noch Persönliches zu besprechen haben, ich geh mal ein bißchen nach draußen.

Den Kleinmütigen straft der Herr, begann Kakuske, durch die Stube stolzierend. Du wirst jetzt einige Zeit, vielleicht sogar längere Zeit, nichts von mir hören, denn ich habe keine Feldpostnummer... Trotzdem werde ich nicht auf der faulen Haut liegen. Der Kamerad holt mich ab, denn ich werde wieder gebraucht. Das ist die Situation.

Karl, rief Eleonore aus, ist das wirklich wahr, Karl?

Warum sollte es denn nicht wahr sein, fuhr er fort. Wir sind uns doch beide im klaren darüber: Leben – heißt Kampf, alles Leben ist Kampf, jedes Kind weiß das, denn so will es die Natur, und Sieger wird sein, dem es bestimmt ist, der beste Kämpfer zu sein. Das war unser Glaube, und unser Glaube ist unser Wissen, und unser Wissen ist unser Glaube. Das gewinnt jetzt nach außen wieder Gesicht. Wir schauen nach

Osten und spüren den Wind: *Zukunftswind!* Was macht der Wind eigentlich, wenn er nicht weht?

Karl versicherte die Cousine seines tiefen Dankes für alles, was sie für ihn getan, wie auch des Umstandes, daß sie ihm fehlen würde, und sie bestätigte ihm das gleiche von ihrer Seite. Seinen Vorschlag, sich für die letzte Zeit in Ikonen-Währung zu revanchieren, fegte sie empört vom Tische: nimm bloß alles mit, Karl, ich will davon nichts mehr sehen. Nichts, nichts!

Geeignetes Verpackungsmaterial fand sich natürlich keines im Haus; einzige Lösung: das Zeug in einer verschnürten Decke herauszuschaffen. Woher aber Bindfaden nehmen? Ein Problem, vor dem auch so manch einer damals stand, der sich den Lebensfaden abzuschneiden gedachte, oder der Strick riß, wenn er gar einen hatte...

Vor der Abreise bat Meierhans die beiden inständig, auf jede Abschiedswinkerei draußen zu verzichten, erledigt das bitte hier, meinte er; demgemäß schloß sich die Haustür wie hinter dem Gasmann.

Der Wagen fuhr rasch die Hauptstraße hinunter, in südlicher Richtung. Hattet ihr ein gutes Verhältnis, stichelte der Chauffeur seinen Beifahrer.

War doch meine Cousine!

Na und?

Ach so! Verhältnis ist vielleicht zuviel gesagt. Mehr gelegentlicher GeVau, dann aber ganz flott.

Ist sie zu dir auch mal in den Keller gekommen?

Nur für Verpflegung, nicht so.

Armer Karl, und jetzt ins Kloster. Das heißt, wer sagt's denn; wer weiß denn schon vorher, was alles so kommt.

Du tust so versorgt, Paule...

Bin ich auch, Kaku, bestens sogar. Eine in Nürnberg und eine in Frankfurt...

Und wenn der Ex-Kamerad nicht mehr da ist oder komplett religiös versumpft, auch das soll es ja geben?

Du denkst immer zuerst an den schlimmsten Fall, ich soll dich wohl dienstuntauglich schreiben, mein Junge? Wenn er nicht mehr da ist, bin ich für heute auch mit meinem Latein am Ende. Wenn er noch da ist, wird ihm schon was einfallen, wenn er sieht, was du zu bieten hast, darauf kannst du dich verlassen.

Selbst bei der nächtlichen Durchquerung noch ließ sich erkennen, daß Altgeroldsried ein idyllisch-gutmütiges Voralpendorf sein mußte, mit wunderbarem alten Baumbestand, besonders Eschen und Buchen. Beherrschend, wenngleich ein wenig versteckt hinter Ausläufern des örtlichen Gesamtgrüns, lag, auf leichter Anhöhe der sanft ondulierten Moränenlandschaft, das Kloster. Eine Kastanienallee führte vom Dorf aus hinauf, sicherlich früher einmal ein Wallfahrtsweg.

Der junge sommersprossige Frater, der eine kopfgroße Sprechluke öffnete, erklärte sich erst nach Zögern bereit, den Bruder Kunibert zu rufen.

Sie mußten etwa zwanzig Minuten warten, bis der Erbetene am Durchguck erschien. Meierhans sagte:

Wir kennen uns persönlich vom Balkan her, Kamerad.

Pater Kunibert, möchte ich doch schon bitten, korrigierte der Ordensmann indigniert die Anrede.

Pardon und Vergebung...! Ist es trotzdem möglich, dich, respektive Sie kurz zu sprechen in einer Angelegenheit, die nicht gewisser menschlicher Dringlichkeit entbehrt?

Kunibert entriegelte die Pforte und ließ die beiden in den schmucklosen Vorraum eintreten. Bevor sie sich setzten, hieß Meierhans den Kaku sein Mitbringsel vom Wagen hereinholen und deutete währenddessen an, daß eine externistische Hospitanz für seinen Begleiter, ein paar Monate über, der Grund des Besuches sei.

Kakuske nahm seine sechs Ikonen aus der umhüllenden Decke und postierte sie auf dem langgezogenen Tisch des Vorraumes nebeneinander, wie ein Juwelier sein Angebot vorlegt.

Pater Kunibert war begeistert, er wandte das eine und andere Exemplar hin und her gegen das matte Licht im Raume, auf daß es auf das Gold der Christusaureolen falle.

Kunibert hatte eine gehobene Stellung im Kloster inne, der respektvolle Gestus der vorbeiziehenden Fratres deutete es an. Um einer bestimmten Frage, die Kunibert niemals gestellt hätte, zuvorzukommen, erklärte Kakuske: Ich habe mich seit meiner frühesten Jugend auf Kunst kapriziert, Pater Kunibert; so auch in Rußland... Ich sammle!

Kunibert verstand nur zu gut und drückte es aus durch lebhaftes Kopfnicken. Er werde die kostbaren Stücke aufs sorgsamste zu bewahren wissen und im Tresor unterbringen, erklärte der Pater. Was die Kosten des Aufenthalts anlange, würde man sich gewiß einig werden, je nach definitiver Länge. Zu seinem größten Bedauern könne er als Unterkunft nur eine ehemalige Gesindekammer im Wirtschaftstrakt anbieten, bescheiden, doch wohnlich und sauber; speziell zur bevorstehenden Erntezeit käme Hilfe geradezu wie gerufen, außerdem sei Pater Aloysius, der die Ökonomie unter sich habe, mehr als dankbar für eine externe Kraft für Küche und Keller, denn die Patres, und das sagte Kunibert durchaus nicht ohne Verständnis, hielten sich nun mal lieber an den ersten Partikel des *ora et labora* statt an den zweiten. Und wer schält die Kartoffeln?

Der wunden Psyche des Karl Kakuske wurde das Kloster zur Labsal; nicht selten wandelte ihn die Versuchung an, den vollen Schritt zu tun: Kein Fragen hier. Alles auf leisesten Sohlen verlaufend. Der Orgelton der Gebete, Gesänge als einziger Klang, als Stimme der Gemeinschaft. Der Orden. Der bewahrende Männerbund.

Er käme bestimmt noch vor Weihnachten wieder, hatte Paul Meierhans versprochen. Er hielt Wort, wie immer. Am 14. Dezember 1947 erschien er mit seinem Fahrzeug in Altgeroldsried.

Kunibert brachte die Ikonen herbei; als es ans Zahlen ging, sagte Kakuske: Bedienen Sie sich, Pater

Kunibert! Er meinte damit natürlich, Kunibert solle sich ein Stück aussuchen, das ihm besonders gefiele; Kunibert aber legte sofort zwei Ikonen auf die Seite, und als er noch nach einer dritten greifen wollte, warf sich Meierhans dazwischen: Zehn kleine Negerlein, jetzt sind es nur noch vier – man halblang! Es ist seine eisernste Ration! Kakuske selbst war sich nicht schlüssig, er wäre den ganzen Schamott andererseits auch gern auf einen Sitz losgeworden, was sollte er denn damit bei einem Nachrichtendienst. Meierhans beim Hinaustragen: Man kann doch nie wissen . . .!

Es lag schon viel Schnee, Meierhans hatte Reifen mit wenig Profil, fuhr deshalb besonders vorsichtig. Nach zehn Minuten etwa fiel Kakuske auf, daß sich der Wagen in Richtung München bewegte.

Merkst auch alles, sagte Meierhans; aber damit du mir nicht vom Stengel kippst: wir fahren gar nicht bis München. Wir fahren nur bis Pullach. Und wir betreten ein völlig exterritoriales Gelände. War erst Parteiwohnsiedlung, dann kurz Quartier von Rundstedt, dann Ami-Lager, jetzt gehört's uns. Keiner hat Zutritt da, außer uns. An der Einfahrt hängt groß das *off limits* der Amis und ein Armee-Symbol. Das bleibt auch so, gemäß Vereinbarung. Alles friedensmäßig in Schuß, die Isar in greifbarer Nähe. Ist das nicht der Clou, Kaku? Da können wir jetzt zusammen Weihnachten feiern, denn da wird auch gewohnt: *mein* Weihnachtsgeschenk für dich!

Die Zufahrt befand sich in tadellos geräumtem

Zustand. Meierhans zückte seinen Ausweis und die Barriere hob sich.

Sie bewegten sich, zufällig im Gleichschritt, auf die Anmeldungsbaracke zu, wo straff salutiert wurde, obgleich es nur Zivil gab. Die paramilitärische Ordnungswelt, die ihn empfing, bescherte Kakuske ein melancholisches Geborgenheitsgefühl. Eine Kugel sich durch den Kopf jagen könne man noch immer, befand er, und das wiederum machte ihn unglaublich frei.

Der Einstellungstermin kam noch am selben Tage zustande. Er verlief reibungslos und glatt; Meierhans hatte entsprechend vorgearbeitet. Einer der beiden Chefs, jener, der bei dem Gespräch vorwiegend das Wort führte, ein Oberstleutnant unmittelbar aus dem Stabe des Generals Gehlen, erteilte Kakuske denn auch unverzüglich den ersten Auftrag. Er sagte: Vorlauf eine Woche; wir haben keine Zeit zu verlieren, wir stehen vor Weihnachten und müssen die Weihnachtssentimentalität ausnützen. Wie man mir offiziell berichtet hat, besitzen Sie hervorragende Milieukenntnisse in Schwabing und bei den Studenten, das ist viel wert. Es gibt da nämlich gar nicht so wenige ungarische Studenten, ältere Semester durch die Bank, zum Teil schon mit Familie. Da wollen wir rein. Beispielsweise. Das sind alles Leute, die vorm Russen weggegangen sind und bald wieder nach Hause reisen wollen. Wenn die für uns arbeiten, kriegen sie dadurch die Möglichkeit, sonst sitzen sie hier fest bis zum Jüngsten Tag. Außerdem können sie alle gut was gebrauchen. Wir haben im schlimmsten

Falle auch ein paar Dollars zur Verfügung, das heißt natürlich: im besten Falle... nicht für jeden. Die Ungarn sind heimatsentimental wie sonst nur noch die Russen, hocken immer zusammen, feiern viel, da wäre es doch gelacht, wenn Sie da nicht was an Land ziehen könnten, auch wenn Sie Neuling sind in der Branche. Aber dafür gibt es ja unsere Instrukteure. Meierhans jedenfalls hält große Stücke auf Sie, und ich lasse mich gern überraschen. Für Ihren Ersteinsatz toi toi toi...!

Die Herren reichten sich militärisch knapp die Hand.

Was geht hier vor, tobte Kakuske los, als er mit Meierhans wieder auf Bude war. Warum hast du mir nicht gesagt, daß ich nach Schwabing in Marsch gesetzt werden soll – du kennst meine Umstände. Das ist ja geradezu infam! Ganz infam von dir in deinem typischen Diensteifer. Hätt ich niemals gedacht von dir...

Meierhans darauf: Vorsicht, Vorsicht, Kaku! Geh bloß nicht zu weit. Wir sind hier weder ein Kindergarten noch eine karitative Einrichtung noch eine Ansammlung von hergelaufenen Lumpen. Merk dir das! Mit irgend etwas mußte ich dich doch schließlich empfehlen, damit man dich überhaupt nimmt, als nachrichtendienstlichen Laien. Ad zwo: Wenn du willst, kannst du ja abhauen. Noch geht es. Ich frage mich nur, wo du hinwillst.

Die reinste Erpressung, schrie Kakuske heraus, die reinste Erpressung!

Meierhans packte Kakuske am Kragen, drang erregt auf ihn ein: Du bist ja nicht mehr normal! Ein Wort weiter in dieser Richtung, und ich vergesse mich... Reiß dich zusammen und warte gefälligst ab, was in den nächsten Tagen mit dir geschieht, du schmeißt ja die Flinte ins Korn, bevor du überhaupt auf Waffenkammer warst...

Kakuske: Hier gibt es Waffen?

Meierhans: Natürlich nicht. War bildlich gemeint! Nur das Wachpersonal hat welche. Und wahrscheinlich die Chefs, ist anzunehmen. Sonst grundsätzlich nicht. Im übrigen, mein lieber Kaku, wer hat dir denn eigentlich geholfen bisher? Kannst du mir vielleicht den Namen verraten, wer das war... Plinganserstraße, Rottach-Egern, Iffeldorf, Altgeroldsried, wirst du jetzt endlich etwas gescheiter, zum Teufel...?

Abends dann, vor dem Einschlafen, zündete Meierhans die Kerzen auf dem Weihnachtszweig an, den er besorgt hatte. Sie lagen schon in den Betten mit den gemütlichen weiß-blau karierten Überzügen. Paul Meierhans sagte: Kannst du dich noch erinnern, wie wir in der Plinganserstraße so nebeneinander gelegen sind und unsere einzige Zigarette, deutsches Scheißzeug, ist hin und her gegangen in der Dunkelheit, du hast gemeint, es hätte ausgesehen wie Glühwürmchen... Und jetzt rauchen wir die besten amerikanischen Zigaretten auf molliger Bude, und es weihnachtet schon...

Kakuske hatte sich ins Schweigen gerettet. Tat so,

als schliefe er schon. Ganz leicht streifte ihm da der Paule über sein Haar: Kann dich doch nur zu gut verstehen, Kaku. Vielleicht sogar besser, als du dir denken kannst.

Der folgende Tag stand ganz im Zeichen der Bemühungen, aus Karl Kakuske alias Alexander von Jagow einen Dritten zu machen. Beim Gang zur Baracke IX am anderen Ende des weitläufigen Geländes erläuterte Meierhans, die Idee hier, eine der Ideen vielmehr, sei, Arbeit, Verwaltung und Wohnen möglichst auf einem Terrain zu halten. Und was das andere betrifft, Kaku, für draußen, du solltest das vollkommen entspannt angehen, es ist reine Gewöhnungssache, glaube mir; ein Geheimdienstmensch verbraucht im Schnitt bis zu sieben Identitäten! Da wir keine militärische Einheit sind, aber im militärischen Auftrag arbeiten, haben wir die Mittel des militärischen und des zivilen Geheimdienstwesens zur Verfügung. Wir besitzen ausgesuchte Spezialisten für alle Bereiche, wenn auch manches noch am Anfang steht, du wirst dich wundern! Daß man dich auf die Studenten angesetzt hat, zeigt doch, daß wir an Dummköpfen nicht interessiert sind.

Sie betraten die Baracke IX, die sich beim Näherkommen als Sanitätsbaracke zu erkennen gab. Die üblichen Gerüche von Wundbenzin und Karbol lagen in der Luft, ein Chirurg im weißen Kittel empfing die Herren.

Als erstes müssen wir deine Nackenwarze angehen, erläuterte Meierhans; wie man nur mit so einem

Riesending rumlaufen kann, wir sprachen ja schon davon. Du bist doch in einer Krankenkasse…?

Krankenkasse…?

…War nur ein kleiner Scherz, Kaku! Mußt nicht jeden Witz gleich wörtlich nehmen…

Der Chirurg besah sich die zu entfernende Nakkenwarze seines Patienten. Grundsätzlich, legte er dar, gäbe es da zwei Möglichkeiten: das Ausschälen oder das Ausbrennen. Was besser sei, ließe sich nur sagen, wenn feststünde, wie tief die Wucherung in der Haut sitze; das könne er erst durch einen Schnitt feststellen. Im übrigen müßten sich beide Methoden ja keineswegs ausschließen. Geschieht natürlich alles unter Narkose, fügte der Chirurg hinzu, als er die besorgte Miene seines Patienten wahrnahm. Eine Winzigkeit! Was glauben Sie, was in den Feldlazaretten unter ganz anderen Bedingungen alles operiert worden ist!

Der Patient wurde in den Operationsraum gebeten, wo er alsbald in die Tiefen der Narkose versank. Bei seinem Wiederzusichkommen faßte Kakuske nach dem handtellergroßen Verband über der Operationsstelle. In vier Tagen sei alles ausgestanden, betonte der Chirurg, die Natur heile schnell… Das Pflaster wird immer kleiner werden, und wenn Sie dann einen Rollkragenpullover tragen oder einen Schal, haben schließlich Winter jetzt, ist selbst die winzige Narbe verschwunden…

Bei der anschließenden Neugestaltung der Kopfvorderpartie schlug Meierhans vor, den Persönlichkeitstypus Intellektueller bis Künstler anzupeilen, ohne zu dick aufgetragene Extravaganz dabei, eher vertrauenerweckend-unauffällig; man diskutierte über den Grad der Verbartung, die Augenbrauen, ob Löckchen oder nicht, ob Brille, teilabgedunkelt, oder zeitgemäße Augenklappe; der beauftragte Gestalter, einst Maskenbildner einer Fronttheatertruppe, fühlte sich aufs schönste gefordert in seiner Kreativität.

Karl Kakuske, der Gutsverwalterssohn aus der Altmark, wäre am liebsten Opernsänger geworden. In stimmgewaltigen Partien und prunkvollen Gewändern auf der Bühne zu stehen, als Fürst Igor zum Beispiel, war seine Idee; gereicht hatte es nur bis zu seinem SS-Chor. So ähnlich müsse es auch in einer Theatergarderobe zugehen, wähnte der noch leicht narkosebenebelte Kakuske – das bemühte Getänzel um seine Person, und er hätte gleich Auftritt... Im Spiegel verfolgte er die aufregende Verwandlung, die sich da mit ihm vollzog, jeden Handgriff des Maskenbildners; seinen Auftritt, den hätte er ja in der Tat alsbald... Der Monokel-Baron wird unerreicht bleiben, war Kakuske überzeugt. Zu seiner Überraschung kam ihm jedoch, was da im Moment entstand, auf ganz andere Weise entgegen – nicht die triumphierende Frechheit des Barons, dafür mehr die introvertierte Note, die Künstlernatur eben, die schließlich gleichermaßen in ihm schlummerte, gehoben und zum Vorschein gebracht, wie aus verborgensten Wünschen, ausgerechnet in Pullach...

Meierhans, der seinem Kaku vor dem Spiegel

über die Schulter sah, fiel ein Stein vom Herzen. Na, zufrieden, fragte er. Kannst du dich so annehmen? Steckt doch alles in dir drin, wir haben nur ein bißchen nachkonturiert und voll herausgeholt. Sonst wäre ich auch mit mir selbst nicht zufrieden gewesen... Bin ich nicht wie ein Vater zu dir, Kaku...? Nein, im Ernst: Innen und Außen müssen halt ein bißchen zusammenpassen, sollten es zumindest. Als konkrete Berufsausübung habe ich mir gedacht – Journalist; Journalist mit speziellen Neigungen zur Kunst. Journalisten, muß ich dir nicht sagen, die tauchen überall auf, stecken überall ihre Nase rein und machen sich an die Leute ran, um was aus ihnen rauszukriegen, das ist ihr Geschäft. Wie geschaffen für deinen Auftrag, oder etwa nicht? Darauf solltest du dich einpendeln...

Einher ging mit der Individualkosmetik in Pullach ein fünftägiger Kurzlehrgang für Neuanlernlinge über die Grundbegriffe des Verhaltens in einem geheimen Dienst. Es gab Lehrfilme zu Themen wie Beobachten und Beobachtetwerden; zur Technik des Kontaktaufbaus und zum Erkennen von Risikomomenten, speziell in intimen Situationen. Fälle wurden rhetorisch, aber auch in Sketch-Form durchgespielt, um die Probanden auf alle Eventualitäten vorzubereiten.

Verstand und Instinkt seien in jedem Augenblick gefordert, betonte der Instrukteur; sie ergäben zusammen das, was man Fingerspitzengefühl nenne; dies wiederum habe die Taktik zu dirigieren. Ein hochsensibler Beruf im Grunde. Psychologie sei schon immer der halbe Erfolg gewesen...

Der Text der Fibeln, die den Kursteilnehmern mitgegeben wurden zur weiteren Vertiefung, stammten aus den Ausbildungsvorschriften der alten *Aufklärung Ost,* wobei im Nachdruck die Abschnitte, die sich dort unmittelbar auf *Führer* und *Volk* bezogen, ausgemerzt blieben, ohne daß die motivierende Zielrichtung deshalb verwischt worden wäre.

Gerade noch rechtzeitig vor seinem Ersteinsatz übergab Meierhans dem Kaku stolz einen nagelneuen Personalausweis mit Bild, lautend auf den Namen *Reginald Hartmann.* Am 21. Dezember, 19 Uhr, finde in einer Dependance des Studentenwerks, in einer Villa im Bogenhauser Herzogpark, eine gesellige Zusammenkunft der ungarischen Studentengruppe statt. Sie lädt jedenfalls ein, Gäste willkommen.

Hartmann-Kakuske fand eine großbürgerliche Prachtvilla vor, deren obere Stockwerke stark beschädigt waren; das Parterre mit seinen ineinandergehenden Repräsentationsräumen stand dem Studentenwerk zur Verfügung, möglicherweise der Besitz eines geflohenen Juden oder eines Emigranten, schloß Kakuske.

Klänge von fremdartigem Reiz wehten dem Pullacher Agenten entgegen, als er sich dem Saal der Festlichkeit näherte. Sein Hinweis beim Eintreten, er sei Journalist, der Eindrücke sammeln wolle für einen Bericht über das vorweihnachtliche München des Jahres 1947, bewirkte, daß er an einen großen Rundtisch geleitet wurde, an dem sieben Damen und Herren in bunter Reihe saßen, offenbar der Honoratiorentisch der Veranstaltung: der Herr ist von der Presse und möchte über unseren Abend schreiben!

Kakuske hatte noch nie ein Czimbal und einen Czimbalspieler erlebt. Die Musik, die er wahrnahm, von einem Virtuosen mit seinen rasenden Klöppeln erzeugt, schlug ihn in Bann und berauschte ihn, so wie ihm die zu der Musik Tanzenden berauscht erschienen.

In Paris hatte Kakuske als ganz junger Besatzer den Cancan kennengelernt; der kam ihm dagegen reichlich verstaubt und antiquiert vor. Diesen Eindruck versuchte er auch den ungarischen Herrschaften am Tische zu vermitteln, da er die Blicke auf sich gerichtet fühlte. Darf ich mich vorstellen, beeilte er sich nachzuholen, er tat es mit Verbeugung und gleichsam stellvertretend für die ganze Tischrunde gegenüber der Ungarin rechts neben ihm, die kraft Sitzordnung zu seiner Tischdame geworden war: Hartmann; Reginald Hartmann.

Angenehm! Vörösmarthy...

Frau Vörösmarthy, eine Vierzigerin, nahm, zumal ohne Begleitung, den deutschen Pressemann ein wenig unter ihre Fittiche. Sie erläuterte ihm, in Ungarn gehöre das Czimbal obligat zu jeder Zigeunerkapelle, und die ungarische Musik sei ohne die Zigeunermusik schwerlich zu denken. Wenn das Czimbal gut gespielt würde, ersetze es ein ganzes Orchester, wie zu hören sei.

Während wieder getanzt wurde, warf ein älterer Herr von der gegenüberliegenden Seite des Tisches ein: Da Sie eben den Vergleich mit dem Cancan gebracht haben ... Der Cancan wird heutzutage nur noch auf der Bühne vorgeführt, früher hat man ihn sehr wohl im Saale getanzt. In beiden Fällen geht es natürlich um den Aufputscheffekt, wenn Sie das meinen; das ist richtig. Die Zigeunermusik ist aber viel freier im Rhythmus, im Tempo, in der Steigerungsmöglichkeit, das ist das ganze Geheimnis.

Frau Vörösmarthy kommentierte den Einwurf: Da hat wieder einmal unser Herr Professor gesprochen ... Der als Professor Bezeichnete ignorierte die Äußerung, als sei sie nicht gefallen.

Es wurde plötzlich still im Raum. Der Czimbalist hatte etwas angesagt. Der Professor flüsterte über den Tisch herüber: Jetzt kommt etwas ganz Besonderes. Sehr typisch ungarisch. Aus mehrfachen Gründen.

Ein konzertantes Interludium ertönte. Kakuske lauschte der Darbietung mit Andacht. Es ging ihm durch den Kopf dabei, woran es liegen könne, daß diese Ungarn so verblüffend gut deutsch sprächen, kaum mit Akzent, zumindest die an seinem Tisch. Begeistert stimmte er in den allgemeinen Beifall mit ein, der die Leistung des Virtuosen bedankte; ein stürmischer, langanhaltender Applaus war es gewesen, von zahlreichen Gästen im Stehen dargebracht.

Der Professor fuhr fort in seinen Erklärungen: Ich möchte Sie wirklich nicht langweilen, mein Herr, aber nachdem Sie über ungarische Dinge schreiben wollen – was Sie da gehört haben, war ein Stück, nein: das Herzstück aus der Háry-János-Suite von Zoltán Kodály, einem unserer bedeutendsten Komponisten in Ungarn, vielleicht der bedeutendste nach Béla Bartók ...

Kakuske zeigte sich bemüht, die Namen richtig aufs Papier seines Blocks zu bekommen, Frau Vörösmarthy buchstabierte sie ihm geduldig und demonstrierte die Ausspracheweise von Kodály: der Aussprache-Akzent im Gegensatz zum Schriftakzent auf der ersten Silbe und ganz kurzes *o;* das *l* vergessen und aussprechen: Kodaji ... Der unersättliche Journalist wollte auch noch den Namen des Czimbalvirtuosen wissen, und Frau Vörösmarthy buchstabierte ihm auch den: N-a-g-y, ausgesprochen: Nodsch, ein Dutzendname eigentlich.

Formvollendet bat Kakuske seine Tischdame zum Tanz. Der Ex-Baron machte beste Figur auf dem Parkett. Wie ein Kavalier alter Schule beendete er den Tanz mit einem Handkuß als Reverenz für die erwiesene Gunst. Frau Vörösmarthy, die aus angesehener Budapester Familie stammte, war sehr empfänglich für derlei Galanterien, speziell wenn dahinter der gezügelte Hengst mitaufblitzte. Beim Rückweg von der Tanzfläche stellte sie spontan die Verbindung zum Nebentische her, an dem ein studentisches Ehepaar seinen Platz hatte, beide als Übersetzer tätig – Leute vom Schriftwesen hätten sich immer etwas zu sagen, meinte sie und entschuldigte sich, um eine andere Runde aufzusuchen.

Und ob man sich etwas zu sagen hatte! Kakuske glaubte, in den Békéffis zwei hochgeeignete Personen gefunden zu haben: intelligentes Paar mit zwei Kindern, bedrängte Wirtschaftslage. Er bat Frau Békéffi und dann deren Freundin alsbald zum Tanze, anhand seiner eigenen Ungarnschwärmerei den jeweiligen Heimwehgrad ermittelnd sowie bei allem Flirte das Bedachtsamkeitsgebot der Weisen von Pullach in keinem Augenblick außer acht lassend ... Die emotionelle Basis jedenfalls war hergestellt. Alsdann kehrte er zu seiner Tischdame zurück und widmete sich ihr in Exklusivität bis zum Ende des Abends, zumal Frau Vörösmarthy erkennen ließ, an einer sinnlichen Abrundung desselben nicht uninteressiert zu sein.

Auf dem schon leicht verblichenen Messingschild an der Wohnungstür in der Schwabinger Nordendstraße stand Dr. Vörösmarthy. Sie betraten eine gepflegte Zwei-Zimmer-Behausung, deren Einrichtungsstil die Züge von organischer Gewachsenheit aufwies, was Kakuske zu der Frage veranlaßte: Frau Doktor leben gewiß schon länger in Deutschland?

Durchaus, antwortete sie. Nur hören Sie mir bitte auf mit Ihrer Anrede in der dritten Person!

Die promovierte Dame zählte zu den Kurzentschlossenen. Sie streifte ihr gesamtes Kleiderzeug ab in einer Geschwindigkeit, daß Kakuske sich anstrengen mußte, nicht zu sehr hinterherzuhinken. Obwohl die 40-Watt-Birne unterm Stofflampenschirm den Raum nur ganz sparsam erhellte, löschte Kakuske das Licht, was dem erotischen Vorgang zugute käme, dachte er, aber zugleich als Vorsichtsmaßnahme angesichts seiner eingefärbten Pullacher Brille.

Was fällt Ihnen ein, rief die resolute Frau Doktor in den Raum. Licht! Ich kenne Sie ja gar nicht, Sie könnten ja auch ein Lustmörder sein ...

Das *Lustmörder,* wenngleich ganz beiläufig dahingeredet, legte sich Kakuske blockierend aufs Glied. Das weibliche Erwartungsgeäug, als er wieder sichtbar wurde, verstärkte das noch.

Ich habe Sie wohl erschreckt, sagte die Dame, es täte mir leid ... Im übrigen, Monsieur, sind mir zartbesaitete Männer viel lieber als das Gegenteil. Ich hasse den Krieg! Also ... –

Sie kam sich wie eine OP-Schwester vor, die den Operateur operiert, angesichts ihrer Hilfeleistung; aufkeimende Fröhlichkeit überdeckte das allerdings schnell, denn der Positionenwechsel flutschte nur so, dazu der Reiz, daß das mit einem Wildfremden so lief.

Was ich Sie schon lange fragen wollte, begann Frau Doktor nach vollzogenem Akte – Sie tragen rechts ein vollkommen abgedunkeltes Glas. Warum?

Ihre Augenpartie macht eigentlich einen ganz normalen Eindruck.

Das täuscht, suchte Kakuske zu explizieren. Ich bin da extrem empfindlich. Im Krieg habe ich bei einer Übung mit Reizgas hochgiftiges Zeug hineinbekommen, daß ich fast erblindet wäre.

Was Sie nicht sagen! Das hebt Sie aber. Wie der Führer! Der hatte es ja auch mit den Augen, und keiner durfte wissen, daß er später eine Brille brauchte zum Lesen. Wann sind Sie eigentlich geboren?

Wieso?

Weil es viele in Deutschland gibt, die müssen erst nachdenken, wenn man sie fragt, wann sie geboren sind. Aber wann der Führer geboren ist, der Führergeburtstag, der ist ihnen in Fleisch und Blut übergegangen. Stimmt's?... Nein, Politik beiseite, ich möchte mir das mal kurz ansehen. Ich bin nämlich Augenärztin. Hier an der Poliklinik.

Sie holte ihre Augentaschenlampe hervor und untersuchte Kakuskes Augen mit fachlichem Griff. Zog die Lider nach oben und unten, zur Seite, leuchtete die Pupillen ab.

Merkwürdig! Sehr merkwürdig, sagte sie. Keine Spur einer Reizung. Keinerlei Rötung. Und gleiche Tränenflüssigkeit rechts und links. Merkwürdig. Sehr merkwürdig... Sie sind wohl vom CIA oder einem ähnlichen Verein. Dann grüßen Sie mal schön! Aber lange können Sie noch nicht dabeisein, so verhält sich nur ein blutiger Anfänger. Verlassen Sie jetzt auf der Stelle meine Wohnung, Sie alberner Mann von der Presse!

Kakuske mimte demonstrativ Gelassenheit und zog sich ganz gemächlich an, als wollte er noch etwas erwidern.

Jetzt aber raus – dalli dalli, fauchte ihn die Ärztin an. Sie riß die Wohnungstür auf und ließ die Kälte des Stiegenhauses hereindringen.

Kakuske nahm seinen Mantel und sagte, den Hut in der Hand: ... Es war eine mehr als charmante Begegnung... Ich wünsche der Gnädigsten noch eine recht gute Nacht...

Die Tür fiel ins Schloß.

Vom CIA oder einem ähnlichen Verein... Der Wortlaut verfolgte Kakuske bei jedem Schritt. Die ätzende Ironie... Wieder einer dieser niederträchtigen Zufälle, als sei ihm das so vorbestimmt, und ausgerechnet noch in nächster Nähe der Gößwein-Pension...

Die ganze Rosenmontagsnacht kam noch einmal hoch und Rottach-Egern mit dem Kameradenkreis und das Gespräch mit dem Dr. Wormbs.

Vom Sendlingertorplatz aus fuhr Kakuske in einem der frühesten Züge der Linie 25 in Richtung Grünwald, er suchte die Abgeschiedenheit, um mit sich klarzukommen.

Er stieg dann bereits in Großhesselohe aus. Das Revier hier war ihm einigermaßen vertraut, Meierhans hatte ihm gleich zu Anfang die Umgebung von Pullach gezeigt, und zwar auf beiden Seiten der Isar.

Sich dem Paul Meierhans anzuvertrauen, schloß Kakuske aus. Das ließ sein Stolz nicht zu. Ebensowenig wie er bereit war, in Pullach irgendein Lügengebäude zu errichten, um Zeit zu gewinnen. Die Frage, die sich ihm schließlich nur noch stellte, lautete: Überhaupt nach Pullach zurück. In die Falle. Aber wohin sonst. Wie vor die anderen treten in Pullach. Immerhin hat er einen Auftrag, und man hält Stücke auf ihn. Ein Versager.

Als er das erste Mal durch die Schranke von Pullach ging, erinnerte sich Kakuske, hatte er die Möglichkeit des ehrenhaften Abgangs einkalkuliert für den Fall, daß etwas schiefginge. Inzwischen wußte er, auch das fällt aus, da es in Pullach keine Waffen gibt. Mit den Ikonen etwa auf den Schwarzmarkt gehen – hellichter Wahnsinn. Oder doch. Das hieße, erst wieder nach Pullach zurück...

Kakuske war zur Großhesseloher Brücke gelangt, von der er nicht wissen konnte, daß sie im Volksmund auch Selbstmörderbrücke heißt. Es wäre für ihn auch belanglos gewesen. Die mächtigen Steinquader tief unten, durch die sich die letzten Rinnsale der fast ausgetrockneten Isar hindurchschlängelten, lagen bloß, ein klaffender Abgrund, gesicherten Exitus garantierend. Ohne auch nur einen Moment zu überlegen, tat Kakuske den Sprung in die Tiefe.

Der Tote, bis zur Unkenntlichkeit entstellt, wurde erst im Laufe des Vormittags von der Feuerwehr geborgen. Es war Heiligabend.

Am zweiten Feiertag meldete Meierhans pflichtgemäß das Ausbleiben von Kakuske. Am 27. Dezember erschienen in der örtlichen Presse die Angaben der Polizei, die um Mithilfe bei der Identifizierung bat. Aufgrund mehrerer Anhaltspunkte bestand für Meierhans kein Zweifel, um wen es sich hier handeln müsse. Er gab auch das unverzüglich an den diensthabenden Chef weiter.

Oberst Busse kommentierte die Meldung nur knapp mit der Bemerkung: Was haben Sie uns da wieder mal angebracht, Sie Talententdecker. Leute wie diesen Weichling von einem *Hartmann* können wir gerade gebrauchen... Private Details interessieren nicht...

Meierhans hätte dem Obersten ins Gesicht spukken können.

Wenn der Waffen-SS-Hauptsturmführer Paul Meierhans jemals von so etwas wie persönlicher Schuld berührt wurde, geschah es in diesem Augenblick. Ihn, der als einer der kaltblütigsten Kommandoführer bei der Partisanenbekämpfung in Polen galt, der am liebsten ganze Dorfschaften hätte füsilieren lassen, traf das tragische Ende des Kameraden im Innersten.

Schließlich war *er* es gewesen, der Kakuske für Pullach angeworben hatte. Und er tat es, räumte Meierhans vor sich ein, als hätte es außer Frage gestanden, daß Kakuske auch der richtige Mann sein würde für die neuen Aufgaben hier, für die Einsätze im zivilen Bereich. Er hatte dem Kaku helfen wollen damit in seiner Iffeldorfer Bredouille. Aber er hatte ihn auch bei sich haben wollen, seinen Freund-Kameraden und Vertrauten, der für ihn längst wie ein Halbbruder war. Meierhans spürte tatsächlich zum ersten Male, was es heißen konnte, einen Menschen auf dem Gewissen zu haben.

4

Im Erinnerungsvermögen des zwanzigjährigen Bogenhauser Studenten Armin Lersch nahm Großhesselohe einen markanten Platz ein, aus seiner Pimpfenzeit her. An bestimmten Sonntagen war Geländespiel angesagt, wie das in der Hitlerjugend-Sprache hieß. Treffpunkt an der Tramhaltestelle Großhesselohe mit Brotbeutel und Fahrtenmesser. Bei jedem Wetter, versteht sich. Der Fähnleinführer, schon ganz Bataillons- oder Regimentskommandeur, stand mit gespreizten Beinen vor seiner Mannschaft und erklärte die Lage. Ein strategisch wichtiger Punkt, auf der Wanderkarte genau bezeichnet für die untergeordneten Zugführer, sollte erobert und gehalten werden. Die zwei Züge, Kompanien gleich, erhielten blaue und gelbe Armbinden, und ab ging's in die getrennten Richtungen, kompaßgerecht, exakt zwanzig Minuten. Das eigentliche Manöver begann: Der Zugführer teilte Spähtrupps ein und Melder, gab Anweisungen zur Tarnung. Schließlich das große Feindbeschleichen, das Vorstürmen unter Indianergeheul und das Tak-tak-tak-tot! für den überrumpelten Gegner, der seine Armbinde abliefern mußte, gleich einem ehrlos Gewordenen. Zum Abschluß Lagerfeuer mit Fahne und weihevollem Gesang zum Knacken der lodernden Scheite.

Der Unterklassengymnasiast Armin Lersch vermochte dem nie etwas abzugewinnen. Wenn das jährliche Ferienzeltlager in Königsdorf bei Tölz anstand, besorgte er sich regelmäßig ärztliche Atteste, um der dort praktizierten Hordenpromiskuität zu entgehen. Ihm fehlte einfach die Begeisterungsfähigkeit fürs Abenteuerliche, er las ja nicht einmal Karl May, als wollte er aus Grimms Märchen unvermittelt in den *Werther* fallen. Bei seinen HJ-Kameraden galt er als Drückeberger und hochmütiger Sonderling, so daß die Zeltgemeinschaft bei seiner ersten und einzigen Lagerteilnahme eines Nachts bei ihm den »Heiligen Geist« kommen ließ: man fesselte ihn und verschmierte ihm sein Gesicht unter Gegröl mit Schuhwichse.

Als Student empfand Lersch geradezu Dankbarkeit dafür, durch seine Anlage zum Sonderling immunisiert worden zu sein gegenüber den Angeboten der Hitlerjugendzeit mit ihren ideologischen Wucherungen. Er sah das, aus seinem persönlichen Erleben als Gymnasiast, durchaus in Parallele zu den religiösen Angeboten der katholischen Konfession, mit denen er aufgewachsen, vor deren Einfluß ihn aber das Schreckbild seiner glaubenstyrannischen Mutter bewahrte. Dafür schlug er sich über Jahre mit Erklärungsversuchen für die Macht der Irrationalismen im aufgeklärtesten aller Jahrhunderte herum, ohne daß er den Menschen etwa bloß als rationales Wesen gesehen hätte. Er bezog die Universität sogar in der trügerischen Vorstellung, dort über derlei Fragen Klärendes, Aufklärendes zu erfahren; dies war sein eigentlicher Antrieb. Auch damit wieder der alte Sonderling, denn gut neunzig Prozent seiner Kommilitonen studierten ja, um möglichst schnell Ärzte, Lehrer, Anwälte zu werden. Was aus ihm selbst einmal würde, werden könnte, verdrängte er zunächst geflissentlich, hörte da und dort hinein, wo ihm nur etwas interessant schien, oft auch bloß ein einziges Mal, und gab sich neugierig den weltlichen Reizen hin, die da auf ihn zukamen jenseits der gelehrten Gemäuer.

Von Kurt Rahn, dem Redakteur der *Studentischen Blätter,* hatte Lersch den Auftrag erhalten, die Kritik über den Start des Studententheaters mit den *Soldaten* von Lenz zu schreiben. Lersch ging damit erst mal in Klausur, nahm aber dann doch an. Die Sache entbehrte ja insofern nicht einer gewissen Pikanterie, als Lersch mit der weiblichen Hauptdarstellerin Su Eckes eine wenn auch nur lockere Liaison verband. Kaum jemand wußte davon, auch Rahn nicht. Lersch glaubte sein Rezensentengewissen damit beruhigen zu können, daß die ihm Zugetane das Ensemble wohlmeinender Laien ohnedies, für jeden erkennbar, turmhoch überragte; vor allem sprach sie erstaunlich gut und unmanieriert, während die meisten noch mit ihren Dialekteinfärbungen zu kämpfen hatten und sich bemühten, diese durch unnötiges Pathos zu überdecken.

Die am Rosenmontag rauschhaft aufgetauchte Doris Freitag, die sich den damaligen Hauskapellmeister Armin Lersch zum Deflorationsgehilfen genommen hatte und dann wieder so gut wie entschwunden war, hatte ihm einen tiefen Eindruck hinterlassen. Im Hörsaal grüßte sie immer nur von ferne. Aus der Art, wie sie winkte, so nachdrücklich, leitete Lersch allerdings die Hoffnung ab, hier sei das letzte Wort noch nicht gesprochen, wahrscheinlich säße sie eben noch bei ihrem Lederfritzen in Moosach fest.

Nach einem Zwischeneindruck auf den Proben, der ihn Furchtbares ahnen ließ, gab Lersch den Kritikauftrag an Rahn zurück; der Balanceakt zwischen Lob eines Teiles und Vernichtung des Ganzen, der es zwangsläufig werden müßte, schreckte ihn doch ab. Lersch tat es stillschweigend. Su Eckes hatte ihm auch verboten, weiter auf die Proben zu kommen, es mache sie nur unnötig nervös. Sie kapselte sich immer mehr von ihm ab, sie sahen sich kaum noch, und Lersch erklärte das allein mit dem in der Tat nervenaufreibenden Hin und Her auf der Probenszene.

Die Intention des regieführenden Studenten Haberkorn war es gewesen, die Lenzschen *Soldaten* als rasantes Zeitstück zu präsentieren, mit *Lebensborn*-Anspielungen und mehrfacher Durchbrechung der Illusion durch entsprechende Informationen und

Dia-Projektionen. Auf den ersten Proben, Mitte '46, hatte Haberkorn seinen Spielern, durchaus einleuchtend, auseinandergesetzt, für ein Publikum von 1946 oder 1947 sei es unzumutbar, bloß die Lenzsche Kritik an der Offizierskaste und dem Militärwesen aus dem Jahre 1776 vorgeführt zu bekommen. Der Militarismus müsse vielmehr als ein für allemal auszurottendes Urübel der Menschheit bloßgestellt werden, deshalb der bewußt quälerische Anfang mit Kasernenhofdrill, bei offenem Vorhang gedacht, das Strafexerzieren, die Liegestütze, das »Pumpen bis zur Vergasung« nach den Feldwebelpfiffen. Den zweiten Schwerpunkt bilde das, was der Obrist gegen Ende des Stückes sagt, nämlich, daß der König Pflanzschulen für Soldatenweiber anlegen solle, Amazonen müßten es sein, laut Lenz, die den Dienst als Sexualmärtyrerinnen des Staates versähen, und die anfallenden Kinder sollten dem König gehören ... Ob das nicht geradezu *Lebensborn*-Vorwegnahme sei ...

Unter dem Eindruck jüngster Geschichte konnte es wohl so erscheinen. Haberkorn schwebte zunächst ein erklärender Spielleiter im Straßenanzug nach dem Vorbild von Thornton Wilder vor, wahlweise eine Art Moritatensänger, der mal mit Zeigestab, mal als Kriegsinvalide mit Krückstock auftritt und die zwischenzublendenden Dias – Photos und politische Karikaturen aus den zwei Weltkriegen – kommentiert; der aber dem Publikum auch Informationen liefert, zum Beispiel, knochentrocken-authentisch, was *Lebensborn* war im Dritten Reich, und so weiter.

In der Proben-Praxis nahm sich das dann schon ein wenig anders aus. Aufklärung ja, wurde gemurrt, aber kein Über-Ballast, der das ganze Stück erdrückt ... Daraufhin drehte Haberkorn den Spieß um und bat seine Hauptdarsteller, ihrerseits aus der Rolle zu fallen; jeder solle einen persönlichen Kommentar aus heutiger Sicht zu seinem historischen Part abgeben, möglichst improvisiert ... Mit den abstrusesten Experimenten gingen die Wochen und Monate dahin.

Spitz auf Knopf stand die Unternehmung, als Hartmut Fränkel, der Darsteller des Obristen, vor Beginn einer Probe berichtete, er habe beim Blättern in einer Literaturgeschichte etwas Alarmierendes entdeckt, was seine Rolle und das ganze Stück beträfe. Lenz hätte nämlich die dem Obristen in den Mund gelegten Gedanken um ein Verkehrs- und Zeugungsinstitut samt Kinderabwurf für den Staat sogar persönlich dem Herzog von Weimar vorgetragen, es sei also voll seine eigene Meinung gewesen, und man könne nun doch nicht *pro* und *kontra* Lenz gleichzeitig spielen.

Völliger Unsinn, meinten da die einen: im Sinne des 18. Jahrhunderts müsse man das doch eher humanitär und positiv sehen, das Aufgreifen der sexuellen Not des Soldaten, so, wie es später fahrbare oder feststehende Frontbordelle gegeben habe.

Fränkel darauf: Und das mit den Kindern, die dem König gehören sollen, ist das nicht die purste Menschenverachtung? Gegenüber den Kindern wie gegenüber den Frauen?

Haberkorn versuchte zu schlichten: Mensch Hartmut, *18.* Jahrhundert, denk doch mal nach! Wir wollen doch bloß die Parallele andeuten!

Fränkel: Sind wir im 18. oder im 20. Jahrhundert? Ich jedenfalls spiele hier nicht mehr mit!

Mit großer Gebärde, wie sich's gehört, warf Fränkel dem Regisseur sein Textbuch vor die Füße und zelebrierte starken Abgang.

Haberkorn wollte in seiner Verzweiflung schon den ganzen Pflanzschulen-Lebensborn-Passus streichen und einen neuen Schluß à la 1945 erfinden, da begehrte das Ensemble auf: wozu machen wir denn das Ganze überhaupt? Ergo wurde ein Ersatz gesucht für den Obristen-Darsteller, zusätzliche Ensemble-Proben waren nötig, und die Information, was Lebensborn war, wurde weitgehend ins Programmheft abgedrängt.

Als die Münchner Zeitungen Ende März 1947 unter den lokalen Kulturnotizen vermeldet hatten, im *Trimbacher-Bräu,* Türkenstraße, gelange eine zeitbezogene Fassung der *Soldaten* des Sturm-und-Drang-Dichters Jakob Michael Reinhold Lenz durch das Münchner Studententheater zur Aufführung, klang das für die demoralisierten Akteure nur noch wie ein vordatierter Aprilscherz.

Auf der Generalprobe am Premierenvortag drohte dann alles unwiderruflich zu platzen, wenn auch aus anderen Gründen. Der Wirt des *Trimbacher-Bräu,* in dessen Saal die Aufführung stattfinden sollte, erklärte, es sei völlig unmöglich, den Raum stundenlang zu heizen, ohne daß verzehrendes Publikum da sei; selbst wenn die Leute bei der Aufführung in Mänteln und mit Decken kämen, müsse etwas eingeheizt werden, und für mehr reiche es beim besten Willen nicht. Außerdem sei doch bereits sehr viel geprobt worden, wie es allgemein heiße.

Nun hatte sich das Ensemble sowieso schon darauf verständigt, Haupt- und Generalprobe an Ort und Stelle auf einen einzigen Tag zusammenzuziehen, Vormittag und Nachmittag. Mit den vorgefundenen Verhältnissen allerdings hatte keiner gerechnet. Das aufgebrachte Ensemble machte Haberkorn endgültig zur Schnecke: Warum das nicht vorher geklärt worden sei, eine Zumutung ... Haberkorn gab das an den Inspizienten weiter – wer denn für derlei zuständig sei, ob er vielleicht auch *das* noch selbst machen sollte ...

Es wurde abgestimmt, ob in dem saukalten Raum überhaupt die Schlußproben stattfinden könnten und sollten. Bis auf Su Eckes und den abgekanzelten Inspizienten entschied sich die überwiegende Mehrheit dennoch dafür, zu spielen. Der Darsteller des Desportes, der Luftikus des Ensembles, organisierte in dem Nebengelaß des Theatersaals, das als Gemeinschaftsgarderobe diente, eine Art Rotationssystem um den dort befindlichen Ofen als einzige Wärmequelle: jeweils vier Leute hätten da drumrum Platz, und jeder könne sich zwei Minuten um die eigene Achse drehen. Das nutzte man zähneklappernd.

Es hätte ein Motiv für Rossellini abgeben können,

wie sie an ihren Schminkspiegeln hingen, die hohlwangigen Studiosi, bemüht um Maske und Kostüm, als hätten diese sie zu tragen und nicht umgekehrt. Der Meister wäre wohl mit der Kamera in den Spiegel der Su Eckes gegangen, um festzuhalten, wie sich da eine schminkt, überschminkt zum vampigen Theatergesicht, die tiefen Augenringe erweiternd, vergrößernd; nur mühsam zusammengestöpselter Quatsch, was wir da machen, von der ersten bis zur letzten Minute, sagte sie zu ihrer Schminktischnachbarin Konstanze Gödde, die die ältliche Gräfin de la Roche zu spielen hatte, klar wie Kloßbrühe, daß wir verrissen werden, wenn einer nur ein bißchen Verstand im Kopf hat...

Die Gödde fuhr auf: War doch bisher immer dabei, unser Fräulein Hauptdarstellerin, was soll diese Miesmacherei; glaubst du, das hilft uns, oder hat deine Schlampenrolle auf dich abgefärbt?

Die Gödde, heroinenhaft gewachsen, sah auf das fadendünne Hurenfigürchen der Eckes hin; die Eckes: *Schlampe* sagten Frau Gräfin? Selber ein mächtiger Dreckhaufen, was da aus der gräflichen Gosche kommt...Längst hatten sich alle umgedreht an ihren Schminktischen, und die Gödde blies hochmütig den Rauch ihrer Zigarette gegen den Spiegel.

Jetzt kann uns nichts mehr passieren, meinte Haberkorn, der von draußen dazukam: doppelter Generalprobenkrach, ihr kennt doch das alte Theatergesetz...

Am nächsten Abend, als sie bereitstanden in der

Garderobe für die Abnahme durch den Regisseur, spuckten sich alle über die Schulter, nur die beiden Damen nicht.

Das Spiel begann, doch wollte kein Funke überspringen. Auch nach dreißig und vierzig Minuten noch nicht. Wäre es schon für professionelle Schauspieler diffizil genug gewesen, 18. Jahrhundert hinzulegen und gleichzeitig die aufgebaute Illusion immer wieder zu zerbrechen durch Informationen, mußten die studentischen Akteure an dieser Aufgabe scheitern. Kreuzbrav und schwerfällig kroch das Reptil von Szene zu Szene. Das Lampenfieber tat ein übriges.

In den *Studentischen Blättern* hagelte es denn auch einen Brachialverriß in der Tonart: die einen stünden hölzern herum, während die andern schamlos outrierten, man verkenne die löbliche Absicht nicht; die sei aber auch das einzig Positive an der mißglückten Darbietung.

Die Feuilletons der Tageszeitungen verhielten sich ungleich konzilianter. Sie umkreisten das traditionelle Dilemma studentischen Mimentums mit großer Rücksicht, um den jungen Akteuren nicht den Mut zu nehmen, sich des Theaters als Mittel von Zeit- und Selbstdarstellung zu bedienen, wie es in einer Besprechung hieß; man wertete das Gezeigte als hoffnungsvollen ersten Ansatz. Sogar Rabenhorst, der neue Germanistik-Gewaltige, sah sich am Vorabend seines eigenen Erstauftritts die Vorstellung an und beglückwünschte den Regisseur und seine Truppe zu ihrer Initiative.

Dem Gelehrten Emil Rabenhorst ging ein achtunggebietender Ruf voraus, besonders bei den älteren Semestern. Das verhaltene Gemurmel im Hörsaal vor seinem Eintreffen verriet die bereitwillige Einstimmung auf den hohen Gegenstand seiner Vorlesung über deutsche Klassik und Romantik. Nachdrückliches Geklapper empfing den Professor. Rabenhorst verbeugte sich mehrmals, zunächst schon beim Gang zum Katheder, dann dort noch einmal, er war gerührt von der Art des Empfanges.

In diesem geschichtlichen Moment, den wir durchleben, begann Rabenhorst, gilt es, den Blick aufzurichten zum Unverlierbaren im deutschen Dichterwort, über alles Zerborstene hinweg... Er wolle versuchen, Kontinuitäten des Geistes sichtbar zu machen und die großen Linien zu ziehen in Koordination mit den Kollegen, die sich mehr der jeweiligen Einzelproblematik widmeten. Man spürte deutlich, er hätte eigentlich vom *Unvergänglichen* im deutschen Dichterwort handeln wollen, statt von jenem *Überwölbenden,* das da mehrfach einspringen mußte, doch hielt er mannhaft an sich. Bei der großen Schlußzusammenfassung seiner Gedanken stand ihm die Anstrengung ins Gesicht geschrieben, die sein Adlerflug mit gestutzten Flügeln ihm abverlangt. Warmherziger Beifall dankte ihm, ein Applaus, der sich indes als durchaus endenwollend entpuppte.

Lersch zupfte Rahn, der auch in der Vorlesung war, am Ärmel: Wie wär das denn, Rahn, wenn wir so was wie Vorlesungskritik machten im Blättchen, wär mal was Neues...

Keine schlechte Idee, meinte Rahn, nur – da könnten ja alle Fakultäten kommen mit gleichem Recht, woher den Platz nehmen und die geeigneten Autoren. Unmöglich! Nein, weißt du was: mach eine Glosse, das geht!

Rahn schob den Text, den er umgehend erhielt, in die gerade vor dem Umbruch stehende Nummer ein, obgleich er auch diesmal reichliches Unbehagen empfand beim Lesen: frech und ungerecht, was da stand; aber Glosse ist Glosse, und die Zeiten hätten sich ja nun mal geändert.

Betr.: »Das (uns) Überwölbende«

Man hat uns nichts gegeben. Mit knurrenden Mägen (Metapher!) sind wir gekommen, zu hören; nun knurren sie auf – fast aus Entrüstung: Das Überwölbende! Das faustische Ringen um Wolga und Weichsel, nicht wahr... Arme deutsche Poesie, abgemagert zum Wolkenkuckucksheimchen am Herd; kein Fett, kein Fleisch, nur ausgeschnittene Schiller- und Goethe-Zitate im leeren Sago-Gefäß.

Sigurd Tannhäuser

Über die *Studentischen Blätter* erhielt Lersch-Tannhäuser kurz nach Erscheinen der Nummer einen Brief ohne Absender auf dem Couvert.

Betr.: »Das (uns) Überwölbende«
Sehr geehrter Herr Tarnhäuser,
wer immer Sie auch sein mögen: Danke für Ihre Vorlesungsglosse! Das sollte man zur festen Einrichtung machen. Sie haben mir aus der Seele geschrieben. Ihr Aschenputtel mit den ausgeschnittenen Klassiker-Zitaten im leeren Sago-Gefäß macht allenthalben die Runde. Vielleicht werde ich dann so auf den nächsten Germanistenfasching gehen.
Mit Gruß! Doris Freitag
Adalbertstraße 28/IV
bei Brettschneider

Lersch verschlug es den Atem. Unverzüglich schrieb er zurück:

Betr.: »Das uns (gemeinsam) Überwölbende«
Sehr geehrtes Fräulein,
der Unterfertigte ist überrascht von solcher Resonanz seines buchstäblichen Apropos. Und die Vorstellung, Ihr gewiß zauberhafter Körper (Sie sprechen zwar nur von Ihrer Seele; es ist mein Umkehrrückschluß aus: Mensch sana in ...) – der stäke mal in solchem Faschingskostüm, raubt ihm fast die Nachtruhe. Was tun?
Sigurd Tarnhäuser
p. A. *Studentische Blätter*

Zwei Tage später händigte ihm Rahn ein Telegramm aus.

VIELLEICHT HILFT KRÄUTERTEE STOP EINNEHMBAR MITTWOCH ODER DONNERSTAG AB 19 UHR

GRUSS
FREITAG

Lersch hielt sich ganz rechts an der Wand, um nicht gesehen zu werden von oben, während er hinaufstieg zur vierten Etage des Hauses am Alten Schwabinger Friedhof. Bei der vorletzten Kehre erlosch das Licht, Doris Freitag drückte auch nicht mehr nach. So trat er heraus aus der Dunkelheit, in voller Gestalt: Darf ja nicht wahr sein, rief Doris lauthals aus, das also ist unser Herr Tarnhäuser, wer hätte das gedacht!

Sie flogen diesmal fast aufeinander und sie entdeckten sich zum ersten Male richtig dabei.

Zum Nachtisch gab's den Kräutertee. Doris hatte das Wasser mit dem Tauchsieder in ihrem Zimmer aufgebrüht und tat noch einen Schuß Rum hinein. Sie stießen an mit ihren Tassen und tranken auf ihr ureigenstes Überwölbendes ...

Armin der Cherusker war ein starker Mann, ich hoffe, du bist es auch, Armin, hob Doris an. Ich muß dir nämlich etwas gestehen, obwohl ich mich eigentlich geniere, darüber zu reden. Es geht darum, ich brauche, um ehrlich zu sein, im Grunde immer ältere Männer. Am besten verheiratete. Du siehst, ein regelrechtes Einbrechergemüt bin ich. Vollkriminelle Type. Vor kurzem hab ich sogar einen Ordinarius geknackt. Wer das ist, ist egal. Du weißt, ich studiere mehrere Fächer. Vielleicht sag ich es dir später einmal. Vielleicht. Und jetzt beginne ich mich auch noch an dich zu gewöhnen, und zwar ausgesprochen – falls dir das andere nichts ausmacht.

Lersch parierte das grinsend, indem er der flotten Kommilitonin zu ihrer Blitzkarriere gratulierte – vom Datum des Rosenmontags her gesehen... Komme da einer klar mit diesen Frauen von heute!

Armin Lersch lag noch die Sache mit Su Eckes im Magen, die ihn auf offener Straße aufklärte darüber, ihr Verhältnis sei nicht ohne Folgen geblieben, sie habe ihn verschonen wollen damit, ein Mediziner, den sie im Fasching kennengelernt habe und der schon im Klinikum sei, hätte ihr geholfen. An der Ecke Theresien-Türkenstraße standen sie. Ein mausgrauer Tag. Beißende Kälte bis auf die Knochen. Es paßte dazu. Außerdem ginge sie nächstes Semester wahrscheinlich nach Heidelberg, dort gäbe es auch ein Studententheater, ein viel besseres sogar, Gott sei's geklagt.

Lersch sagte: Du gehst also mit ihm nach Heidelberg.

Und sie bestätigte ihm, so sei es.

Über die *Soldaten*-Aufführung kein Wort. Auch nach der Premiere war sie einfach verschwunden. Sie brachte es nicht fertig, Lersch die ganze Wahrheit zu offenbaren, wie schon seit einiger Zeit, sie wich aus, war aber fest überzeugt davon, er müsse ihre Veränderung gespürt haben, und glaubte sogar, er hätte die Kritik bewußt an den Holzkopf Pibrock abgegeben, um ihr eins auszuwischen, indes Lersch den Auftrag ordnungsgemäß an Rahn als den Redakteur zurückgegeben hatte, der alles weitere allein verfügte. Die Mißverständnisse ließen sich nicht mehr entwirren, und es reichte gerade noch zu einem aufgesetzten *mach's gut ... und du auch*.

Ein zweites Mal, schwor sich Armin Lersch, würde ihm dieser Lapsus nicht mehr unterlaufen, sollte er jemals mit dem Kritikerfach in Berührung kommen. Rezensenten hätten eben ihre Finger zu lassen von Schauspielerinnen, dürften sie allenfalls platonisch befingern mit ihren Formulierungen, was auch wieder seinen Reiz haben könne.

Lerschs innere Beziehung zum Theater war ohnedies höchst zwiespältig. Zwischen Trümmern die perversen Kostümorgien der Oper, Arien mit unverständlichem Text als ein gefeierter Gipfel an Kunstgenuß ... Haberkorns Zeitstück-Ambition und sein Bemühen, den hergebrachten Illusionismus zu demontieren, fand er dagegen richtig und wichtig, trotz des hochgradigen Mißlingens. Opernhaft erschien es ihm auch, wenn Freundin Su Eckes damit ankam, sie wolle im Grunde viel lieber die Iphigenie spielen statt ihres Soldaten-Flittchens. Lersch höhnte: also die Heilige Iphigenie der Trümmerfrauen, oder wie? Und sie höhnte zurück: Typisch! So kann nur ein engstirniger Philister reden, dem jeder Sinn für den Geist des Theaters abgeht!

Lersch fragte sich schlichter: Warum geht der Mensch ins Theater? Aus den denkbar verschiedensten Gründen natürlich, je nach Sparte. Nur eins sei gleich, vorderhand: man kommt zusammen in verdunkelten Räumen, um ein Erlebnis von schönem Schein zu haben mit kleinerem oder größerem Wirklichkeitsgehalt. Ein erotisches Verhältnis könne entstehen zwischen oben und unten, wenn die richtige Spannung da sei, Gegenbeispiel die *Soldaten*. Diesen Vorgang beobachtete Lersch fasziniert wie im Reagenzglas. Das sinnlichste Arrangement des *homo ludens* glaubte er da zu erkennen.

Was erschloß sich ihm auch nicht alles mit diesem Schlüsselbegriff! Das Phänomen Sport und der Stierkampf. Die Musik, von Bach und Mozart bis zu Elly Ney. Die Konventionen und die Parkettdiplomatie. Alles, in irgendeiner Art, Spiel, subsumierte er. Bis auf den Krieg und die Welt des *homo faber*. Nicht zuletzt das Spiel der Geschlechter, der Flirt voran, wovon lebten die Komödien sonst, die das dann noch einmal weiterspielen. Rechtens betrachtet, falle auch Doris Freitag und das, was sie treibe mit ihrem Ordinarius, eindeutig unter Spiel, es sei ihre ganz persönliche Form von Eroberungsspiel, ihr Einbrecherspiel, nach ihrer eigenen Definition.

Bei weiterer Beleuchtung der Dinge stieß Armin Lersch mehr und mehr zu der Auffassung vor, es müßte ihm eigentlich schmeicheln, mit einem Münchner Ordinarius die Geliebte zu teilen, erhöhen würde es ihn und nicht verkleinern und vielleicht noch ganz

Ungeahntes mit sich bringen. Der Überwölber Emil Rabenhorst jedenfalls konnte der große Unbekannte kaum sein, soviel stand schon mal fest dabei.

Das piekfeine Sonderfach Kunstphilosophie und vergleichende Kunstwissenschaft, dem Professorenkollegium der Fakultät per se schon ein Dorn im Auge, verlieh dem, der auf diesem Lehrstuhl saß, unweigerlich den Nimbus von Päpstlichkeit. Etwas vom Stuhle Petri der Künste weste denn auch in den Räumen des Seminars, ja, in den Gängen noch, die von Will durchschritten, so daß die Studentin Doris Freitag des Glaubens sein konnte, sie habe praktisch den Papst verführt, als es ihr gelungen war, ihn in ihr Netz zu ziehen.

Von Will zeigte als erstes Vorlesungsthema *Goethes Faust und die Bildende Kunst* an. Er hatte diese Wahl sehr bewußt getroffen. Das unüberhörbare Bekenntnis zum Erhabenen als Auftakt; andererseits kein allzu forsches Vorpreschen, das nur unnötig verschrecken würde. Anhand eines Pro-Seminars über künstlerische Doppelbegabungen arbeitete er sich dann wie ein Maulwurf bis an Barlach heran, um schließlich als spektakuläre Hauptvorlesung fürs nächste Semester anzukündigen: *Geist und Formenwelt des deutschen Expressionismus. Vergleichende Darlegungen zur Phänomenologie der expressionistischen Ästhetik.* Ein Privatissimum setzte noch einen besonderen Akzent: *Narren und Denker. Zu einem Aspekt der Bipolarität der Kunst anhand des Dadaismus.* Der Aushang am Schwarzen Brett der Philosophischen Fakultät trug hinsichtlich des Privatissimums einen Zusatz, der auf begrenzte Teilnehmerzahl verwies und nur höheren Semestern nach Anmeldung und Zulassung die Teilnahme ermöglichte.

Von Will hatte dabei an maximal zehn bis zwölf Personen gedacht. Diese Zahl war jedoch im Handumdrehen überschritten. Es meldeten sich vor allem ältere Kriegssemester, die hatten studieren dürfen, Versehrte, Beinprothesenträger, an Krücken Gehende. Die Zulassung oblag von Wills wissenschaftlichem Assistenten Dr. Mathias, der in Ermangelung eines eigenen Raumes im Ordinariatsvorzimmer seinen Dienst versah.

Zum wiederholten Mal bereits ging Dr. Mathias die überfüllte Anmeldeliste durch, als die Studentin Doris Freitag an seinen Schreibtisch trat und gleichfalls um Zulassung zum Colloquium bat. Das Colloquium, gab sie an, sei von unschätzbarem Wert für sie angesichts ihres Promotionsvorhabens beim Chef und der dadurch gegebenen Affinität zum Gegenstand des Privatissimums.

Affinität – aus dem Munde eines Zweitsemesters: hatte man jemals dergleichen gehört ...!

Die von Dr. Mathias kopfschüttelnd Abgewiesene wandte sich daraufhin an von Will selbst, über seine Privatadresse. Sie entschuldigte sich tausendfach ob des unstatthaften Verfahrens und legte ihren Fall dar. Es sei ihre Absicht, über die Gestalten des Narren und des Clowns in Literatur, darstellender und bildender Kunst bei Herrn Professor zu promovieren, falls Herr Professor das Thema akzeptiere. Sie bezeichnete dieses Vorhaben als *geistigen Herzenswunsch.* Vor ihre Unterschrift setzte sie ein leicht kanzleihaft verschnörkeltes *submissest!*

Doris Freitag war sich vollkommen im klaren darüber, was sie mit dieser Keckheit riskierte. Immerhin aber wurde in von Wills Vorlesungen oft regelrecht gelacht, daran knüpfte sie an. Im Grunde schrieb sie wie in Trance an von Will, war ihr doch der Kunstpapst zugleich wie die Reinkarnation ihres Vaters erschienen, den sie bereits als Schulkind während des Krieges verloren hatte; der ganze Habitus des Professors, sein bedächtiges Sprechen, das charakteristische Habichtprofil erinnerten sie an ihn. Am liebsten hätte sie das irgendwie mit einfließen lassen, extrem verklausuliert natürlich. Seit dem ersten Male, als sie von Will sah in der Vorlesung, okkupierte sie diese Empfindung. Eine angemessene Formulierung zu finden hätte allerdings sehr viel Zeit gekostet, und sie wollte sich unverzüglich bewerben; also unterblieb es.

Der Professor hatte seine Post beim Frühstück überflogen. Er las alles sehr schnell. Den merkwürdigen Brief der Studentin Freitag legte er zur Seite, um auf ihn später zurückzukommen. Die Wendung *geistiger Herzenswunsch,* die ihm zunächst wie sprachliche Unbeholfenheit erschien, entwickelte in Verbindung mit dem frechen *submissest* am Schluß eine Tönung, die ihn aufhorchen ließ und neugierig machte auf die Person der Schreiberin. Er wies sein Sekretariat an, der stud. phil. Freitag mitzuteilen, sie könne *ausnahmsweise* aufgrund der dargelegten Umstände *als Gast* am Privatissimum teilnehmen.

Der Münchner Kunstphilosoph von Will bewohnte – für diesen Vorzug Schicksal und Wohnungsamt gleichermaßen dankbar – das Untergeschoß eines zweistöckigen Klein-Hauses in der Böcklinstraße im Stadtteil Gern, der im Sinne der steingewordenen Gesellschaftsordnung den fließenden Übergang bildete vom herrschaftlichen Nymphenburg zum bürgerlich-kleinbürgerlichen Neuhausen, mit Merkmalen von hüben und drüben. Die Böcklinstraße stellte das Exempel einer geschlossenen, nahtlos durchgehenden Zweistöcker-Architektur mit individuell gehaltenen Einzelbestandteilen dar; die beiden Seitenstraßen wirkten wie das jeweils leicht variierte Spiegelbild der anderen, auch der Höhe nach. Um seinen Besuchern, die ja überwiegend zum ersten Male zu ihm kamen, die Möglichkeit zu geben, sich mit dem trotz der Kriegsdemolierungen gut erkennbar gebliebenen Ambiente der Straße noch bei Tageslicht beschäftigen zu können, ließ von Will die Runde zu der für ein Privatissimum unüblich frühen Stunde, auf vier Uhr schon, zusammenrufen und erklärte den Grund auch gleich bei der Begrüßung. Er verwies, bevor man sich setzte, auf die rittersaalartige Holzdecke des von ihm bewohnten Hauses, die den gründerzeitlichen Ursprung zeige, schön böcklingerecht, meinte er; und hervor trat, gleichsam auf dieses Stichwort, die Dame des Hauses: leicht korpulent, stattlich, reichliches Weißhaar. Frau Professor ließ sich die Colloquenten vorstellen, und das Hausmädchen reichte jedem der Anwesenden ein Glas Punsch. Durch die kräftige Zutat von Zimt und Nelken hatte die Gastgeberin das zugrundeliegende sogenannte Heißgetränk zu einem nachgerade exotischen Aphrodisiakum hochzustilisieren vermocht.

Mit dem Dadaismus, begann Professor von Will sodann, beträten sie gemeinsam ein Terrain, das für die Jüngeren notgedrungen eine *terra incognita* sein müsse, auf ihn als jungen Menschen aber eine geradezu magische Anziehung ausgeübt habe, aufgrund der künstlerischen Radikalität und des Engagements der Dada-Künstler. Denkbarstes Gegenstück zum L'art-pour-l'art, sagte er, kunstvoll praktizierte Antikunst vielmehr – dies wolle er eingangs an die Hand geben zum Verständnis, auch im Sinne des angesprochenen Bipolaritätsmoments: Ganz präzise intellektuelle Zielsetzung bei allem scheinbaren Narrentum; man habe reißbretthaft genau gewußt, was man wolle, erreichen wollte, obgleich man es verschleierte, indem man sich die Narrenkappe überzog.

Von Will hieß Dr. Mathias eine Schachtel öffnen, welche er seine Büchse der Pandora nannte. Dr. Mathias verteilte Dada-Materialien der verschiedensten Art; die Runde sollte sich durch Anschauung einen ersten eigenen Eindruck bilden zur Sache, erklärte der Professor, nach zwanzig Minuten würde man dann weitergehen.

Es war ein glänzender Einfall, wie sich zeigen sollte. Die Colloquenten tauschten sich höchst angeregt aus, speziell beim Weitergeben der unschätzbaren Dokumente. Nach Ablauf der Frist ging von Will dazu über, die Entstehungsgeschichte des Dadaismus zu beleuchten. Er ließ sich vom Assistenten das Material zum *Cabaret Voltaire* reichen und explizierte, daß sich an dieser Urzelle aus dem Zürich des Jahres 1916 schon alles Spätere in nuce ablesen lasse: Wort, Mimus, Musik, Bildnerisches, vereint in Aktion auf engstem Raum... Ein Kinderspielzimmer des Zeitgeists in allen Farben, Facetten, allen Sprachen der Kriegführenden... Ein wahres Laboratorium der Künste, definierte er, freilich mehr Beelzebubs Garküche im Sinne bürgerlichen Kunstverständnisses und nicht zuletzt eben zur Entlarvung desselben gedacht angesichts des fröhlichen Völkermordens.

Gebannt folgte die Runde den Interpretationen des Professors, und Dr. Mathias pries sich glücklich, diesem außergewöhnlichen Manne dienen zu dürfen.

Als man auseinanderging, nutzte Doris Freitag die Gelegenheit, sich bei von Will geziemlich zu bedanken für das Geschenk ihrer Zulassung zum Privatissimum.

Der Professor sagte, es sei in der Tat unüblich, daß sich Zweitsemester schon den Kopf zerbrächen über mögliche Doktorarbeiten, und fuhr fort: Da Sie aber, Fräulein Freitag, glaubhaft dargelegt haben, daß es sich bei Ihrer Angelegenheit um einen geistigen Herzenswunsch handele, blieb mir doch gar nichts anderes übrig als ein Auge zuzudrücken...

Er drückte bei diesen Worten spaßhaft sein rechtes Auge zu, und sie schmunzelten sich herzhaft an. Von Will ergänzte noch: Etwas anderes natürlich ist das – Jungsemester neigen gern zu Überdimensionierungen in ihren Zielen, Vorstellungen, Vorhaben. Um zu verhindern, daß Sie sich in etwas heillos verrennen und verstricken, sollten wir uns doch möglichst bald einmal in Ruhe darüber unterhalten, am Ende wollen Sie jetzt auch noch den ganzen Dadaismus mit hineinpacken in Ihre Vision... Kommen Sie vielleicht am Wochenende, sagen wir: Samstag um drei, zu mir. Hierher. Wie es in der Sprechstunde immer zugeht, das wissen Sie ja.

Drei Tage waren es bis zum Wochenende. Wieder einmal brütender Föhn über der Stadt, einer jener jähen Wettersprünge hatte stattgefunden, die wie maßgeschneidert erscheinen aufs cholerische Temperament der Landesbewohner. Die kindische Spätmärzsonne hatte im Nu alles Eis weggeschleckt bis auf ein paar schäbige Reste. Doris Freitag kam mit einer Handvoll bunter Krokusse an, und das Herz schlug ihr bis zum Halse, als von Will sie ins Zimmer hereinbat mit ausgestreckten Armen: Kommen Sie doch, Fräulein Freitag!

Der Professor rief nach dem Kaffee. Das Hausmädchen servierte ihn, mit Stirnrüsche und Schürzchen angetan, auf silbernem Tablett und schenkte ein. Sodann entließ der Hausherr Klara fürs Wochenende, sie könne über den Sonntag nach Hause fahren ins Allgäu. Klara zögerte, ob der Herr Professor denn wirklich zurechtkomme, wo doch Frau Professor verreist sei. Von Will beschied sie, er brauche wirklich fast nichts, und für das wenige sei er guten Mutes. Klara gab sich zufrieden, und der Professor wandte sich seinem Besuch zu.

... Ich bedaure, Ihnen nichts anderes vorsetzen zu können als diese verdünnte Brühe ...

Aber Sie würdigen mich sogar Ihres Meißener Zwiebelmusters, Herr Professor!

Sogar? Ich benutze es täglich. Es geschieht sozusagen aus ganz privatem Trotz, was bleibt einem schon ...

Ja, man klammert sich an solche Dinge ... Wir hatten bei uns zu Hause auch dieses Porzellan. Es ist allerdings immer unter Verschluß geblieben und wurde nur an höchsten Feiertagen herausgekramt.

Wo kommen Sie denn eigentlich her, Sie sprechen ja ohne jeden landsmannschaftlichen Akzent.

Muß man denn das?

Gott bewahre!

Es wäre mir ein unerträglicher Gedanke, immer eine Erkennungsmarke aus dem Mund heraushängen zu haben ... Ich stamme aus der Nähe von Kattowitz, Herr Professor.

Kattowitz! ... Flucht oder Vertreibung?

Ersteres.

Und wann?

Dezember vierundvierzig.

Dezember vierundvierzig?

Ja, man nahm alles in Kauf, bloß um nicht die Russen zu erleben. Im Januar waren sie dann an der Oder.

Ich will Sie nicht fragen, wie alt oder wie jung Sie da waren. Es läßt sich ungefähr ausrechnen.

Andere waren noch viel jünger. Man hat doch die Kinder und Kleinkinder nicht zurückgelassen. Auch Säuglinge gab's.

Sie flohen mit Ihren Eltern?

Mit meiner Mutter. Mein Vater ist schon zweiundvierzig gefallen.

Und hier dann das Abitur nachgeholt.

Ja.

... Nehmen Sie wohl noch einen Schluck ...? Nun also zu unserem Thema. *Ihrem* Thema vielmehr. Ihrem Vorhaben. Es fällt mir wirklich nicht leicht, Ihren herrlichen Furor zu dämpfen, Ihre offenkundige Begeisterungsfähigkeit für Kunstdinge. Das ist wunderschön, nur fehlt Ihnen der Überblick – wie auch! –, worauf Sie sich da einlassen würden mit Ihrem Thema: der Narr und der Clown in den Künsten. Es wäre eher etwas für eine Habilitation und nicht für eine Dissertation! Schauen wir uns die Sache doch mal etwas genauer an. Ich übertreibe kaum, wenn ich Ihnen jetzt folgendes auseinanderlege: Sie müßten erst mal den ganzen kolossalen Umkreis komischer Figuren in der Kulturgeschichte überhaupt abstecken, von der Antike an, über die mittelalterlichen Joculatores zu den Possenreißern und Lustigmachern des Jahrmarkts, zu denen in Zirkus und Varieté, bis zu jenen im Kabarett und Theater und auf der Leinwand. Sie müßten sodann die kunst- und literaturbeladeneren Gestalten herausstellen, wieder die ganze Skala, die ganze Linie vom antiken Theater über den Arlecchino der Commedia dell'arte bis zu den Verästelungen im Wiener Volkstheater, mit dem Höhepunkt im Shakespeareschen Narren. Schließlich müßten Sie den Narren und den Clown interpretieren als Symbolfiguren des Menschlichen, und diese vergleichen miteinander anhand von Beispielen aus Literatur, Theater, bildender Kunst – von Goldoni und Shakespeare über den Bajazzo bis zum Gilles von Watteau meinethalben –, das schafft doch wirklich kein Mensch! Wir müssen also eingrenzen. Nehmen Sie zum Beispiel nur die komische Figur im Brauchtum und auf dem Theater, allein *da* gäbe es noch viel zu erschürfen. Oder: der Jugendstil in der Lyrik. Der Narr und der Clown in den Künsten, was hat Sie bloß auf dies Mammutthema gebracht, würde mich interessieren.

Wenn Sie mich so fragen, Herr Professor, der Ansatzpunkt war wohl ziemlich emotionell: weil es Gestalten sind in der Menschheitsgeschichte, die geblieben sind über allem Kommen und Gehen, das hat mich fasziniert, und sympathische dazu. An jedem

Herrschernamen klebt Blut. Ich glaube, daß die Menschen meine Figuren nicht bloß deshalb lieben, weil sie sich selbst in ihnen erkennen können und von ihnen zum Lachen gebracht werden, sondern weil sie spüren, daß es ihre Freunde sind und keine Herrscher.

Ein aufschlußreicher Aspekt, ohne Frage! Das auszudiskutieren würde jetzt allerdings zu weit führen ... Ich sehe, Sie haben sich fleißig Notizen gemacht auf Ihrem Block. Vielleicht wollen Sie das kurz noch mal überdenken, auch das mit dem Jugendstil, damit unser heutiges Gespräch einen Zweck gehabt hat. Ich meine – zumindest im Sinne einer gewissen Weichenstellung. Ich werde die Schiebetür schließen, Sie können sich in den Wintergarten zurückziehen und melden sich, wenn Sie soweit sind, ich habe zu tun.

Der Professor schloß die entsetzlich quietschende Schiebetür, er tat es so langsam, daß Doris das Geschurr und Gepfeif durch Mark und Bein ging. Bevor er den letzten schmalen Spalt schloß, grüßte er noch kurz zu ihr herein, verschmitzt, koboldig, ganz und gar der Vater darin, sein Vogelkopf... Es hätte der Korridor in Kattowitz gewesen sein können, wie sie heimkommt mit dem Schulranzen, und der Vater empfängt sie mit offenen Armen... Sollte sie sich offenbaren oder ihn bestrafen, wer hatte sie ihm eigentlich erlaubt, diese Imitation ... Etwas müßte geschehen, das ihn umwerfen würde, wie es mit ihr selber geschehen war, etwas das ihn schockieren würde...

Flugs legte sie Stück um Stück ihrer Kleidung ab

bis auf ihr Halskettchen und klopfte an. Der Professor, auf der Couch ausgestreckt und in Bernowskis Geschichte der Tanzkunst vertieft, rief durch die Tür, ob sie noch eine Frage habe oder etwa schon fertig sei. Mit einem Ruck zog Doris die quietschenden Türflügel auseinander und hüpfte in den Raum. Da sie sah, daß des Professors Lektüre ein Buch über den Tanz war, sprang sie auf einen Polsterstuhl mit den Worten: falls Herr Professor damit etwas anfangen können ..., und demonstrierte einen ihrer verführerischen Bauchtänze.

Von Will, völlig entgeistert: Was das sein soll? Also, tanzen können Sie auch! Wenn, dann natürlich *Salome,* was sollte es sonst sein ... Aber ich bitte Sie, bedecken Sie sich doch, Sie werden sich noch erkälten ...

Um ihr Gepruste zu kaschieren, angesichts der Salome-Deutung, mußte Doris sich abwenden und nach vorn beugen, sie erschrak im gleichen Moment zu Tode darüber, welchen Einblick sie da wohl gewährt hätte und verließ schnellstens ihr Podium. Sie kniete sich vor dem auf der Couch Liegenden nieder gleich einer Reumütigen, legte ihre Hände auf seine und barg ihr Gesicht unter Liebkosungen in seinen Handflächen: ob es gestattet sei, auch in einem Wissenschaftler wie Herrn Professor zuvörderst den Mann und Menschen zu sehen ... Mit dem Tremolo ihrer Fingerspitzen auf seinem durch eine Weste geschützten Brustkorb läutete sie Sturm ... Von Will, das mit und um ihn Geschehene hinnehmend wie ein unabwendbares Fatum, sagte, ziemlich verstört, nur: Lassen Sie uns wenigstens einen geeigneteren Platz aufsuchen ...

Daß sie dann auch als greifbares Faktum über ihn kam, ihn nahm, und nicht er sie, ihm sogar die Bewegungen abnahm, sei es aus Höflichkeit oder im Überschwang, verwirrte Carl-Clemens von Will total. Er behielt die Augen noch ein Weilchen geschlossen beim Ausklingen. Doris störte ihn dabei nicht. Schließlich pochte sie ganz sacht mit ihrem Zeigefingerknöchel gegen sein Knie: Hallo, hier bin ich, Professorchen! Nicht schlafen, nicht träumen...

Nichts dergleichen trifft zu, ließ von Will verlauten mit gewissem Ingrimm im Tone. Er setzte sich abrupt auf, den Rücken an die mächtige Stirnfront der mahagonifarbenen, altmodischen Bettstatt gelehnt. Doris reichte ihm das schützende Plumeau und bezog selbst am Fußende Position unter der Decke. Sie winkte ihm zu, als grüße sie zu einem anderen Ufer hinüber.

Dem Professor gefiel das nicht so sehr, er machte Anstalten, das Lager zu verlassen. Dürfte ich ein Gläschen Burgunder offerieren, sagte er; ich habe noch ein paar wenige Flaschen gerettet. Gehen wir hinüber?

Doris antwortete, sie zöge es vor, zu bleiben, wo sie sind, nirgendwo sei es so kuschelig wie hier...

Von Will zog seinen Hausmantel an und ging in die Küche. Er entkorkte den Burgunder versehentlich so kraftvoll, daß es bis ins Schlafzimmer zu hören war. Dafür dekantierte er den Wein aufs sorgsamste und kehrte mit einem Tablett, darauf zwei kelchartige Rotweingläser und die Karaffe, ins Schlafgemach zurück und stellte die Dinge auf seinem Nachttisch ab.

Doris verfolgte amüsiert, mit welcher Hingabe der Professor die Geruchsprobe mit geschwenktem Glase vollzog und dann den Wein ganz langsam aus der Karaffe einfließen ließ. Als er Doris ihr Glas reichte, war ihm die Besorgnis anzusehen, es könnten Rotweinflecken aufs Bett kommen, und er sagte: Sie finden es also wirklich gemütlich hier...?

Ohne Frage, erwiderte ihm Doris. Ist unser Vis-à-vis nicht auch ein bißchen origineller, als wenn wir auf Stühlen sitzen... Abgesehen von dem Genuß, mit dem Professor, den wir alle verehren, sozusagen unter einer Decke stecken zu dürfen... Noch vor einem Jahr wäre mir nicht eingefallen, daß ich überhaupt jemals studieren würde, geschweige denn mit Promotionsabsichten...

Und warum das?

Klingt vielleicht kindisch – weil mir die Universitäten irgendwie unheimlich waren. Ich hatte Angst vor ihnen.

Angst? Das sollten Sie verdeutlichen.

Angst ist natürlich nicht das richtige Wort. Äußerlich kam es, glaub ich, daher, daß ich in einer Zeitschrift, ziemlich kurz nach dem Krieg, einen ausführlichen Bericht, eine Beschreibung der sogenannten Bücherverbrennung gelesen habe. Und die ging ja ganz von den Universitäten aus. Mit Ochsengespannen am liebsten hat man die Bücher hingekarrt, die dann unter Gejohl ins Feuer geflogen sind. In allen deutschen Universitätsstädten war das so. Studenten haben verbrannt, und die Professoren und Dozenten standen dabei.

Widerlich und ekelhaft! Man wurde abkommandiert zu dem Schauspiel.

Das verstehe ich nicht ganz. Wenn am 30. Januar Machtübernahme war, wie konnten dann schon ein Vierteljahr später alle Universitäten gleichgeschaltet sein. Also praktisch über Nacht.

Es war aber so! Es herrschte sofort ein unvorstellbarer Druck!

Aber es können doch nicht ganze Lehrkörper zu Befehlsempfängern gemacht worden sein, im Handumdrehen.

So war es auch wieder nicht! Es ging ja gar nicht nur um Parteiliches, das wäre viel zu vordergründig. Wie läßt sich das sagen ... man könnte von einer Art Blendung sprechen, Blendung durch den Blitzstrahl der Geschichte, durch das Manifestwerden von Geschichte. Wenn wir schon davon reden, es ist ja bezeichnend, daß vor dieser Art Blendung selbst zwei der bedeutendsten Köpfe im Land nicht gefeit waren, ich nenne jetzt nur die Namen, die Sie vielleicht mal am Rande gehört haben oder wahrscheinlich noch nie, nämlich Gottfried Benn und Martin Heidegger. Der Dichter und der Philosoph. Zwei allererste Leute jedenfalls. Der eruptive Aufbruch wie aus Urtiefen. Banausen, deren Blick nur bis zur Lohntüte reicht, werden von so was natürlich nicht erreicht.

Könnte man es nicht auch anders sagen: Man muß schon ein besonderer Intellektueller sein, um von einer solchen Blendung erreicht zu werden? Der Blick auf die Lohntüte bewahrt den kleinen Mann eben davor, nicht wahr...

Auch das ist nur zur Hälfte richtig! Wenn man dem kleinen Mann sagt, und Hitler hat das doch hinreichend getan, daß er als Deutscher und als deutscher Mann, qua Braunhemd und qua Rasse, eigentlich ein Übermensch ist, hat sich auch der wie ein Napoleon gefühlt in seiner läppischen Uniform.

Demnach war Hitler also doch eine dämonische Natur. Ein Dämon.

In gewissem Sinne natürlich *ja,* meine Liebe. Wie wäre ihm denn sonst alles gefolgt bis zur tödlichen Selbstaufgabe. Ich, für meine Person, hab den Kerl nie gemocht. Er war für mich einfach unappetitlich. Schon rein physisch. Da stellt sich so einer hin im Braunhemd und seinen Schaftstiefeln und gurgelt *Herr, wir lassen nicht von Dir...* genau so, wörtlich, wie es vorher der Kaiser getan hat, nur etwas eleganter, bei seinen ominösen Seepredigten... Wir sagten uns damals, so ein Rabauke, der kann sich natürlich auf keinen Fall halten. Zugegeben – unser Denkfehler. Sechsunddreißig kam die ganze Welt nach Berlin zur Olympiade, und das hieß: Hitler und das neue Deutschland *abgesegnet!* Damit waren die Würfel gefallen im Grunde.

Ein schicksalhafter Vorgang also.

Geschichte ist immer Schicksal.

Ein Uhrwerk, das ablief. Eine Platte mit der Stimme seines Herrn ...

Auch das, liebe Doris, wenn's Ihnen unbedingt Spaß macht ...

Nein, ich denke eigentlich mehr an die gigantische Schlächterei dabei. An die zynische Banalität. Und wie oft ist das doch schon so gewesen und immer wiedergekommen, wie man weiß, Hunderttausende verheizt für Herrscherhäuser oder für Ideale, die morgen nichts mehr gelten. Vielleicht ist das der Sinn der Geschichte ... Oder? Gibt es denn überhaupt einen?

Ich kann Sie da gut verstehen. Nur eines, Dorislein: Die antimilitaristischen Texte aus der Weimarer Zeit, die jetzt überall aufgesagt werden, und es ist gut und wichtig, daß das passiert, die suggerieren einem jungen Menschen von heute insofern einen vollkommen falschen Eindruck, nämlich als wäre das damals wirklich en masse unter die Leute gekommen und verstanden worden. Die meisten von diesen Texten wurden gedruckt in einer Zeitschrift mit ganz kleiner Auflage, die sich aufschlußreicherweise *Weltbühne* genannt hat, oder in Gedichtbänden. Und daß die Linke gegen die Rechte polemisiert und umgekehrt, gehörte zum Tagesgeschäft. Ganz abgesehen von der Gültigkeit des Gemeinplatzes: nachher weiß man's immer besser.

... Mir geht das alles wie ein Mühlrad im Kopf

herum ... Ich halt mich eben an so Sinnfälligkeiten wie die Ochsenkarren oder die Fleischerhaken, an denen man die Widerständler aufgehängt hat, ich sah das in der Wochenschau. Die Richter vom Volksgerichtshof waren doch auch sämtlich Studierte, also Juristen aus der deutschen Universität. Der deutschen Universität!

Jetzt pauschalieren Sie wieder entsetzlich. Denken Sie bitte daran, auch die Geschwister Scholl sind schließlich aus der Universität hervorgegangen, sogar der Münchner, und was Sie selbst betrifft, haben Sie etwa nicht die Kurve gekriegt und angefangen zu studieren und tun es geradezu mit Leidenschaft?

Zu studieren ist nicht richtig. Studieren kann man doch nur etwas Bestimmtes, ich ging einfach hin, weil ich erfahren wollte, was man da für eine Weltmeinung lehrt, ausgibt – *jetzt.*

Ich geriet als erstes in eine philosophische Vorlesung, die eigentlich mehr eine theologische war. Ich konnte nicht wissen, was es bedeutet, daß es ein Philosophisches Seminar I und II gibt in München ... Dann, bei der Konkurrenz sozusagen, wurde der Wirklichkeitsaufbau erklärt nach dem Modell einer mehrschichtigen Torte, oben drauf natürlich die bewußte Perle der Schöpfung, bloß weil der Mensch redet und lacht, das sage ich jetzt so, weil ich die säuberliche Aufteilung in humane und bestiale Schicht für pure Niedertracht halte. Ich bin der Meinung, das Wesen, genannt Mensch, läßt sich am besten erkennen, wenn er so richtig aus sich herausgeht. Auf der Flucht hat ein besoffener schlesischer Bauer, bei dem wir Notquartier hatten, in der Nacht versucht, mich zu vergewaltigen. Es hätte natürlich auch ein russischer Wodka-Soldat sein können. In unserm Flüchtlingstreck kamen wir uns trotzdem wie Privilegierte vor, als wir am nächsten Tag einem Zug von Häftlingen begegnet sind, schwankende Kadaver, aus irgend einem aufgelassenen Lager, immer brach einer zusammen, blieb liegen, bekam seinen Schuß.

Kriege kehren stets die niedrigsten Instinkte hervor, ohne Frage. Sagen Sie mal, meine Liebe, hat Sie eigentlich unser Dada-Colloquium so rebellisch gemacht, oder was ist es?

Pardon, das ist lächerlich! Jeder Pennäler weiß doch, weil er das lernen muß, daß die Geschichte zuerst mal eine Geschichte von Kriegen ist, Gallischer Krieg, Punischer Krieg, Kriege, Schlachten und Schlachten, eine einzige Schlachterei halt! Zivilisation? Ein hauchdünner Zuckerguß! Kultur als die guten Manieren des Mörders, wenn ich an so manches denke. Ich habe in Kattowitz zum Beispiel nie verstanden, warum die Polen Polacken heißen und Ungeziefer sein sollten, das man vertilgen darf oder muß, es wurde uns einfach so eingetrichtert.

In vielem, sehr vielem haben Sie ja unstreitig recht, meine Liebe. Nur Ihr schiefhängendes Weltbild, falls Sie das alles ernst gemeint haben sollten, müßten wir ein klein bißchen zurechtrücken bei Gelegenheit.

Keine Gnadenakte, Monsieur le Professeur, meinen Instinkt lasse ich mir nicht verderben!

Die gut entwickelten Brüste der jungen Frau, die ihm gegenübersaß, muteten von Will in diesem Moment an wie die Schwertspitzen Lysistrates. Lysistrate und Salome in einer Person.

Mein Gott, was sehe ich, sagte er, es geht schon bald auf Mitternacht zu; wie sollen Sie nach Hause kommen! Wenn ich Ihnen die Couch im Wohnzimmer anbieten darf... Unentschuldbar, daß ich nicht achtsamer war bezüglich der Zeit über unserem Palaver.

Doris akzeptierte die Couch nur zu gerne. Am Sonntagmorgen, zwischen sechs und sieben, weckte sie den Hausherrn mit ausgesuchten Zärtlichkeiten. Sodann bereiteten sie zusammen in der Küche ihr Frühstück.

Der Professor brauchte den Gast nicht zum Aufbruch zu drängen. Doris räumte kurz nach acht von sich aus stillschweigend das Feld. Die Verabschiedung im Korridor allerdings vollzog sich in so herzhafter Form, daß die Fragerei nach dem Wann und Wo ihres Wiedersehens erst gar nicht aufkam.

Der Überfall, der Einbruch in sein mehr oder minder geordnetes Dasein beschäftigte Carl-Clemens von Will den ganzen Sonntag über bis zur Rückkehr der verreisten Gattin. Was war ihm da für ein Geschöpf ins Haus geschneit gekommen, von seiner Person Besitz ergreifend im Handstreich. Ein erstaunlich erwachsenes Kind, mokant, von fraulichem Temperament, wie er es kaum jemals erlebt, ohne plumpe Vertraulichkeit... Zug um Zug revidierte von Will auch seine Einschätzung ihrer scheinbaren Naivität in Sachen Geschichtsauffassung, die er während des abendlichen Bettgesprächs belächeln zu müssen glaubte. Nicht wenige ihrer Äußerungen erschienen ihm vielmehr Ausdruck ihrer spezifischen Begabung, Sachverhalte ironisch auf die einfachste Formel zu bringen, derweilen ihn sein Professorenverstand zwang, sich der Denk- und Ausdrucksweise des dialektischen Überbaus zu bedienen, der das geschichtlich Elementare, eben dadurch, oft genug verschönfärbt und vernebelt zugleich...

Eine Woche nach ihrem Besuch in seinem Hause faßte von Will den Entschluß, Doris Freitag die Stelle seiner Privatassistentin anzubieten. Längst schon hatte er nach einer geeigneten Kraft Ausschau gehalten angesichts der Übermenge nachzuvermittelnder Gegenstände auf dem Gebiet der zwölf Jahre lang unterdrückten modernen Kunst. Er wußte sehr wohl, was er damit für ein Wagnis einginge, denn die Angetraute, bereits seit Jahren restlos erkaltet, vermochte jählings zu erglühen, wenn ein jüngeres weibliches Wesen in den engeren Umkreis des Gatten trat.

Den Ausschlag hatte ein zusätzlicher Eindruck gegeben. Kierkegaards *Entweder-Oder* wollte sie lesen, und sie borgte sich das Werk an jenem Sonntagmorgen bei von Will aus. Bereits zwei Tage später brachte sie es wieder zurück, und das dabei geführte Gespräch ergab, daß sie es keineswegs bloß flüchtig, sondern genauestens gelesen und bis ins Detail verstanden hatte. Lakonisch erklärte sie von Will, derlei sei für sie längst zur Routine geworden; sie lasse sich im Antiquariat Schellerer, wo sie halbtags arbeite, oft über Nacht einschließen, um Bücher zu lesen, die am nächsten Tag schon nicht mehr da sein könnten. Ursächlich ginge das auf ihre Schulzeit zurück; genauer – auf den Tod ihres Vater. Nach diesem Verlust sei sie von einer manischen Freßsucht befallen worden, körperlich wie geistig; zwanghaft hätte sie alles denkbar Gedruckte in sich hineingefressen in permanenter Sinnsuche, auf der Suche nach Strohhalmen, denn der Kontakt zur Mutter sei ausschließlich negativ gewesen.

Auf das Privatassistenz-Angebot von Wills reagierte Doris ausweichend, bat sich Bedenkzeit aus. Sie gab vor, sie könne dem Schellerer-Antiquariat nicht so ohne weiteres den Rücken kehren, da sie dort einen Vertrauensposten innehabe. In Wahrheit befürchtete sie, gerade durch ihre Tätigkeit als die schließlich nicht versteckbare Privatassistentin des Professors die ihr so kostbare Beziehung zu gefährden.

Aus dem gleichen Grunde zögerte sie zunächst auch bei von Wills Projekt einer gemeinsamen Reise nach Straßburg. Von Will hatte eine Einladung nach dorthin, ausgesprochen vom Kreis der Freunde Hans Arps; die Einladung bezog sich auch auf eine Begleitperson.

Ich soll da einen Vortrag halten, konkretisierte er. Arp liegt mir ja ganz besonders am Herzen. Ich habe viel über ihn geschrieben vor der Nazizeit. Deshalb, und natürlich nicht nur deshalb, genieße ich wohl den Ruf als deutscher Arp-Experte in Straßburg. Außerdem behandle ich, wie Sie ja wissen, Arp gegenwärtig in zweifachem Zusammenhang – in der Expressionismus-Vorlesung und im Dada-Colloquium. Ein drittes Mal ist er dran, wenn ich die Fortsetzung des Doppelbegabungen-Seminars mache. Ich bin überzeugt, wir könnten auch via Zürich nach Straßburg reisen, das läßt sich gewiß bewerkstelligen, die Franzosen sind ja Sieger, dann könnte ich Ihnen die Geburtsstätte des Dadaismus zeigen und das dortige Milieu, was sehr wichtig ist; alles erhalten geblieben wie damals.

Dies Angebot wollte Doris Freitag nicht ausschlagen. Zürich und Straßburg an der Seite von Wills!

Auslandsreisen von Deutschen mußten von der amerikanischen Besatzung genehmigt werden. Aufgrund der französischen Einladung klappte es ziemlich schnell. Um so mehr Zeit verschlang dann der Grenzübergang selbst, vor allem jener nach Österreich. Während der Bahnfahrt am Bodensee zwischen Bregenz und St. Margrethen klärte von Will seine Begleiterin darüber auf, daß die Österreicher die Deutschen eigentlich gar nicht mehr ins Land lassen wollten, weil sie sich als von Hitler-Deutschland Überfallene fühlten und dafür, allen Ernstes, sogar Reparationen zu verlangen gedächten. So feindlich könne man sich werden.

Zürich. Überwältigend die Aura der Stadt, die tiefsten Frieden atmete. Der Handschlag über die Jahrhunderte hinweg: die Zunfthäuser, das Limmat-Getürm. Die Lichtreklamen am Bellevueplatz, die mondäne Bahnhofstraße und die anarchistische Idylle des Niederdorfs. In einer billigen Pension, die halb Absteige ist, mieteten die Reisenden sich ein. Mit ihren verschiedenen Namen hätten sie auch in keinem besseren Hotel ein Zimmer bekommen im ehrbaren Zürich. Das Etablissement lag nur wenige Schritte vom Hause Spiegelgasse 1 entfernt, in dem Dada einst geboren wurde.

Am kommenden Morgen pilgerten sie dorthin. Von Will demonstrierte, wo 1916 auch Lenin gewohnt hat in der Spiegelgasse, nur ein paar Häuser weiter, bevor man ihn im plombierten Waggon durch Deutschland fuhr, auf daß er zu Hause die Revolution mache...

Über Basel ging es nach Straßburg. Abends von Wills spektakulärer Auftritt vor der Arp-Gemeinde mit seiner Hommage auf den »großen Europäer aus Straßburg«, die in dem Versuch gipfelte, den durch Dada geprägten Moralisten des Worts Hans Arp und den abstrakten Bildner gleichen Namens darzustellen als zwei korrespondierende Figurationsweisen des »sezierenden« Spielgeistes Hans Arp, der in seiner Vita die mögliche Konfiguration Europas konkret gelebt habe, er, der sich nicht bloß zum Spaße gern

Jean-Hans Arp genannt hätte ... Doris verfolgte den Drahtseilakt ihres Professors wie eine Assistentin im Varieté, zumal sie von Will als seine wissenschaftliche Mitarbeiterin vorgestellt hatte.

Von Will wollte am nächsten Mittag die Exkursion nach der Stadtbesichtigung im berühmten *Haus Kammerzell* ausklingen lassen. Das mehrstöckige Lokal war bis unters Dach überfüllt, der Professor und seine Begleiterin kamen gerade noch an einem kleinen Tische unter, an dem bereits zwei Franzosen saßen. Sobald diese das Deutsch der Hinzugekommenen hörten, ließ einer der beiden den Kellner kommen und forderte ihn auf, die Deutschen an einem anderen Tische zu plazieren und nicht an dem ihren ...

Der Garçon versicherte ihnen mit großem Gebärdenaufwand, es gäbe keinen freien Stuhl mehr, geschweige denn einen Tisch, auf der ganzen Etage, er bedauere außerordentlich. Ein aggressives *Alors – l'addition!* ertönte, und von Will gab Doris ein Zeichen zum Aufbruch. Im Nachschwall der Stimmen glaubte er, den Ausdruck *boche* gehört zu haben, und versuchte Doris zu erklären, was der Franzose unter einem *boche* verstünde.

Sie verzichteten daraufhin, ein anderes der besseren Lokale aufzusuchen, und landeten schließlich im *Buffet de la Gare*.

Doris stand lange noch unter dem Eindruck des Kammerzell-Rencontres. Von Will nahm es gelassener. Man könne das im Grunde nur zu gut verstehen, sagte er auf der Rückfahrt; im Elsaß regten sich auch immer mehr Stimmen, die die Region selbständig machen wollten, um endlich Ruhe zu haben nach dem ewigen Hin und Her. Eine eigene Sprache hätten sie ja ohnedies bereits, das Elsässerdütsch, kein Franzose verstünde das, und die Deutschen allenfalls knapp hinter der Grenze noch. Und dafür bräuchte es eben als Zugpferde Leute wie Arp. Der aber lebe zur Zeit in Meudon bei Paris statt in Straßburg – voilà ... Der Elsaß-Traum werde aber wohl kaum in Erfüllung gehen, meinte von Will, die Grande Nation würde doch nicht gerade diese Prestige-Provinz freigeben, und das noch so kurz nach dem Krieg ...

Am Münchner Hauptbahnhof trennten sich die Reisenden schnell. Doris verkroch sich nach ihrem sündigen Ausflug ins freiere Leben regelrecht in ihrem Antiquariat, arbeitete teilweise sogar ganztags, ohne darüber aber die wichtigsten Vorlesungen zu versäumen. So kam es auch zu einer Hörsaalbegegnung mit Armin Lersch.

Doris erschien ihm merkwürdig verändert, sie wirkte vollkommen fremd auf ihn in ihrem ganzen Gebaren. Sie brachten nur Belangloses über die Lippen. Der endgültige Rückzug von der Ordinariatsbuhlschaft stand für Lersch damit fest, zumal sich bereits ein attraktiver Kontakt mit einer Studentin der Akademie anzubahnen begann.

Ruth Hildebrand, die neue Bekanntschaft, stammte aus Berlin und wollte Graphikerin werden. Seitdem sie im Vorjahr, genauer: im November '46, im *Haus der Kunst* eine Modenschau gesehen hatte, die im Rahmen der ersten Münchner Exportausstellung lief, liebäugelte sie mit dem Modefach. Modelle und Kostüme teils aus gehorteter Friedensware sind da gezeigt worden, aber auch solche aus Wehrmachtsstoffen und Fallschirmseide, so wie man andernorts aus Stahlhelmen Kochtöpfe machte. Das reizte die Berlinerin; es hatte Witz in ihren Augen.

Armin und Ruth mochten sich auf Anhieb. Im Sommer borgten sie sich Fahrräder aus bei Freunden und strampelten hinaus zum Starnberger- und Ammersee. Lersch wollte dem Ruthchen die Schönheiten seiner bayerischen Heimat nahebringen, auf die er insgeheim stolz war. Von Klosterkleinod zu Klosterkleinod wallfahrteten sie, übernachteten in Heuschobern und fühlten sich kannibalisch wohl im Heu. Besonders gern kehrte Lersch mit seiner Geliebten im Gartenwirtshaus von Seeseiten ein, von wo aus man den berückenden Blick über den See auf das stupsnäsige Kirchlein von Seeshaupt hatte, mit den bläulichen Bergen dahinter.

Das Ruthchen... Er, doch eher versponnen und introvertiert, der Unpraktischsten einer, sie – handfest, pragmatisch, kein Deut ein Träumerwesen, und sie verstanden sich trotzdem so gut! Harmonie, worauf beruhte die letztlich? Lersch fand keine Antwort. Muß auch nicht alles erklärbar sein, was schön ist, tröstete er sich.

Doris hatte er jetzt auch in den Vorlesungen nicht mehr gesehen, und glaubte, es läge wohl daran, daß sie es beide so wollten. Der Grund dafür war allerdings vielmehr, daß die Antiquariatsangestellte Freitag schon seit Wochen durch eine brisante Entdeckung von der Umwelt abgezogen war, die sie im Schellerer-Untergrund gemacht hatte.

In den weitläufigen Kellerräumen des Antiquariats, die zum Teil von einer im Kriege eingegangenen Weinhandlung im Nachbarhause herstammten, wurde vor allem das weniger Kostbare gelagert; es befanden sich dort mehrere dem wegzugebenden Ramsch zugerechnete Kisten, die allein deshalb noch nicht weggegeben waren, weil der Chef selbst entscheiden wollte, wohin damit und wann; seit eh und je seien sie schon da und nähmen Platz weg, sagten die Kollegen. Bei einer ihrer Kellerinspektionen hatte sich das für die Aussortierung von Ankäufen zuständige Fräulein Freitag die verlassenen Kisten vorgenommen, welche bloß provisorisch verschlossen, allem Augenschein nach aber vorher vernagelt gewesen waren. Die Dinger weckten ihre Neugier. Mit einem Taschenmesser öffnete sie die erste Kiste und begann zu wühlen.

Von einem *Kampfbund für deutsche Kultur,* der ihr da entgegensprang, hatte sie in ihrem jungen Leben noch nie etwas gehört. Die Institution mit dem martialisch klingenden Namen, Hauptsitz in München, mußte jedoch eine bedeutende Rolle vor und nach der Machtübernahme gespielt haben, wie sie aus den Unterlagen und der Korrespondenz, die den Inhalt der Kiste bildeten, unschwer erkennen konnte.

Auf die Frage nach der Herkunft der Kisten erklärte Schellerer, sie stammten aus der Zeit seines Kriegsvertreters; der sei ein strammer Nazi gewesen und nicht eingezogen worden, weil er, wegen eines Geburtsfehlers, eine leicht verkrüppelte Hand besaß, während er selbst von Anfang bis Ende habe Soldat sein müssen. Jedenfalls, soweit er das habe eruieren können, seien die Kisten erst in den allerletzten Kriegstagen hierher gekommen und auch wohl nur fürs erste untergestellt worden, um danach irgendwohin weitergeschafft zu werden oder wieder zurück, wie auch die anderen Teile des mit Sicherheit noch weit größeren Kampfbund-Archivs. Wer ein richtiger Nazi war, meinte Schellerer, hat ja auch noch an den Endsieg geglaubt, als die Amerikaner schon vor München standen... Er habe den Schamott, nachdem er die Kisten geöffnet, zunächst einfach auf den Müll kippen wollen, dann hätte er sich überlegt, es könnte vielleicht mal was für die historische Forschung sein später, dadurch bekäme er wenigstens die Lagerkosten wieder heraus; so sei das Zeug halt im Moment immer noch hier, ganz schlicht deshalb. Noch was?

Und wenn *ich* damit wissenschaftlich arbeiten würde, sagte Doris Freitag. Schellerer lachte lauthals auf.

Doris: Das würde wohl gegen Ihre Geschäftsinteressen verstoßen...

Wahrscheinlich! Aber was interessiert Sie denn dieses Nazi-Zeug überhaupt so brennend?

Doris: Sie werden bestimmt wieder lachen oder mich auslachen – weil ich darüber mal promovieren möchte!

Ausgerechnet darüber? ... Im Ernst?

Ja, im Ernst!

Wenn das tatsächlich so sein sollte: Juristisch gesehen gehören die Sachen natürlich dem verblichenen Kampfbund respektive seinen Erben oder Rechtsnachfolgern; ich bin nur, ohne mein Zutun, in ihren Besitz gelangt. Und jetzt erwarten Sie etwas Verbindliches von mir. Also, passen Sie auf: Angesichts Ihrer unleugbaren Verdienste um das Antiquariat, Fräulein Freitag, räume ich Ihnen hiermit die auf Ihre Arbeit bezogene, kostenlose Benutzungsbefugnis ein; nicht mehr, aber auch nicht weniger! Meine Bedingung: Eine detaillierte Aufstellung vorweg, die das gesamte Material erfaßt. Nichts darf auf Ihrer Liste fehlen, und ebenso natürlich nichts nach der Benutzung durch Sie. Capito? Ferner: Sorglichster Umgang mit allen Stücken auf Ehrenwort!

Zwei Wochen später ließ sich Doris Freitag durch Dr. Mathias einen Termin beim Professor geben. Beim Betreten des Ordinariatsraumes wurde ihr wieder ganz eindringlich bewußt, wie gut es gewesen war, daß sie nicht einmal bei ihren Verliebtheitsanfällen während der Reise versucht hatte, das Sie zwischen ihnen zum Einsturz zu bringen. Die Redeweise in der dritten Person, derer sie sich gern bediente, erschien ihr als gangbarer Ausweg, zumal dabei ein bißchen hübsche Ironie mitklang.

Ich bin hier, begann sie, um dem Herrn Professor frank und frei ein neues Dissertationsthema vorzuschlagen; pardon: vorzutragen. Ein Thema, griffiger, überschaubarer als das erste und sogar zentral mit München verbunden: Es geht um den ominösen *Kampfbund für deutsche Kultur* des Herrn Rosenberg, einstiger Hauptsitz in München!

Dann schilderte sie, wie sie mit den Kampfbund-Zeugnissen in Berührung gekommen sei. Vier pralle Kisten! Nicht das gesamte, doch ein gewichtiger Teil des im letzten Moment verstreut verlagerten respektive zwischenverlagerten Archivmaterials: Korrespondenz, Namenslisten, Rundschreiben, Bücher, Broschüren, Zeitungsberichte. Was für ein Fund! Und mit diesem Funde wolle sie jetzt wuchern, sozusagen... Bevor's ein anderer täte...

Als Titelvorschlag nannte sie: Der nationalsozialistische Kampfbund für deutsche Kultur; Aufbau, Arbeitsweise, Wirkung – 1929 bis 1937, denn diese Jahre seien die entscheidenden gewesen. Könnte, müßte das nicht auf gemeinsames Interesse stoßen, mit Verlaub zu sagen...

Von Will reagierte erstaunt.

Zunächst mal: Sie wollen sich doch hoffentlich nicht bloß auf Parteimaterial stützen bei solch einer Art Themenstellung.

Natürlich nicht! Aber es wäre der Grundstock.

Und welchem wissenschaftlichen, speziell kunstwissenschaftlichen Zweck sollte die Sache dienen, darauf kommt es doch an?

Der Thesis und dem Nachweis, daß die gesamte kunst- und kulturpolitische Ideologie des Dritten Reichs um Rasse, Blut und Boden mit dem entsprechenden Vokabular vom *Völkischen* bis zum *Kulturbolschewismus* und zum *semitischen Bazillus* durch einen mächtigen Propaganda-Apparat im ganzen Land schon seit 1929 systematisch verbreitet wurde, und vor allem, daß dabei die Universitäten die wichtigsten und willigsten Stützpunkte waren... Inzwischen sei es für sie auch kein Wunder mehr, fügte sie an, daß es ein Vierteljahr nach der Machtübernahme mit der Bücherverbrennung schon so gut geklappt hat... In München hätte es ja sogar zwei Verbrennungen gegeben, eine noch mal extra innerhalb der Universität, weil ein Schriftsteller protestiert hatte, daß er nicht mitverbrannt worden wäre, ein Bayer namens Oskar Maria Graf... Von Universitätsseite aus also wenig, kaum oder gar kein Protest.

Brav! Ihr archäologischer Ehrgeiz in allen Ehren. So konklusionsreif, wie Sie das eben heruntergerasselt haben, liegen die Dinge aber wirklich nicht!

Was ich gesagt habe, läßt sich alles belegen.

Was läßt sich belegen?

Die Größe, Ausbreitung und die Verankerung des Kampfbunds und seines Geistesguts in der gesamten deutschen Intelligenz. Schon 1929, im Gründungsjahr, waren die Hälfte der fünfundsechzig sogenannten Förderer aus der Prominenz bekannte Hochschullehrer, Akademiemitglieder, Dekane! Im Mitteilungsblatt des Kampfbunds sind bereits all die

Literaten als Feinde aufgeführt, deren Bücher dann verbrannt wurden. Besonders schockierend war für mich, als ich darauf gekommen bin, daß der berühmte Professor Schultze-Naumburg bei seiner Rede in der Münchner TH im Januar '31 Leute wie Nolde, Heckel, Hofer, Kirchner, die ich natürlich erst auf diesem Weg alle kennengelernt habe, als klinische Krankheitsfälle vorgeführt hat, und zu jedem gezeigten Bild kamen projizierte Photos körperlicher Mißbildungen oder solche von Aussätzigen dazu – 1931 und nicht erst '37 wie beim Kulturfeldzug der *Entarteten Kunst* dann. Das in etwa wäre der gedankliche Bogen, vorweggenommen.

Die Verirrungen und das Unwesen des Herrn Schultze-Naumburg sind mir hinreichend geläufig und unvergeßlich, wie das Treiben der anderen Kunstoberbefehlshaber und Rassisten vom Schlage der Ihnen ja wohl mit untergekommenen Herren Spann und Ziegler. Das ist das eine. Es gab aber auch anderes und andere. Ich weiß nicht, ob Ihnen klar geworden ist, daß *ich* zum Beispiel ein erklärter Gegner der Rassentheorie in der Kunst war. Und wer an der Rassentheorie zu rütteln wagte, hat bekanntlich an den Grundfesten gerüttelt. Nein –?

Ich bitte höflichst um Aufklärung. Alle Zusammenhänge können mir natürlich nicht vertraut sein, schon gar nicht, was die Person meines Gegenüber betrifft. In den mir zugänglich gewordenen Kampfbund-Unterlagen findet sich sowieso nur etwas über die Zeit vor dreiunddreißig; da gilt – wenn ich zitieren darf – der Privatdozent und angehende Professor von Will als besonders gefährliche Figur, als Verführer, als – so wörtlich dort – »Verderber« der akademischen Jugend durch seine Glorifizierung der – wieder Zitat – »übelsten« Auswüchse künstlerischer Dekadenz ...

Diesen Tenor habe ich noch gut im Ohr, eingeschlossen das Schaftstiefel-*Deutsch* der NS-Knechte damals! Eines bestimmten Charmes entbehrt es allerdings nicht, das ausgerechnet aus dero Munde referiert zu vernehmen ...

... Ich bin richtiggehend zusammengezuckt, als ich das zum ersten Mal las.

Also, zu Ihrer Frage. Sie haben mich um Auskunft gebeten. Um Aufklärung, exakt. Ich war, um dreiunddreißig, so viel ich schon veröffentlicht hatte, natürlich noch keine akademische Berühmtheit, das kann ein junger Privatdozent oder Professor auch gar nicht sein. Trotzdem war bekannt, in meinen Vorlesungen weht ein anderer Wind. Deshalb kam man zu mir. In Frankfurt erst und dann in Berlin, wo es in mancher Beziehung noch etwas anständiger zuging als in München. Bei mir wurde gelehrt: Es gibt nur gute oder schlechte Kunst. Der Rassenbegriff hat in der Kunstdiskussion nichts zu suchen, denn: Rasse ist kein kunststiftender Faktor, sonst hätten wir ja, per '37 etwa, bei dem ungeheuer erwachten Rassebewußtsein, eine hinreißende Glanzzeit der Künste haben müssen, einen Überfrühling. Und was war? Die trostlose Weißwurst-Tempel-Architektur des Herrn

Troost, die Bauten des Herrn Speer und das spätgermanische Pappmaché bei den ewigen Umzügen ...

Das wagten Sie zu sagen? Nicht, daß ich es bezweifelte ...

Wörtlich selbstverständlich nicht. Ich sagte es anders herum. Ich sagte: Was prägt, Kunst schafft, außer dem Künstler selbst, sind: Volk, Zeit, Land, *Artikulationsgemeinschaften,* diesen Ausdruck habe ich damals geprägt, Rasse kam überhaupt nicht vor. Weil *Rasse* auch keine Artikulationsgemeinschaft ist. Wer verstehen wollte, und die Leute hörten damals sehr genau hin, hat mich sehr wohl verstanden. Ich sagte auch: man muß eben auf die deutsche Kunst noch ein bißchen warten, sie hinkt halt beträchtlich hinter der allgemeinen Entwicklung her; politisch sind ganz neue Verhältnisse geschaffen worden, aber die Kunst müht sich noch ziemlich epigonal ab, wenn nicht epi-epigonal sogar, Beispiel: eben das antikisierende Gebaue durch den Filter der Neuen Sachlichkeit hindurch. Das konnte auch als kritischer Ansporn aufgefaßt werden und wurde es Gottseidank auch! Man durfte sich nicht zu sehr festlegen, damit man nicht festlegbar wurde. Sie sehen, meine Liebe, es ging schon ein bißchen komplizierter zu, als Sie nach Ihrer Blitz-Recherche den Eindruck vermitteln zu wollen scheinen.

Ist es vermessen, die Frage zu stellen: Hätte ein klares Bekenntnis zur modernen Kunst aus dem Munde eines zumindest in der Fachwelt bekannten, renommierten Experten nicht ein sichtbares Zeichen gesetzt?

Nein! Und zwar schon deshalb nicht, weil die gleichgeschalteten Zeitungen gar nicht gewagt hätten, darüber zu schreiben! Positiv, meine ich. Man hätte mich nur fertiggemacht. Wem hätte ich denn noch nützen können im KZ? Neulich, da hat so ein Schnösel von Kunstkritiker sich bemüßigt gefühlt, mir an die Karre zu fahren, und hat – unter anderem – meine Vorliebe für das *Rasenstück* von Dürer als Annäherungsbereitschaft an den Schollen- und Schamhaar-Realismus der neuen Richtung hinzustellen versucht, wenn nicht gar als Verbeugung. Vom Saulus zum Paulus, nicht wahr! Jetzt kommen sie überall heraus, diese denunziatorischen Ignoranten. Ich wünschte mir dringlichst, daß Sie sich nicht auf dieses jämmerliche Niveau mit herabbegeben, um sich dabei vielleicht auch noch lächerlich zu machen, in aller Freundschaft gesagt...

Hatten Sie persönliche Kontakte zu Künstlern, die nach '33 geächtet waren?

Selbstverständlich, zu vielen! Wir saßen ja im gleichen Boot.

Auch mit Arp?

Auch mit Arp. Soweit und solange es möglich war. Als Dozierender konnte man das alles nicht offen demonstrieren, es war, begreifen Sie doch, eine *Kampfsituation,* und wer sich bei diesem Kampf nicht geschickt bedeckt hielt vor dem Gegner, war von vornherein verloren. Stellen Sie sich nur mal vor, die

Gestapo hätte meine Dada-Sachen gefunden bei einer Hausdurchsuchung. Allein das. *Können* Sie sich wahrscheinlich gar nicht vorstellen, nach der Art Ihrer bisherigen Fragestellungen zu urteilen.

Was soll damit gesagt sein?

Es soll damit gesagt sein, daß Sie sich gar nicht denken können, welche Wege und Schleichwege der geistige Widerstand gehen mußte. Beispiel: Ich habe 1938 im *Berliner Tageblatt* einen langen Essay veröffentlicht unter dem Titel *Nietzsche und Mozart – Ein unstatthafter Vergleich?* Selbst auf die Gefahr hin, Sie jetzt kenntnismäßig zu überfordern, will ich andeuten, worum es da gegangen ist. Nach der Veröffentlichung im *Berliner Tageblatt* habe ich nämlich 1939, es war schon Krieg, über Nietzsche und Mozart auch ein Seminar gemacht. Während die Nazi-Ideologen sich ausschließlich an den bulligen Brutalisten Nietzsche gehalten haben, hielt ich mich an den Mann der *Fröhlichen Wissenschaft,* den Aphoristiker der Philosophie, der dem schwerfälligen Deutschen die Leichtigkeit des Tänzerschritts beibringen wollte, wie sie Mozart in die Musik gebracht hat. Und ich ließ, auf den Zeithintergrund der Entstehung hin, den Nietzsche-Satz aus der *Götzendämmerung* interpretieren: *Deutschland, Deutschland über alles ... – ich fürchte, das war das Ende aller Philosophie.* Als Nietzsche-Satz aus dem Jahre – *1889*... Sie verstehen? So ging das. Apropos Mozart, und das ist keine Anekdote: Es hat einen Kollegen gegeben, einen Musikologen, der hat Mozart einmal als typischen Ausdruck von Österreichertum dargestellt und einmal als herrlich leichten deutschen Komponisten, neben Wagner und Beethoven... Vor und nach achtunddreißig eben, territorial gesehen absolut korrekt... Nein, Mozart hätte selbst am meisten gelacht über diesen Zirkus, dürfen Sie mir glauben. Der Fortgang für mich war allerdings gar nicht so komisch; dem Rektor kam natürlich das mit dem *Deutschland, Deutschland* zu Ohren. Er ließ mich kommen und erklärte mir, mein Lehrauftrag sei mit dem heutigen Tage erloschen. Er schaute in eine dubiose Akte hinein, aus der ich schließen mußte, daß sich darin Berichte über mich befänden, systematische Bespitzelung also. Und so war es auch. Der Rektor sagte nur, das Maß sei jetzt voll, und er müßte aus seiner Verantwortung heraus die Sache nach oben weitergeben, sonst bliebe das noch an ihm kleben. Er legte mir nahe, mich sofort freiwillig an die Front zu melden, was ich auch tat. Wollen Sie wissen, wie es dann weiterging?

Wenn ich darum bitten darf.

Da ich wegen meines Asthmas nur garnisonsverwendungsfähig geschrieben wurde, kam ich zur Militärverwaltung nach Paris, wo der Kunsthistoriker Professor Wolff Metternich, der die Abteilung Kunstschutz leitete, geeignete Mitarbeiter suchte. Wir konnten da vieles vom nazistischen Kunstraub der Herren Göring, Rosenberg und Konsorten verhindern, besonders, was die Impressionisten betrifft, auf die waren sie alle ganz geil. Nicht verhindern konnten wir allerdings, vorweg gesagt, falls Ihnen das mal unterkommen sollte, daß später in Paris auch eine *Bilder*verbrennung stattfand. Und wir konnten deshalb nichts unternehmen, weil wir überhaupt nichts von der geplanten Aktion gewußt haben, das lief nämlich völlig geheim, über die deutsche Botschaft in Paris, kam also direkt von den politischen Berliner Stellen, und Botschaft und Militärverwaltung lagen sich pausenlos in den Haaren. Ergebnis: Bilder von Klee, Picasso, Picabia, Mirò – verbrannt in Paris! Man genierte, nein: man schämte sich wirklich, ein Deutscher zu sein.

Und in Deutschland kein Bekenntnis zur modernen Kunst, das ist für mich irgendwie schwer nachvollziehbar... Könnte, rein theoretisch, verleugnen nicht auch sich selbst verleugnen bedeuten..., rein theoretisch...

Mein Gott nochmal, jetzt nehmen Sie doch Vernunft an! Ich habe in meinem Leben noch keinen Menschen verleugnet. Wie das zum Beispiel der große Richard Strauss getan hat. Dreiunddreißig hat er sich zum Präsidenten der Reichsmusikkammer machen lassen; vierunddreißig, eben, weil es der große Richard Strauss ist, mit Sondergenehmigung die Uraufführung der *Schweigsamen Frau* nach seinem jüdischen Librettisten Stefan Zweig, und fünfunddreißig, als die Zügel schon strenger angezogen waren, schreibt der gleiche Mann einen Winselbrief an Hitler mit der Anrede *Mein Führer!*, er, Strauss, sei bestürzt darüber, daß man ihm unterstelle, er hätte kein Verständnis für den Antisemitismus im Dritten

Reich... Ein Mann, ein Tantiemenmillionär mit Aufführungen seit Jahrzehnten in allen Opernhäusern der Welt. Ich, ich war damals ein junger Hochschullehrer, stand praktisch noch am Beginn meiner Laufbahn und rang um meine Existenz...

Kannten Sie eigentlich Professor Kurt Huber?

Nein. Persönlich nicht. Warum... Der mit Ihrer Namensnennung gemeinte Vergleich ist nicht nur geschmacklos, sondern geistig obszön! So kann sich wirklich nur jemand äußern, der damals nicht gelebt hat oder noch ein Kind war. Und es ist nicht jeder zum Märtyrer berufen... Das ist ein pubertärer Maßstab. Wie komme ich eigentlich dazu, mich tribunalisieren zu lassen, noch in meinen eigenen Räumen... Was Ihr Vorhaben betrifft, um darauf jetzt noch einmal zurückzukommen: Es ist doch offensichtlich, daß es bei Ihrem Thema um Politik geht und Propaganda, und das gehört in die Politologie und nicht in die Kunstwissenschaft. Die Kunstwissenschaft und die Kunstphilosophie haben, wie schon der Name sagt, mit Kunst zu tun und nicht mit Politik, gelegentlich auch mit politischer Kunst natürlich, aber nicht mit Vorgängen aus dem Bereich der Politik selbst. Ich hoffe, mich unmißverständlich genug ausgedrückt zu haben. Ich betrachte das Gespräch hiermit als beendet.

Doris Freitag verließ den Raum nicht sofort. Sie verweilte einige Zeit noch, mit dem Rücken gegen die Tür gelehnt, schien noch etwas sagen zu wollen, tat es jedoch nicht und entfernte sich, bemüht, die

Türklinke möglichst geräuschlos zu drücken. Sie lief in Schwabing herum, völlig verstört, nahm nichts wahr, besessen von dem, was da geschehen, und davon, wie das alles hatte geschehen können.

Erst aus erheblicher Distanz und nach mancherlei Selbstanalyse vermochte sie zu erahnen, daß bei ihrem Rigorismus von Will gegenüber auch das durch ihn beleidigte Vaterbild mit Regie geführt haben könnte, denn sie trug die Erinnerung an einen Mann in sich, der das Gegenteil einer anpaßlerischen und doppelzüngigen Natur gewesen war, der nie und vor niemandem ein Hehl machte aus seiner Meinung, auch politisch, was ihn, den einfachen Uhrmachermeister im Grenzbezirk Kattowitz, wo der Polackenhaß nur so blühte, fast in den Ruin gestürzt hätte. Der Uhrmachermeister Franz Freitag, er hatte sich in der Tat niemals verleugnet, und das, was er dachte.

5

Nach ihrem Bruch mit von Will mied die Studentin Doris Freitag alle Vorlesungen des Kunstpapstes wie die Pest. Ihr Studienschwerpunkt verlagerte sich von der Kunstwissenschaft auf die neuere Germanistik, ein Fach, dem der »Überwölber« Emil Rabenhorst vorstand.

Unterschiedlichere Naturen hätten sich kaum denken lassen, als die beiden Herren Ordinarii sie repräsentierten. Von Will – ein Mann von Weltläufigkeit, gern süffisant und ironisch, eine leptosome Gestalt; Rabenhorst: rundlich und bieder, fast hausbacken, mit altväterlicher Ausstrahlung, Uhrkette überm Bäuchlein.

Und ausgerechnet mit Rabenhorst sollte Doris Freitag, kurz nach dem Ende ihrer Von-Will-Affaire, eine mysteriöse Begegnung haben, deren volle Tragweite sich erst nach dem Ablauf von drei Monaten offenbarte.

Im Dezember 1947 war (ohne daß Doris davon Kenntnis erhalten hätte) Rabenhorst im Antiquariat erschienen, auf der Suche nach einem Lenau-Band von 1857 für seine Sammlung von Erstausgaben des 18. und 19. Jahrhunderts.

Da Schellerer gerade vor kurzem eine Bibliothek mit Werken dichtender Adliger von einem Nachfahren des Fürsten Pückler-Muskau erworben hatte, die sich en bloc kaum verkaufen ließ, vermochte er dem erstaunten Rabenhorst die gewünschte Ausgabe des Edlen von Strehlenau, wie Lenau eigentlich hieß, vorzulegen, und zwar ein tadellos erhaltenes Exemplar, das nur ein paar unvermeidliche Stockflecken aufwies.

Als es ans Zahlen ging, entnahm Rabenhorst seiner Aktentasche ein Buch und legte es auf den Tisch: eine aktuelle Rarität, erklärte er, die er gern in Zahlung geben würde, da er für das Schriftwerk keine direkte Verwendung habe. Es sei ihm von Freunden aus der Schweiz zugeschickt worden, wo man es kaufen könne, hier aber nicht; weshalb auch immer. Es handle sich um den jüngsten Roman des Emigranten Thomas Mann, über den vor den Studenten zu sprechen schon deshalb müßig sei, weil sie ihn selber noch gar nicht lesen könnten. Um des Kontaktes mit Rabenhorst willen nahm Schellerer das Buch an, ohne es allerdings allzu hoch zu veranschlagen.

Schellerer hatte schon vor Wochen von seiner Mitarbeiterin erfahren, daß ihr Kampfbund-Thema an der Universität abgelehnt worden sei. Vielleicht nützt Ihnen *das* was, meinte er gönnerisch; es kam gerade herein, und Sie suchen ja immer was Ausgefallenes ... Er erklärte ihr, was es mit dem *Faustus*-Roman von Thomas Mann verbreitungsmäßig auf sich habe, sonst nichts.

Innerhalb von drei Tagen hatte Doris Freitag das füllige Opus von der ersten bis zur letzten Seite gelesen und bat Schellerer, ob sie das Buch nicht erwerben könnte, auf Abstottern. Schellerer sagte es ihr zu und machte ihr sogar einen großzügigen Sonderpreis.

Schon während der Lektüre kam es Doris Freitag in den Sinn, sich anhand des aus Deutschland ausgesperrten, aber den deutschesten aller Stoffe in zeitgenössischer Gewandung behandelnden Romans des immerhin nicht ganz unbekannten Thomas Mann die Gunst Rabenhorsts als ihres potentiellen neuen Doktorvaters zu erschließen, aber wohl nebenbei auch, um den gegenwartsflüchtigen »Überwölber« ein wenig zu reizen.

Die Vorstellung, sich als Doktorandin mit dem zutiefst bürgerlichen Gelehrten auseinandersetzen zu müssen, der da in der laufenden Hauptvorlesung wie ein Pastor über den *Romantischen Eros* dozierte, mutete sie zwar einigermaßen komisch an; einen dritten Doktorvater hätte es für sie jedoch nicht gegeben, aus Studienfachrücksichten.

Es war die letzte Sprechstunde vor Weihnachten, und Doris Freitag sah wie ein leibhaftiger Weihnachtsengel aus, wie sie da hereinkam, ihr hübsch verpacktes Geschenk weihevoll, langsamen Schrittes vor sich hertragend; sie legte es mit einem angedeuteten Knicks und der Bemerkung auf Rabenhorsts Schreibtisch ab: ein kleiner Festtagsgruß für Herrn Professor, in der Hoffnung, von Herrn Professor bald etwas darüber zu hören ...

Rabenhorst sagte darauf, seine Besucherin großäugig anschauend, womit er denn das verdient habe. Er hielt das ihm zugedachte Geschenk, das noch mit einem kleinen Tannenzweig geziert war, einige Momente lang in Händen, wollte sich die Überraschung aber bis zum Vierundzwanzigsten aufsparen.

Die Germanistik-Studentin hatte Rabenhorst etwas zu fragen zu dem Referat, das sie im Zusammenhang mit der Vorlesung über den *Romantischen Eros* zu schreiben hatte. Es ging um die Frauen der Schlegel-Brüder; ein Vergleich von Dorothea und Caroline von Schlegel sollte versucht werden.

Rabenhorst schlug vor, die für ein Frühsemester zugegebenermaßen nicht ganz unkomplizierte Sache von der Spiegelung beider Frauen im einschlägigen Hauptwerk her anzugehen, der *Lucinde* des Friedrich Schlegel, 1799, das müßte der Ausgangspunkt sein.

Während er darüber sprach, fiel Rabenhorst ein Blatt von seinen Schreibtischpapieren herunter. Die Studentin wollte es flink aufheben und verfing sich in ihrer Hast mit den Schuhspitzen in dem reichlich ausgefransten Ordinariatsteppich. Rabenhorst eilte ihr chevaleresk zu Hilfe, und bei diesem Abfangmanöver kam es für den Bruchteil einer Sekunde zu einer engen Körperberührung, wie bei einem lasziven Tanze.

Rabenhorst schoß alles Blut in den Kopf.

Professor und Studentin suchten beide das Peinlichkeitsmoment zu überspielen, indem sie sich gaben, als sei nichts weiter geschehen. Rabenhorst drängte es ans Fenster seines Ordinariatsraums. Er stand da, der Studentin den Rücken zukehrend, und starrte hinaus in das Flockengetänzel. Nach einigen Augenblicken kam er wieder zurück an seinen Schreibtisch und fragte, wo man stehengeblieben sei.

Doris sagte: ... Bei den Spiegelungen der zu Vergleichenden in der *Lucinde* als Ausgangs ... –

Ganz recht, ganz recht, unterbrach sie der Professor. Trotz des Blutsprungs ins Gehirn war er jetzt merkwürdig blaß im Gesicht. Doris holte ein Glas Wasser vom Waschbecken und stellte es auf den Schreibtisch, es geschah zufällig so, daß sich Rabenhorst von Präsent und Wasserglas in die Zange genommen fühlen konnte. Er rührte das Glas nicht an. Die Studentin saß vor ihm mit ihren übereinandergeschlagenen Beinen, Rabenhorst wollte weiterreden, brach aber sehr schnell schon ab, sein Kreislauf mache ihm wieder einmal ein wenig zu schaffen, nichts weiter, allerdings wäre er dankbar, wenn das Gespräch, das ja wohl ausführlicher sein müsse, nach den Feiertagen fortgesetzt werden könnte.

Sie standen auf, Doris Freitag wünschte dem Professor ein schönes und vor allem gesundheitlich unbeschwertes Fest. Angesichts des glitzernden Präsents auf seinem Schreibtisch bedankte sich Rabenhorst noch einmal, und Doris Freitag erwiderte ihm mit der ganzen Koketterie, zu der sie fähig war: *Ich* habe zu danken! Herr Professor haben schließlich eine Strauchelnde gerettet...

Rabenhorst unterbrach die Sprechstunde. Er hatte das dringende Bedürfnis, allein zu sein. Auf dem Rückweg zum Schreibtisch fiel sein Blick auf die Michelangelo-Reproduktion, die, neben einer angestaubten Zimmerlinde, den einzigen auflockernden Gegenstand in seinem spartanischen Amtsraum bildete. Es handelte sich um Michelangelos Darstellung der Erschaffung des Menschen in der Person Adams, gezeugt durch den Funken des göttlichen Zeigefingers, ein Teil aus den Deckengemälden der Sixtinischen Kapelle. Siedendheiß überkam es Rabenhorst, ob nicht dieses Motiv, das einen unbekleideten Männerkörper zeigte, die Studentin zu ihrem kessen Gebaren animiert haben könnte, vielleicht gar zu absichtlicher Berührung, als sie um ihr Gleichgewicht rang und er ihr beisprang. Er verwarf den Gedanken jedoch sofort wieder als abwegig und absurd.

Die vegetative Dystonie des Angeschlagenen steigerte sich. Rabenhorst nahm von dem pulsfrequenzsenkenden Präparat, das er stets griffbereit hatte, und versuchte sich durch das Schneetreiben im Universitätshofe abzulenken. Plötzlich war es ihm, als sei die Studentin wieder im Raume. Die Unbekannte, die ihm so unglaublich nahe gekommen. Er wähnte, sie stünde jetzt unmittelbar hinter ihm, und er wagte es nicht, sich umzudrehen.

Die Obsession verflog. Rabenhorst döste in das

Schneetreiben hinaus und überlegte, was wohl von seiten der Universitätsleitung und der Magnifizenz geschehen würde, wagte er es, auch Michelangelos Erschaffung des Weibes aufzuhängen; ein nackter Frauenkörper also in einem Ordinariatsraum, wenngleich vatikanischer Herkunft und erhabenste Kunst...

Die zerbröckelten neoromanischen Rundbogenfenster der gegenüberliegenden Gebäudefront, die Rabenhorst noch durch das Schneetreiben hindurch erkennen konnte, schienen ihm in diesem Augenblick symbolhaft das Kluniazenserhafte des ganzen Universitätsbaus zu enthüllen; ja, das Niederdrükkend-Einschüchternde des gesamten Ludwigstraßen-Komplexes in seiner einheitlichen Prägung. Obwohl Rabenhorst sonst kein Heine-Freund war, in der Verachtung des arroganten poetischen Dilettanten Ludwig I. traf er sich mit Heine; er sah den eitlen Monarchen, der alles, was er errichten ließ, nur hatte errichten lassen, um sich selbst zu erhöhen, die Prunktreppe der nahen *Staatsbibliothek* emporschreiten, welche ihm allein reserviert war, indes das Volk gerade durch den Hintereingang hereinkriechen durfte...

Wieviel Geist von diesem Geiste auch heute noch fortlebt in diesem Lande, räsonierte Rabenhorst, trägt sich doch der amtierende Kultusminister allen Ernstes mit der Absicht, wieder die Prügelstrafe an den Schulen einzuführen... In der Mitte des zwanzigsten Jahrhunderts...

Bis halb drei zog sich schließlich die Sprechstunde hin. Frau Dr. Griebe, Rabenhorsts getreue Stütze im Vorzimmer, von den Studenten nur die »Griebenschmalz« genannt, registrierte es bereits mit großer Besorgnis, daß es nach der Studentin Freitag nicht weitergegangen war, und sie wollte schon nachsehen, ob Rabenhorst ihrer bedürfe. Der das Ordinariatszimmer verlassenden Studentin Freitag war jedenfalls das geizigste Lächeln begegnet, das sie je sah, und sie wußte Bescheid.

Rabenhorst wirkte stark angegriffen am Ende der überlangen Audienzzeit. Er war wortkarg und einsilbig. Frau Dr. Griebe entging es nicht, daß er sich dennoch mit völlig ungewohntem Schwunge in seinen abgenutzten Ulster warf. Es traf sie vernichtend. War sie es nicht, die noch im Schlafe die mindeste Fußnote herbeizuzitieren vermocht, die Rabenhorst je angebracht, Eckermann ihm und wandelndes Köchelverzeichnis mit Brüsten... Keinen Bissen brachte sie herunter an diesem Tage. Statt dessen machte sich ein Magengeschwür auf den Weg und kam auch pünktlich zu Weihnachten an. Über aller Qual fühlte sie Rabenhorst doch zum ersten Male körperlich in sich.

Am Heiligen Abend entzündete der Professor eigenhändig den Lichterbaum für die Familie. Das studentische Präsent lag bei den anderen Geschenken, und Frau Professor Rabenhorst beobachtete es aufmerksam und amüsiert, wie ihr Mann dieses mit nervösen Fingern von seiner Umhüllung befreite.

Rabenhorst glaubte nicht recht zu sehen, als er sein *Faustus*-Exemplar wieder in Händen hielt. Daß es eben dieses sein würde und kein anderes, erkannte er zweifelsfrei an der Einkerbung rechts oben im Buchdeckel, die vom Postversand über die Grenze hinweg herrühren mußte. Des Teufels alles! Teufelswerk und Teufelsweib...

Du zitterst ja, sagte Frau Professor, was ist dir? – Eine Frechheit, antwortete der Gatte der Gattin knapp und entfernte das Buch aus seinem Blickfeld, um sich die Weihnachtsstimmung nicht völlig zu verderben. Er verbarg es wie ein Pornographicum (es wäre das erste im Hause gewesen) hinter einer Front erlesenster Literatur.

Ohnehin hatte es Rabenhorst noch nie so recht mit den untoten Dichtern gehabt. Für ihn endete die deutsche Literatur spätestens mit George und der Neuromantik. Daß Rilke zu den Intellektuellen gehörte, die der bayerischen Revolution von 1918 mit Sympathie gegenüberstanden, wußte er zwar sehr wohl, subsumierte es aber geflissentlichst als Ausrutscher. Und jetzt die Vermessenheit des auch politisch höchst umstrittenen Thomas Mann mit dem *Faust*-Stoff; darüber sogar noch lesen, wie es diese unsägliche Person vorgebracht hatte. Unfaßbar... Und was für eine Verquickung der Dinge!

Der Vorfall in der Sprechstunde ließ Rabenhorst nun keinen Augenblick mehr los. Er wuchs sich zur regelrechten Heimsuchung aus in seinem Festtagsgemüt. Oft mußte er nachts mehrmals die Wäsche wechseln, und er fand keinen Schlaf, was seine Nervenkraft ernsthaft gefährdete.

Der Hausarzt Dr. Wernicke, speziell in Universitätskreisen sehr geschätzt, kannte seine Pappenheimer: die akademischen Größen, meist Dinosaurier des Geistes, doch solche mit Zipfelmütze und Bettflasche, just wie zu Goethes Tagen, und eben nur aus dem einen Punkte zu kurieren... Ganze Reiche könnten vergehen, war Wernickes Resümee, aber der deutsche Professor ist unsterblich...

Dem Patienten Rabenhorst erläuterte er, gut gelaunt, wie er stets war, in seinem Falle müßte der Teufel buchstäblich mit Beelzebub ausgetrieben werden, im Klartext: Rabenhorst müsse mit dem Weibsteufel, der ihn da so eindeutig besetzt halte, den kopulierenden Teufelspakt eingehen, im Traume zumindest, anders könne ihm nicht geholfen werden. Und auf daß es gut gelänge, verordnete Wernicke dem Professor, vor dem Schlafengehen der Lektüre eines unzüchtigen Buches zu obliegen, irgend etwas Geeignetes fände sich doch gewiß in der riesigen Professorenbibliothek. Namen bräuchte er wohl kaum zu nennen...

Es fand sich jedoch nur Sigmund Freud. Genauer: Freuds pedantische *Traumdeutung* von 1925.

Der Fund erwies sich allerdings als gar nicht so schlecht, denn die Freud-Lektüre ließ Rabenhorst wieder zu gutem Schlaf gelangen, und die Freudschen Fallbeispiele flossen automatisch über in die Rabenhorstsche Traummechanik, soweit sie dazu angetan waren.

Dies galt vor allem für den Motivkreis des Nacktgehens im Traume, eine bevorzugte Thematik bei Freud. Rabenhorst erlebte sich in voller Nudität in den heiligen Hallen der Münchner Alma Mater wandeln, unbeanstandet, vorbei an Kollegen in vollem Ornat, ein wundersames Gefühl. Und das Amtszimmer-Mysterium tauchte auf. Die Studentin tritt aus dem Dunkel hervor als Wesen, halb mädchenhafte Blocksberg-Hexe, halb Stucksche Sünde. Sie lockt ihn zum Tanze und reicht dem Dürstenden ein Wasserglas. Das Glas ist leer. Sie sind in einer rötlichen Höhle, die Verführerin entblößt ihre Brüste und erlöst seine *erectio* in furioser Vereinigung ...

Es war weniger konkreter Vorgang als das Gleiten symbolträchtiger Chiffren, die sich zu einem Ablauf von magischem Sog zusammensetzten. Im Morgengrauen, tief schlaftrunken noch, holte Rabenhorst wie unter Zwang das ominöse Buch hervor, als riefe dieses die Erscheinung zurück zwischen den Zeilen.

Mit libidinöser Neugier versenkte er sich in den folgenden Tagen und Nächten in das Werk. Wie oft hatte der Stift niederzugehen, um Zeichen zu setzen, solche des Lobs wie solche des Tadels. Akribisch durchmaß Rabenhorst das seinerzeit nur kurz überflogene Buch, gab sich dem Abenteuer mit den zwei Zeitebenen hin, das ihn anmutete wie ein Ritt über den Bodensee, und verfolgte mit Spannung, ob es gelingen würde, das deutsche Wesen und Unwesen ins faustische Gleichnis zu zwingen.

Kühle Bewunderung ob der artistischen Leistung

überwog, bis zuletzt. Was Rabenhorst dennoch ans Herz rührte, waren das Mitleiden des Emigranten am Schicksal seines unglückseligen Vaterlands und die Schlußexpektoration des Dichters, mit seinem ganzen Bemühen möglicherweise gescheitert zu sein. Dies vor allem nötigte ihm tiefen Respekt ab.

Des Professors Hauptpassionszeit war nahezu deckungsgleich zusammengefallen mit der christlichen im Kalender. Beim Frühlingserwachen in Wald und Flur, bei Mensch und Tier empfand Rabenhorst das selige Einssein mit allem, was lebt, wie nie jemals zuvor.

Zwei Wochen nach Ostern ließ er anzeigen, daß er im nächsten Semester über den *Doktor Faustus* von Thomas Mann lesen werde. Frau Dr. Griebe, die gleichzeitig die ersten auslieferbaren Exemplare beim Verlag bestellen sollte, verstand die Welt nicht mehr.

Zur Premiere der *Faustus*-Vorlesung saß Doris Freitag in der ersten Reihe, Mitte. Nach dem allgemeinen Begrüßungsgeklapper, das diesmal deutlich beherzter klang als sonst, begegneten sich ihre Blicke für einen kurzen Moment: Doris Freitag glaubte sogar, Rabenhorst sei bewußt von ihrem Kopf nach unten gewandert dabei, vielleicht um eine knappe Verbeugung anzudeuten, und diese Art der Begegnung löste in ihr, die die Zusammenhänge zumindest erahnte, unwillkürlich eine schlechthin hörsaalunübliche Regung aus, die sie durch krampfhaftes Steifhalten des Nackens zu kaschieren suchte: war der rosa erschimmernde Neugeborene dort am Katheder denn nicht irgendwie ihr eigenes Neugeborenes gewesen ... Der zufällige Körperkontakt seinerzeit in der Vorweihnachtssprechstunde erschien ihr nun wie auf höhere Order geschehen, als sei sie geführt worden von himmlischen Stimmen, dem Hirtenmädchen aus Domrémy gleich, das Rabenhorst bei all seiner Trockenheit so glanzvoll erstehen zu lassen verstand ...

Der Professor begann seine *Faustus*-Vorlesung mit dem Satze: »Mit aller Entschiedenheit will ich versichern, daß es keineswegs aus dem Wunsche geschieht, meine Person in den Vordergrund zu schieben, wenn ich ...« Was zunächst als Rabenhorst-Äußerung in eigener Sache klang, wurde im Fortgang sehr schnell erkennbar als Zitat; es waren die Sätze, mit denen das Werk selbst beginnt, es sind die Worte des fiktiven Erzählers Dr. phil. Serenus Zeitblom, der sich da in gewundener Form dem Leser vorstellt, seinen Gegenstand präludierend; ein Moment, das Rabenhorst trefflich entgegenkam. Trotzdem hatte man es im Hörsaal registriert, daß Rabenhorst diesmal wagte, direkt mit einem längeren Zitat zu beginnen, ohne vorherige Erläuterung und Einführung. Frau Dr. Griebe fröstelte es angesichts dieses dialektischen Sprungs ins eiskalte Wasser, der allem Wohlbewährten zuwiderlief. Das Auditorium empfand es als erfrischend und reagierte dankbar.

In der *Amalienburg* gab es Kartoffelpuffer – ein Duftfest bis auf die Straße. Und jeder, der der knusprigen

Köstlichkeit auf 25-g-Fett-Marken zuteil geworden, trug die kulinarische Kunde noch über Stunden in Kleidern und Haaren durch Schwabing. Armin Lersch führte stets griffbereit zwei 25-g-Fett-Marken mit sich, für eine Doppelportion; er ließ manchmal sogar die Mittagsvorlesung ausfallen, um dafür seinen gesicherten Platz zu haben in der studentischen Nobelkneipe, die sich kokett wie das Nymphenburger Babyschlößchen nannte, obwohl sie lediglich Ecke Amalien-Schellingstraße lag.

Zwischen der ersten und zweiten Portion an diesem Tag trat eine Person hinter den hingebungsvollen Esser und hielt ihm die Augen zu, Lersch meinte zunächst, es sei Ruth. Doch war es Doris.

Darf man sich kurz zu dir setzen, sagte sie, wirklich nur ganz kurz, ich muß dir noch ein großes Kompliment machen zu dem, was du geschrieben hast in Sachen André Gide in München, auch wenn es schon einige Zeit her ist. Ganz fabelhaft ... in den *Blättern* ...

Es war in der Tat ein bewegendes Ereignis gewesen: Ein französischer Dichter von Weltgeltung kommt nach München, zwei Jahre nach dem Krieg. Ein Münchner Wochenzeitungsherausgeber und der Landesjugendring hatten ein erstes internationales Jugendtreffen organisiert. Auf der Eröffnungsveranstaltung in der Aula der Universität sprach Gide über die Jugend als Gestalter des künftigen Europas. Nach Gide sprachen Erich Kästner und Ernst Wiechert. Die Wochenschau kurbelte. Die *Studentischen Blätter* druckten in einer Sondernummer, für die die Amerikaner eine Extrazuteilung an Papier spendierten, alle drei Reden im vollen Wortlaut ab. Lersch hatte einen Erlebnisbericht über die Aula-Veranstaltung zu liefern. Da er von André Gide als Dichter nicht allzuviel wußte, konzentrierte er sich darauf, den im Saale stattgehabten Kampf mit den Tränen zu beschreiben und das, was dahinterstecken könnte; er erklärte es mit einem emotionalen Bündel aus Beschämung, indirekt hervorgerufenen Schuldgefühlen und Selbstmitleid.

Es mußte ihm ein hervorragender Text gelungen sein, denn man sprach ihn immer wieder darauf an, zustimmend zumeist, jedoch auch kritisch. Ein einarmiger Kommilitone, der Lersch und Doris in der *Amalienburg* schräg gegenüber saß, mischte sich in ihr Gespräch ein: Verzeihen schon, aber wenn ich das mit André Gide höre... Warum haben Sie denn nicht geschrieben, wie es mit den Franzosen wirklich bestellt ist, André Gide ist doch keineswegs repräsentativ!

Lersch fragte zurück, was das heißen solle.

Der Einarmige: Hören Sie, der französische Militärpatriotismus und die Kriegspropaganda waren schon 1914 um kein Jota weniger abstoßend als das deutsche *Jeder Schuß ein Russ', jeder Stoß ein Franzos'*... In der Revue sind sogar nackte Weiber aufgetreten, in die Trikolore gehüllt...

Lersch: Nackt? Und haben sie die dann fallen lassen?

Der Einarmige: Nein, die haben sie natürlich nicht fallen lassen. Aber ihre Dessous unter der Trikolore um den Leib, *die* haben sie fallen lassen... Verstanden?

Doris: Pardon, woher wissen Sie das denn so genau, Sie können ja wohl kaum dabeigewesen sein...

Der Einarmige: Mon Dieu, es gibt doch Quellen, wenn man sich für etwas interessiert! Das mit der Trikolore war übrigens erst gegen Ende des Krieges, als die Moral schon ziemlich flöten war. In Deutschland hätte man so was nicht gewagt, da grölten uniformierte Balletteusen nur... Der Einarmige schlug mit seiner verbliebenen Hand den Takt auf den Tisch zu dem von ihm gesungen vorgebrachten Zitat: *Wir halten durch / wir halten durch / für Kaiser und / für Hindenburch* ...

Das löste großes Gelächter aus am Tische und in der aufmerksam gewordenen Umgebung.

Doris sagte: Nun lüften Sie doch schon Ihr Geheimnis, woher haben Sie Ihr beneidenswertes Wissen...

Der Einarmige: Also, wenn schon – mein Vater war Theatermann im Zivilberuf und ab 1939 im Wehrmachtsführungsstab mit besonderem Auftrag; da kam er natürlich an alles ran, was er haben wollte, er hat das Zeug aus dem vorangegangenen Krieg regelrecht *studiert*... Was ich sagen wollte hinsichtlich Gide: Gide, als Linker, der er ist, gehört doch zu den ganz ganz wenigen Franzosen auf

Verständigungskurs. Die Masse der Franzosen haßt den *boche* wie eh und je. Zum anderen: Deutschland steht jetzt sozusagen am Weltpranger wegen seiner Verbrechen am Judentum. Dabei hat Frankreich eine sehr solide, national gepflegte Tradition des Antisemitismus, seit Dreyfus' Tagen...

Doris warf ein: Aber zu einem Hitler hat es dann doch nicht gereicht, c'est la petite différence...

Der Einarmige: ... Aber zu sehr viel Sympathisanten, sehr viel mehr Sympathisanten, als man in Frankreich jetzt wahrhaben will. Das ist doch die geschichtliche Paradoxie, die man nicht aus dem Auge verlieren darf. Gide ist nicht repräsentativ! Gide ist nicht Frankreich, sondern eine reine Außenseiterfigur. Das hätten Sie sagen müssen, werter Herr Kommilitone! Je nun –

Der Einarmige zahlte und erhob sich grußlos. Doris sagte zu Lersch: Vergiß es! Sie legte ihren Arm um seine Schulter; keiner kann sofort alles wissen, deshalb ist er ein Quatschkopf, er hätte doch den Altersunterschied sehen müssen. Außerdem, der Drall dabei... Wie konnte der überhaupt seine Puffer essen?

Lersch: Der vorhin da gesessen hat, wo du jetzt sitzt, hat ihm kleine Stücke geschnitten. Kameradschaft eben.

Schon selbst ihren Aufbruch andeutend, fragte Doris noch: Und wie geht's mit dem Studieren?

Hab zum ersten Mal Spaß bei der Sache, antwortete Lersch. Ich höre viel bei von Will, da erfährt man mal was über die gesellschaftliche Verankerung der Kunst, sonst ist alles immer so abstrakt; obwohl sich das Fach Kunst-Philosophie nennt! Kommt halt drauf an, was einer darunter versteht oder draus macht. Wenn, dann würde ich später auch am liebsten bei von Will promovieren; das hätte wenigstens einen Sinn.

Ich habe mal einige Zeit in die sogenannte Theaterwissenschaft hineingerochen, sagte Doris, das war umwerfend! Da wird doch tatsächlich übers spanische Theaterkostüm im 16. Jahrhundert promoviert! Aber warum zum Beispiel alles hinglotzt im Theater, wenn einer ein Tablett mit Gläsern über die Bühne trägt oder ob einer einen Koffer zukriegt oder nicht, sagt einem niemand, das muß man schon selber rauskriegen... Im Grunde vagabundiere ich noch immer.

Lersch meinte: Wie wäre es denn mit von Will?

Doris erwiderte nur, das sei ein weites Feld... Wäre... Darüber müßten sie sich einmal separat unterhalten und woanders als hier in dieser stickigen Luft. Ich könnte dir dazu *einiges* sagen, aus erster Hand sozusagen..., falls du verstehst, was ich meine...

Was war da etwa mißzuverstehen... Zu einer Verabredung kam es nicht. Lerschs Selbstbewußtsein verlangte jetzt um so mehr, Distanz zu halten, und die sollte erkennbar sein. Er dachte im übrigen nicht im entferntesten daran, etwa das Ruthchen aufzugeben oder hintanzusetzen, nur weil die Unberechenbare wieder am Horizont aufzutauchen die Gewogenheit hatte.

Nach knapp drei Wochen ergriff Doris die Initiative und schrieb an Armin im Stil der Briefe ihrer frühen Bekanntschaft:

Lieber Cherusker oder Nicht-Cherusker, wie auch immer: Zu Deinen angedeuteten Promotionsabsichten bei von Will kann ich Dir mit Sicherheit Wichtiges sagen aus meinen eigenen Erfahrungen in dieser Hinsicht. Verlaß also Deinen Schmollwinkel, Cherusker oder Nicht-Cherusker! Diesmal gäbe es auch nicht bloß Kräutertee, sondern regelrechten Frankenwein, Rest von meinem Geburtstag, aber nicht etwa von-Willscher Observanz; eine Freundin stammt aus einem Weingut in Randersacker bei Würzburg.

Doris

PS. Adresse (sehr) wohl bekannt...

Wieder hatte Lersch zunächst ordentlich Zeit verstreichen lassen, bis er telephonisch Kontakt mit Doris über das Antiquariat aufnahm; nun konnte er sich ja als der Umworbene fühlen. Er rügte am Telephon mit spitzer Zunge ihre Briefstelle bezüglich des Schmollwinkels; das sei höchst überflüssig gewesen, und er sage das so deutlich, weil er sich mit ihr nur rein sachlich über von Will unterhalten wolle als möglichen Doktorvater, wenn sich ein Gespräch einmal ergeben sollte, über anderes wahrhaftig nicht...

Nach einem weiteren Telephonat kam es schließlich zu einem Termin. Lersch dachte an ein Treffen in einem Café. Die Aussicht auf die avisierte Frankenwein-Rarität ließ ihn letztendlich doch die Adalbertstraße akzeptieren.

Doris war klar gewesen, daß sich die Dinge im ersten Augenblick entscheiden müßten, sollte es nicht bloß zu unnützen Quälgesprächen kommen, die den endgültigen Schlußpunkt bedeuten würden. Das Wiedersehen in der *Amalienburg* hatte sie erkennen lassen, daß Armin Lersch, und nur er, das Format besaß, ihr die notwendigen Gegenreize zu bieten nach ihren Erfahrungen mit den reiferen Jahrgängen. Deshalb setzte sie ganz auf die Karte der Aggression, die sie ja ohnedies gern ausspielte in solchen Fällen.

Lersch hatte allenfalls mit vorsichtigen Anbiederungsversuchen gerechnet. Indes erfuhr er, kaum eingetreten, die entfesselte Verführerin Doris, die ihn, aufgekratzt und ausgelassen, auf die Couch zerrte, mit kundigen Neckungen und Griffen seinen Widerstand brechend. Alles trug das Zeichen einer fröhlichen Vergewaltigung, die Lersch an seinen pubertären Wunschtraum erinnerte, einmal von einer Frau vergewaltigt zu werden; das würde ihm schmeicheln, und nun tat ihm Doris den Gefallen.

Sobald es sich postcoital nur ergab, brachte Doris das Thema Promotion im Fach Kunstphilosophie zur Sprache. Sie kredenzte dazu, ganz charmante Gastgeberin, den angekündigten Randersackerer auf einem kleinen Beistelltischchen neben ihrem Lager; der Wein war von ihr unter dem fließenden Wasser des Waschbeckens in ihrem Zimmer gekühlt worden, ein Geräusch, das Lersch sonderbar stimuliert hatte.

Ich bin mit zwei Themen hintereinander bei ihm gescheitert, sagte Doris. Du siehst, es geht eben doch nicht alles durchs... Das erste Thema war ihm zu weitläufig, zu *überdimensioniert;* das zweite scheiterte aus persönlichen und vorgeblich fachlichen Gründen. Ich hätte schon hellhörig werden müssen, als er, ziemlich am Anfang unseres Kontaktes, hinsichtlich '33 von *Blendung* faselte; Intellektuelle, sogar beste Geister, oder gerade sie, seien *geblendet* worden durch den jähen Aufbruch aus völkischen Urtiefen, durch das *Manifestwerden von Geschichte* vor ihren Augen, so wörtlich. Dabei war der Mann wirklich kein Nazi; er war nicht mal *nominell* in der Partei, nicht einen Tag. Aber er hat seinen Standpunkt als Experte für moderne Kunst, als der er sich jetzt wieder derart in die Brust wirft mit allem, was Expressionismus, Dadaismus heißt, verleugnet, verraten. Er ist zweifellos mehr als nur anpassungsbereit gewesen, wie sich ergeben hat, und versuchte sich mit Tricks und Winkelzügen durchzuschwindeln. Zumindest: durchzulavieren zu Lasten seiner bisher geäußerten Lehrmeinung. Das hat mich abgestoßen. Vielleicht wurde mein zweites Thema auch abgewürgt, weil ich bei meinen noch anzustellenden Recherchen auf weiteres Belastende, zumindest Peinliche hätte stoßen können. Ich weiß es nicht. So kann eben ein Bild zerrinnen ... Aber möglicherweise hast du mehr Glück bei ihm, und es macht dir das auch nichts aus, was du jetzt weißt ...

Das Zusammensein an diesem Tag mit ausgedehnten Diskussionen über Universitätsfragen sowie das Problem geistigen und politischen Bekennermuts, wozu beide etwas aus persönlichem Erleben beizutragen hatten, legte ein neues Fundament.

Lerschs anfänglich schlechtes Gewissen gegenüber dem Ruthchen, zunächst sehr ausgeprägt, schwand über der verlockenden Vorstellung, eventuell mit zwei Frauen gleichzeitig erotisch kommunizieren zu können. Und das stellte sich dann auch tatsächlich ein. Ruth war ja heftigst in ihren Modedingen fixiert, brütete unentwegt über Entwürfen, suchte fieberhaft Kontakte zu knüpfen, und Doris stellte sich halbe Nächte lang an, wenn irgendwo Tanztheater geboten wurde, Solistisches oder Tanz in Gruppen; Lersch langweilte das eher.

Als Begleiter für Schwabing aber wurde er obligatorisch; überall war etwas los, und Doris wollte nichts auslassen.

Auf einem Ruinengrundstück in der Leopoldstraße hatte ein handwerklich begabter Maler mit Beziehungen zu einem Sägewerk im Bayerischen Wald eine Baracke hingezaubert; da hingen plötzlich die verrücktesten Bilder an der Wand. Der Luftschutzkeller des wegrasierten Hauses daneben sollte nach den Vorstellungen des Malers, der wie Doris ein gebürtiger Schlesier war, den beweglichen Künsten zugedacht sein. Doris und Lersch hörten das von dem Maler selbst, welcher durch eine Erbschaft Miteigentümer dieses Grundstücks geworden war. Das brachte sie spontan auf die Idee, hier etwas nach eigenem Gusto auf die Beine zu stellen, verwegen wie sie waren. Macht, was ihr wollt, hatte der Maler gesagt; Hauptsache, es geschieht etwas und es paßt hierher!

Lersch dachte an ein Podium, das für jeden und für alles offen sein sollte, was der Augenblick eingibt oder die Stunde, ohne jedes feste Programm. Er hatte auch schon einen Namen: *Oase*. Eine Oase innerhalb der Wüstenei der Trümmer und Ruinen sollte es sein. Doris fand den Namen zu kitschig, stimmte aber dann doch zu, als sie merkte, wie gut er allgemein ankam.

Zur Eröffnung wurde noch ein Klavier über die Straße gehievt; einer lief hinterher mit wehenden Haaren und rezitierte das Majakowskij-Gedicht *Auf die Straßen raus schleppt Klaviere ...*, er erklärte dies als den Funken der neuen Schwabinger Kunstrevolution vor den staunenden Gaffern. Auch bei der Keller-Einweihung rezitierte der Mann unentwegt Majakowskij. Ein anderer wollte dem etwas entgegensetzen: Seine Begleiter nannten den eher schüchtern Wirkenden nur »Marcel« (er heiße mit vollem Namen Marcel B. Schmidt, ließ der Maler später wissen). »Marcel« sagte: Da heute kein Mensch mehr wage ein Liebesgedicht zu schreiben und öffentlich vorzutragen, erlaube er sich, seine Transkription eines Verlaine-Gedichtes zum besten zu geben. Mit weicher, melodiöser Stimme intonierte er, im Ritardando der Bedeutsamkeit, die empfindsamen Zeilen:

Über dem Walde wohnt
Der weiße Mond,
Von allen Zweigen
Stimmen steigen
Dem Lichte zu –
Geliebte Du ...

Dies wiederum rief einen Kauz aufs Podium, der einen existentialistischen Vierzeiler auf bayerisch ankündigte; genau genommen sei es sogar nur ein Zweizeiler, und wer den Zwei- bis Vierzeiler, den er jetzt spreche, auf hochdeutsch nachzudichten vermöge, der bekäme von ihm ein Faß Bier ... Er holte erst tief Luft, dann gab er, breit und langsam, wie zum Mitschreiben, seine bemerkenswerte Sentenz von sich.

Lebn

Bis d'
schaugst
bist
hie

Los, los, ihr preißischen Schreibfedern und Hirne, ein Faß Bier, auf mein Wort, wer des in Hochdeitsch genauso nachdicht'n ko, rief der bajuwarische Kauz nochmals. Es wurde gesungen und musiziert, auf den verschiedensten Instrumenten, ein Schnellzeichner produzierte sich, eine Kunstpfeiferin...

Wo kommen sie plötzlich alle her, diese Künstler und Halbkünstler, fragte sich Lersch und meinte, da es kein altes Schwabing mehr gäbe und noch kein neues, müsse man's eben selber darstellen, und der eine zöge den anderen nach sich, eine Kettenreaktion. Nach dem Ende des Eröffnungsabends hörte er dazu von einem weißbärtigen Patriarchentyp, Schwabing sei heute so arm und so reich wie nie zuvor. Denn das sogenannte Künstlervölkchen habe auch ganz art- und ortsfremde Gestalten angezogen, Strandgut des Krieges, Verwandlungskünstler, die aus ihrer Haut herauswollten und in eine andere hinein, oder die Phönixe aus der Asche, die die brillantesten Gaunerkomödien hinlegten aus dem Stegreif, alles in allem ein Ensemble wie kaum jemals bei Max Reinhardt, meinte der Weißbärtige...

Bald galt nur noch das Ausgefallene, Exzentrische, das Nicht-Alltägliche in der *Oase*. Es wurde zur Richtschnur. Tom, der Tänzer und Parodist aus der Gößwein-Pension, tauchte eines Tages auf und brachte den Keller zur Raserei mit seinen Auftritten. Er führte vor, daß man auch auf den Händen laufen kann, und sang dabei *Lache, Bajazzo, La donna è mobile* und *Auf de Schwäbsche Eisebahne*... Dann setzte er sich ans Klavier und parodierte frappierend präzis die Fistelstimme des Rudi Schuricke, der mit der aktuellen Mode-Schnulze von den *Capri-Fischern* wieder ganz vorn ist. Nach der ersten *Capri-Fischer*-Strophe ging Tom in den Schuricke-Song über, den die Menschen bis zu allerletzt aus den großdeutschen Volksempfängern hören durften: *Und wieder geht ein schöner Tag zu Ende, voller Glück und voller Sonnenschein.* Betroffener, nachdenklicher Beifall.

Das Unternehmen *Oase* hatte freilich die Rechnung ohne den Wirt gemacht, traumtänzerisch und hingehaucht, wie die ganze Sache war. Captain Edwards von der Theaterkontrolle, ein Farbiger, reklamierte eines baldigen Abends die Lizenz. Alles, vom Zirkus bis zum Staatstheater, benötige eine Lizenz, das sollte doch eigentlich bekannt sein. Bis zur eventuellen Erteilung einer Lizenz müsse der Laden geschlossen bleiben.

Lersch pilgerte zur Theaterkontrolle in der Renatastraße in Nymphenburg. Seine Papiere wurden visitiert und der Fragebogen, den er auszufüllen hatte. Es sah schlecht aus für ihn, denn es wurde auch die fachliche Eignung der jeweiligen Antragsteller mit überprüft. Und wie sollte er je ein Theater geleitet haben oder einen Unterhaltungsbetrieb – als gerade Zweiundzwanzigjähriger.

Doch da griff Captain Edwards ein, der Nachfolger des Armin Lersch vertrauten Captain Faller; er unterbreitete seinen Kollegen den Vorschlag, den Keller, wo sehr viel Originelles geboten würde, unter der Lizenz einer der zahlreichen Münchner Gastspieldirektionen laufen zu lassen, Mr. Lersch könnte dann als der Beauftragte des betreffenden Lizenzträgers fungieren, falls es zu einem solchen Handel käme; er wäre sogar bereit, hier die Vermittlung zu übernehmen...

Captain Edwards handelte dabei nicht völlig uneigennützig. Er hatte ein Auge auf Doris geworfen, die er mit ihrer barbusigen Bauchtanzeinlage in der nicht-lizenzierten *Oase* gesehen hatte, die die Capri-Fischer-Menschen provozieren sollte, die sich an eben diesem Abend massiert in die *Oase* verlaufen hatten. Lersch mußte verabredungsgemäß, während sie tanzte, nach der Polizei rufen, damit es zum erhofften Disput käme; statt der Polizei war dann die noch höhere Ordnungsmacht auf den Plan getreten.

In der Zeit nach ihrer Lizenzierung ging es mit der *Oase* kräftig aufwärts. Keineswegs aufgrund des amtlichen Segens etwa; sie hatte sich einfach gehörig herumgesprochen. Der Wirt des *Trimbacher-Bräu,* welcher schon im Falle des Studententheaters sein Herz für die Künste bewiesen hatte, versorgte den Keller mit Getränken. Es kamen die Amis vom AFN in der Kaulbachstraße herüber zur Jam Session, und man tanzte, tanzte, tanzte: Boogie-Woogie, Bebop, Jitterbug – bis zur Erschöpfung... Kein Abend glich dem anderen; alles war improvisiert, wie das Leben selber, das man führte, aber man hatte es ja noch und wollte es spüren, wieder und wieder spüren in diesen durchtobten Nächten.

Welche Offenbarung Anno fünfundvierzig für deutsche Ohren der amerikanische Jazz! Er stand für Freiheit, Vitalität, Körpergefühl, in die Musik übertragen, eben jene bis dato so verpönte *Negermusik*. Die Leute vom AFN, die bald regelmäßig einmal die Woche in der *Oase* spielten, waren ausgezeichnete Musikanten gewesen, unprofessionelle; der allgemein beliebte Soldatensender schöpfte ausschließlich aus seinem riesigen Plattenbestand, produzierte selbst nichts. Der permanente Umgang mit den aktuellen wie den historischen Größen des Jazz konnte natürlich nicht ohne Auswirkung bleiben. Einmal brachten sie sogar eine farbige Sängerin mit, die einer der Spieler lässig als entfernte Verwandte der Ella Fitzgerald vorstellte. Das erwies sich als gar nicht so verkehrt. Aus rasenden Staccato-Passagen sprang sie übergangslos in den Blues, der ihr besonders lag. Die Technik des Weggehens der Gesangsstimme vom gleichbleibenden Rhythmus, aufs erste scheinbar willkürlich praktiziert, doch in Wahrheit mit zwingendem Feeling für die Dehnbarkeit der Melodie gleich einem Gummiband, brachte Doris Freitag fast aus dem Häuschen. Captain Edwards, der zum Auftritt der farbigen Sängerin mit dem irischen Namen Conny O'Connor eigens gekommen war, beobachtete Doris in ihrer Enthusiasmiertheit und sprach sie in der Spielpause an.

Der Mann, der da an sie herantrat in seiner Khaki-

Uniform, besaß die aufregende Aura des farbigen Intellektuellen – schmalschädelig, schlank, mit drahtigen Bewegungen, sichtlich bestrebt, das Image des bösen Besatzungsbürokraten loszuwerden. Er führte sich als Kenner und Fan des Jazz ein und erklärte Doris die einzelnen Stilrichtungen des Jazz, dozierte über die Südstaatenherkunft und die afrikanischen Ur-Einflüsse. Sein Deutsch war ausgezeichnet, das Englisch von Doris höchst mangelhaft. Eine knappe halbe Stunde unterhielten sie sich, zuletzt mit nahegerückten Köpfen, um die Verständigung nicht unterbrechen zu müssen, wenn die Musik wieder mit voller Kraft in den Raum dröhnte.

Übermorgen, sagte Edwards, gastiert im Army Recreation Center am Chiemsee der berühmte Stan Kenton mit seiner Big Band, eine Sensation! Ich fahre hin und könnte Sie mitnehmen, gar kein Problem...

Doris sagte zu; vor Armin verschwieg sie den Ausflug. Am Nachmittag segelte Edwards mit ihr auf dem Chiemsee. Er zeigte ihr Herrenchiemsee und die Fraueninsel, die sie bislang nur von Photos kannte. Der Takt und die Korrektheit des amerikanischen Offiziers beeindruckten sie.

Seine Einladung zu einem Weekend in Garmisch brachte Edwards nahezu verlegen vor, freilich zugleich so, als sei es noch genierlicher, sie nicht ausgesprochen zu haben, einer Frau wie Doris gegenüber.

Es war ein wunderschöner Tag. Überall blühte es

schon nach Kräften, und man fuhr noch dem Winter entgegen. In Garmisch hatte die Besatzung fast die gesamte gehobene Hotellerie für ihre Leute beschlagnahmt, einschließlich der zugehörigen Sportanlagen. Doris wußte das nicht so genau und kam sich richtig nuttig vor, als sie mit Edwards die Halle des Eibseehotels betrat, wo diverse deutsche Dämchen an ihren Cocktails nippten. Am liebsten hätte sie augenblicklich den Rückzug angetreten; hier oben aber saß sie fest.

Nach dem Eibsee-Rundgang bat Edwards seinen Gast in den Speisesaal; vielleicht sei die amerikanische Küche doch ein wenig besser als ihr Ruf, und anschließend, an der Bar, führte er Doris in die Welt des Whiskys zwischen Bourbon, Rye und Scotch ein.

Auf allen Hockern, an allen Tischen, das selbe Ritual. Doris hätte sich in die Luft sprengen können. Sie sagte zu Edwards: Ich möchte raus hier.

Er: Warum? Gefällt es Ihnen hier nicht?

Nein, wirklich nicht.

Wir könnten doch auf mein Zimmer gehen, da gäbe es auch was zu trinken...

Doris gab Edwards eine Ohrfeige und lief hinaus auf die Terrasse des Hotels, der Captain ihr hinterher. Die Temperatur mußte um Null gewesen sein, Doris vergrub sich unter ihren vor der Brust verschränkten Armen. Sie raffte ihre paar Brocken Englisch zusammen und rief Edwards entgegen: I want to go back to Munich, at once, Sir...

Okay, no problem! At once, as soon as possible...

Das Garmischer Hotel-Milieu lastete auf Doris Freitag wie ein Alptraum, die ganze Rückfahrt über. Vor dem Haus in der Adalbertstraße angelangt, fragte sie den verblüfften Edwards: Willst du nicht noch einen Moment mit heraufkommen, Bill...? Sie duzte ihn zum ersten Male. Hier ist es zwar viel bescheidener, aber wir haben mehr davon, I am sure – you understand me...

Noch während sie sein krauses Brusthaar streichelte beim Nachklang, fragte Doris ihn, ob das goldene Kreuz, das er an einem Brustkettchen trug, etwas Besonderes zu bedeuten habe oder nicht.

Bill sagte ihr, das Stück stamme von seiner Mutter; deshalb trage er es. Außerdem sei er Quäker.

Was man darunter verstünde?

Leute, die die Bibel noch ernst nähmen; die für Gewaltlosigkeit einträten und helfen wollten, nicht bloß durch Essen für Arme; also irgendwie versuchten, das zu leben, was man einen guten Menschen nenne. Das klänge heutzutage natürlich heillos sentimental... Und zu seinem Kreuz: Es sei für ihn im Grunde unerträglich, das erhabenste Symbol der Menschheit und die Hunderttausende von Toten und Verstümmelten in Hiroshima und Nagasaki zusammensehen zu müssen. Es bedeute für ihn als Amerikaner kaum einen Trost, daß Hitler genauso gehandelt hätte, wäre er schneller mit der Atombombe fertig geworden...

Ob er sich als religiösen Menschen betrachte, wollte Doris wissen.

Religiös im weitesten Sinne höchstens. Den offiziellen Religionen stünde er äußerst skeptisch gegenüber, da sie allesamt nicht hätten verhindern können, was an unvorstellbaren Grausamkeiten geschehen sei in diesem Jahrhundert. Vielleicht sei er auch deshalb bei den Quäkern gelandet...

Die erstaunliche Wendung, die die Begegnung mit dem Amerikaner genommen hatte, ließ Doris darauf setzen, der gute Quäker-Mensch Edwards würde wohl einem Studenten im armseligen Germany nicht im Ernst das Girl wegnehmen wollen. Als Realistin bat sie ihn sehr dringlich, nicht unnötig oft in der *Oase* zu erscheinen, wie die Dinge nun mal lägen, sie hielte das nicht aus. Der Theateroffizier und Quäker Bill Edwards lächelte nur leicht über die ihm erteilte Maßregel; ob es aus Verständnis geschah oder maliziös zu werten war, vermochte sie nicht zu entziffern.

Um Weiterungen vorzubauen, erklärte Doris Freitag Armin Lersch gegenüber nicht ohne Pathos, ihrer beider Prämisse fürs Liebesleben sollte eigentlich sein, daß jeder fürs Nebenher vollkommene Freiheiten habe, nur die Nummer eins dürfe davon nicht tangiert werden; dieses Laissez-faire-Prinzip hielte sie am besten zusammen, und er dürfe auch ohne weiteres mal jemanden mitbringen, wenn er Lust dazu hätte.

Armin Lersch gedachte Doris alsbald beim Wort zu nehmen, um das versteckt gehaltene Ruthchen endlich zu offizialisieren. Wenngleich es völlig offen war, ob sich die Frauen überhaupt verstünden, suchte Lersch, auf die zumindest mögliche Entfaltung erweiterter Liebesspielchen spekulierend, im Bekanntenkreise in Bogenhausen und Schwabing nach einer ausleihbaren wohnlicheren Räumlichkeit.

Das kleine Zimmer von Doris in der Adalbertstraße schien ihm ebensowenig geeignet wie sein eigenes in der Gößwein-Pension, das er seit einiger Zeit bewohnte, eine geräumigere Kammer bloß, gerade noch bezahlbar, weil Frau Gößwein unter Preis blieb zum Ausgleich für Lerschens Handelsdienste auf der Achse Bogenhausen-Schwabing, die er nie ganz aufgegeben hatte. In der *Oase* bekam ja keiner Geld.

Er suchte vergebens, bis ihm ein Zufall entgegenkam. Lersch hatte schon mehrfach auf den Partys des Colonel Brown in Grünwald als Unterhaltungspianist gewirkt; der Colonel bewohnte die beschlagnahmte Villa eines durch Arisierungen und seine Duz-Freundschaft mit dem Gauleiter Adolf Wagner reich gewordenen Großkaufmanns. Brown, der Ferien machen wollte in den USA, ließ anfragen, ob Lersch nicht für vierzehn Tage das Haus hüten könnte; ein gutes Honorar (in Dollar) gäbe es, und auch die Kühlschrankvorräte stünden zur Verfügung, die ließen sich leicht wieder ergänzen in der PX. Und, last not least, sei Lersch sogar von der wählerischen Jackie akzeptiert, die hierbleiben müsse.

Nachdem geeignete Platten besorgt waren sowie

eine Vertretung von der Konzertdirektion Könneritz am Wittelsbacherplatz für die *Oase,* rief Lersch die Damen in die Eichenallee zu Grünwald vor München zusammen.

Er deklarierte das Ruthchen als Bekannte aus ihrer Von-Will-Zeit und Doris als Fachkollegin und Mitbegründerin des *Oase*-Kellers. Er hätte es sich sparen können. Die Frauen gingen aufeinander zu wie längst Vertraute. Nur der zweijährigen Schäferhündin Jakkie schienen die weiblichen Eindringlinge nicht zu gefallen, sie hatte sie erst gar nicht ins Haus lassen wollen.

Jackie behielt den ganzen Abend das Heft in der Hand. Immer wieder kam sie, die Klinken herunterdrückend nach ihrer Aussperrung, in den Raum gesprungen. Die Party hatte bereits ihren fröhlichen Fortgang genommen, aus der verschlungenen Laokoon-Gruppe à trois begann sich eine weibliche Zweiergruppe herauszulösen, als Jackie neuerlich auf den Plan trat, die Damen beschnüffelnd und bekläffend. Lersch mußte die Hündin mittels eines Tennisballs ablenken und lockte sie schließlich ans Klavier, wo sie ihre erprobte Erwartungshaltung einnahm, sitzend. Er schlug ironische Tremolos in allen Tonlagen an als Kommentar zu dem heißen Geschehen hinter seinem Rücken und spielte dann die *Träumerei* von Schumann mit solcher Inbrunst, daß es in Worten ausgedrückt nur *Muß Liebe schön sein* heißen konnte. Ruth knipste unwillig das Licht aus, Jackie kläffte wieder, und sie tat es verstärkt noch bei den gedämpften Schreien der Frauen. Lersch als Gastgeber mußte im Dunkeln Alkoholica apportieren für die beiden.

Seit dem Tag nach dem Bacchanal war Doris verschwunden und blieb es, wie vom Erdboden verschluckt. Im Schellerer-Antiquariat, wo sie nach wie vor halbtags arbeitete, hieß es nur, sie habe sich krank gemeldet. Um sich Klarheit zu verschaffen, brach Lersch nach acht Tagen zu einer Reise von Grünwald über die Adalbertstraße nach Milbertshofen auf, wo Ruth wohnte, ganz in der Nähe von BMW, in einer Dachbehausung.

Die Leute in der Etage darunter ließen ihn ein; er habe falsch geklingelt... Oben hörte Lersch das Lachen der beiden durch die Wohnungstür und bezog es zwangsläufig auf sich in seinem maroden Zustand; um ein weniges, und er hätte die Türe eingetreten, nur die zu erwartenden Reparaturkosten schreckten ihn ab und die Vorstellung des gewiß noch größeren Gelächters.

Drei Wochen nach dem Grünwalder Begebnis, eines Morgens um acht, tauchte Doris in der Pension Gößwein auf und riß Lersch aus dem Schlaf.

Was willst du überhaupt hier, schrie er sie an.

Sie darauf: Soll ich vielleicht wieder gehen...?

Wie belieben... wie hast du dir das eigentlich gedacht ... was soll ich wohl *noch* alles schlucken, du Hure... Auch dein läufiger Amerikaner, fast täglich im Keller...

Hure... Das geht zu weit, schrie Doris zurück. Entschuldige dich gefälligst für dieses Wort!

Ich denke gar nicht daran! *Ich* mich entschuldigen, *ich* ... Der Gipfel des Hohns ...!

Man könnte sich doch auch aussprechen, sagte Doris. Könnte ...

... Deine schönen Nacherklärungen kotzen mich an. Die Realitäten entscheiden.

Ich will mit dir reden, insistierte Doris. Dies ist eine Krise. Gut. Oder nicht gut. Krisen können auseinanderbringen. Oder können weiter zusammenführen.

Albernes Geschwätz ...!

Ich möchte mit dir *reden* ...! Und du?

Lersch schwieg.

Doris darauf: Dann rede ich eben allein! Mich zu entschuldigen, wie du das meinst, sehe ich keinen Grund. Ich gebe zu, daß ich an einem Punkt angelangt war, wo ich glaubte, ich müßte alle Brücken hinter mir abbrechen. Aber ich habe sie ja nicht abgebrochen, wie du siehst. Es war für mich eine Erfahrung; eine sehr wichtige sogar. Ruth sagt, ich hätte sie zu sich selbst gebracht. Dabei habe ich sie lediglich angetippt. Dann hat sie versucht, mich voll und ganz zu sich rüberzuziehen, sie wollte den strikten Ausschluß aller Männerbeziehungen. Ich bin aber zu beidem fähig, wenn es sein muß, wie man so sagt, und will es bleiben. Ich habe das selbst vorher nicht so gewußt. Nicht ganz einfach, gewiß ... Manchmal kamen regelrechte Haßgefühle auf bei ihr, sie hat sich verraten und fallengelassen gefühlt wie ein Stück Dreck – ihre Worte. Jetzt ist sie da, wo sie ist, und ich bin da, wo ich bin. Darum geht es schließlich doch. Im übrigen: Hast du dich mit Ruth mal über Politik unterhalten.

Lersch schüttelte nur abweisend den Kopf.

Ich kann ja verstehen, wenn jemand heute irgendwie die Schnauze voll hat von Politik. Aber wie bei Ruth, diese Ahnungslosigkeit, dieses extreme Desinteresse, heutzutage, das habe ich noch nie erlebt. Sie sagte auch, Frauen in der Politik seien für sie nur ridikül oder ein Graus. Ich hielt ihr entgegen – weißt du denn, was du da redest, wir in dieser Männergesellschaft, allein die Kriege, zum Beispiel! Und so weiter. Alles böhmische Dörfer für sie. Ich habe sie dann ganz bewußt nach den Geschwistern Scholl gefragt und ob sie sich vorstellen könnte, ebenso gehandelt zu haben, es ist ja erst fünf Jahre her, und die Leute waren kaum sehr viel älter als wir jetzt, von dem Professor Huber natürlich abgesehen – da stellte sich heraus, daß sie nicht einmal die Namen richtig gekannt hat. Seitdem weiß ich genau, ich könnte niemals mit einem Menschen zusammenleben oder auch nur ernsthaft befreundet sein, mit dem es keinen Konsens gibt in diesen Sachen und keinen Austausch. Mich beschäftigt zum Beispiel lange schon, ob für die Weiße Rose dieses ganze Schwabing als Hintergrund eine Rolle gespielt hat oder nicht. Wie siehst du das?

Lersch: Warum fragst du da gerade mich? Lächerlich ...

Doris: Warum sollte ich dich nicht fragen?

Lersch erwiderte mürrisch, er könne das nicht beurteilen, dazu fehlten ihm die Kenntnisse. Er wisse lediglich, daß ein Teil der Flugblätter im Atelier eines Schwabinger Malers namens Eickemeyer vervielfältigt worden seien, eine Adresse heute für die tollsten Faschingsfeste.

Voilà, sagte Doris. Paßt doch nicht schlecht zusammen!

Trotzdem, meinte sie, würde es noch etwas dauern, bis sie das alles durchschaut hätte ... Kürzlich sei sie, wieder bei Schellerer, auf eine faszinierende Figur aus der Jahrhundertwende gestoßen, die ihr vorgekommen sei wie eine von heute, Franziska zu Reventlow, holsteinische Gräfin, unterdrückt aufgewachsen bis zum Letzten, kommt dann nach Schwabing, um sich auszuleben, und macht natürlich etwas Kunst dabei, gar nicht so schlechte, Romane, Erzählungen ... Und das kam mir unglaublich bekannt vor.

Mein Vater ist Uhrmacher gewesen, fuhr sie fort, ein gescheiter und witziger Mann. Ist schon zweiundvierzig in Rußland gefallen. Er fehlt mir sehr. Erklärt vielleicht manches, nicht wahr. Am Sonntag, wenn meine Mutter in die Kirche rannte, immer eine halbe Stunde früher schon, damit sie besonders auffällt, hat er zu mir gesagt: laß sie nur rennen, mein Kind, sie betet sowieso für drei. *Er* ging lieber in den Wald oder ins Grüne. Dort hat er mich einmal gefragt, ob mir auffiele, daß alles, was da wächst, schön sei, alles. Ich sollte schauen, ob ich eine einzige häßliche Pflanze fände, ein einziges Blatt. Es könnte ja auch alles häßlich sein oder weniger schön, sei es aber nicht. Ich empfand das damals als schulmeisterhaft, später erst habe ich verstanden, was er damit gemeint hat; es war für ihn sozusagen ein floraler Gottesbeweis... Wie war das eigentlich bei dir?

Wieso?

Weil es mich interessiert.

Ähnlich, sagte Lersch. Mein alter Herr ist Beamter gewesen, im Zivilberuf, das weißt du ja, jetzt seit dreiundvierzig vermißt. Meine Mutter war auch eine knierutscherische Natur, die hat mir, als ich vom Krieg heimkam, nicht verziehen, daß ich mit den Polen, die in unserer Wohnung zwangseinquartiert waren, polnisch geredet habe, die paar Worte, die ich gerade konnte, weil meine Einheit mal in Polen lag; vor die Tür hätte sie mich am liebsten gesetzt. Aber Pelzmantel-Vorführungen und Tee-Einladungen vis-à-vis-du-rien, weil man ja im vornehmen Bogenhausen lebte!

Doris: In den letzten drei Wochen hat sich für mich übrigens auch einiges andere geklärt. Nämlich dabei, was ich mal anfangen möchte. Kunstkritikerin schwebt mir vor. Auf dem »Kampfbund«-Thema mit dem unglaublichen Material bleibe ich bestimmt nicht sitzen; wenn nicht in München, werde ich das bestimmt irgendwo anders los, da bin ich ganz sicher. Das heißt: Wenn ich nicht alles hinschmeiße und auf Choreographin mache...

Tolle Auswahl, muß man schon sagen, spöttelte Lersch, aber bei dir ist ja alles möglich...

Nun war die Sache mit der Choreographin durchaus nicht nur aus der Luft gegriffen, keine Schnapsidee, wie Lersch meinte. Ihm fehlte jeder Sinn für die Tanzerei. Doris hingegen hatte sich vollgesogen mit Eindrücken, hatte, begeistert, Harald Kreutzberg gesehen in den Kammerspielen, die Dore Hoyer, Pawlinins *Goyescas,* auch Henry Lorenzen in der *Schaubude,* all das paßte für sie in ihren Augen in die Zeit wie nichts zweites: der Ausdruckstanz, die Tanz-Pantomime, die getanzte Parodie. Ihr unausgesprochener Traum wurde es, einmal die *Carmina Burana* mit ihrer enorm rhythmisch geladenen Musik zu choreographieren, auf zwei Etagen stellte sie sich das vor – oben der Chor, unten der Tanz, ganz freie mythische Bilder, aus ständig wechselndem Licht erwachsend.

Bei ihm selbst, hatte Lersch auf ihre einschlägige Frage geantwortet, werde es wohl oder übel auf etwas Schreiberisches hinauslaufen, wahrscheinlich Zeitung. Zeitungen würden immer gebraucht, im Gegensatz zum Theater; die seien ja fast alle kaputt und würden kaum wieder aufgebaut werden in diesem Leben – wie auch! Oder, fügte er hinzu, falls nicht auch ich alles hinschmeiße und mit einem Wanderzirkus losziehe... Zirkusdirektor hätte er ja ein bißchen gelernt unterdessen, und Wanderzirkus hätte noch Chancen heutzutage, habe er sich sagen lassen.

Das Studentenwerk, das in der Uni-Vorhalle sein schwarzes Brett besaß, kündigte eine neue Vortragsreihe an: *Politik und Parteienleben – heute*. Als Referent und Diskussionsleiter war zum Auftakt der Dr. phil. habil. Christian Seibling gewonnen worden. Obwohl Seibling sich mit einem Thema aus der mittelalterlichen Geschichte habilitiert hatte, wurde der Historiker als Oberassistent an den Lehrstuhl für neuere Geschichte berufen, da es im Zuge der Entnazifizierung erheblich an unbescholtenen Lehrkräften und Dozenten mangelte.

Natürlich saßen Lersch und Doris im Auditorium, in der vordersten Reihe, versteht sich.

Seibling umriß zunächst die Weltlage. Jenseits des fortschreitenden Auseinanderfallens unserer Welt in kontroverse Machtbereiche, Hemisphären, Zonen ... sei mit den Atombombenabwürfen auf die japanischen Städte Hiroshima und Nagasaki eine Situation heraufbeschworen worden, die als schicksalhaft für alle Menschen gelte auf diesem Erdball. Hiroshima und Nagasaki haben zwar den Krieg beendet, sagte er; die Testabwürfe auf dem Bikini-Atoll, ein knappes Jahr später nur, hätten jedoch gezeigt, in welche Richtung die Entwicklung weiterginge, die vielleicht schon eines nicht mehr allzu fernen Tages alles Leben auf diesem Planeten auslöschen könnte, und sie würde weitergehen, mit innerer Logik und Notwendigkeit, nicht bloß aus strategischem Kalkül, auch aus der verhängnisvollen Eigendynamik des sogenannten technischen Fortschritts heraus, nach dem frevelhaften Eingriff des *homo technicus* in die Natur; nach der Freisetzung der Elemente, wie er dies sehe.

Über den Wettlauf um die Bombe unter den Kriegführenden fiel kein Wort. Wird die Politik mit dieser apokalyptischen Herausforderung fertig werden, laute die Frage aller Fragen. Eine Frage, die sich naturgemäß nicht an die deutsche Adresse richten könne; politischen Spielraum und Eigenentscheidung gäbe es ja im Deutschland der Besatzungsmächte nicht, ganz wertfrei gesagt. Das Exempel der Münchner Interzonenkonferenz der Ministerpräsidenten habe dies deutlichst vor Augen geführt – eine bloße Farce; die Veranstaltung sei von vornherein im wahrsten Sinne des Wortes zum Scheitern *verurteilt* gewesen. Unabhängig davon hätte sich aber in erstaunlich kurzer Zeit, durchaus gewünscht von der Besatzung, ein breitgefächertes Parteienleben unter demokratischem Vorzeichen herausgebildet, nicht zuletzt hier in Bayern.

Sodann gab Seibling, bevor man diskutierte, einen Überblick über das wahrhaft blühende Parteienwesen in der US-Zone.

Wie es vor 1945 zu wenig Parteien gegeben hätte, gäbe es jetzt für sein Gefühl zu viele, meinte ein Diskutant eingangs, oft könne man sie gar nicht recht unterscheiden voneinander, trotz ihrer unterschiedlichen Namen; nehmen wir nur zwei der größten, sagte er, CSU und Bayernpartei. Beide firmieren stramm bayerisch-weißblau. Wo denn der Unterschied sei: die Bayern-Partei bekenne sich ziemlich unverblümt, als ob nichts gewesen wäre, zu Blut und Boden, und die CSU verteidige den geheiligten bayerischen Boden mit allen Krallen gegen die protestantischen Zwangseinwanderer, Flüchtlinge genannt. Es gäbe sogar Pläne zu deren Evakuierung in minderkatholische Landesregionen, darüber würde sogar im Kabarett gesungen ...

Lersch brachte bei der Diskussion um die politischen Inhalte bei den Parteien den Begriff des Sozialistischen Humanismus aufs Tapet, wie ihn zwar keine Partei, wie ihn aber die Zeitschrift *Der Ruf* proklamiert habe, wie ihn *Ende und Anfang* verfechte ...

Was nützt die schönste Literatenidee, hieß es darauf, wenn sie nicht von einer Partei getragen und durchgesetzt wird, ob von einer demokratischen oder einer nichtdemokratischen ...

Dr. Seibling griff ein. Er müsse aufklären: die *Christlich Demokratische Union,* mit Parteienkürzel *CDU,* habe sich schon im Februar '47 in ihrem seitdem so genannten *Ahlener Programm* ganz in diesem Sinne festgelegt. Dort heiße es, Seibling zitierte es aus dem Kopf: »Das kapitalistische Wirtschaftssystem muß abgeschafft werden, weil es den Lebensinteressen des deutschen Volkes nicht gerecht geworden ist.« Daraus abgeleitet: »Wir fordern die Vergesellschaftung der Bergwerke, da Kohle das entscheidende Produkt der Volkswirtschaft ist.«

Das Zitat machte Eindruck und wurde heftig diskutiert. Schließlich richtete Lersch an Seibling die Frage, ob er nunmehr, im Gegensatz zu seiner Auffassung in der Debatte vor dem Start der *Studenti-*

schen Blätter, glaube, das Jahr 1945 mit seinen Schuldproblemen ein wenig besser einordnen und beurteilen zu können, vom Standpunkt des Historikers aus.

Seibling, erregt: Ich höre sehr wohl Ihre Ironie heraus ... Der Mann auf der Straße kann sagen: das verbrecherische Dritte Reich ist zusammengebrochen, und es wird abgerechnet. Darf er! Der Historiker, er muß vergleichen können, bevor er fundamentale Bewertungen abgibt. Wir wissen viel, aber noch viel zu wenig. Schon der Nürnberger Prozeß hat ja bewiesen, wie schwierig es ist, zu gültigen Beurteilungen zu gelangen in solcher Eile. Daß die Hauptangeklagten, fuhr Seibling fort, sich, bis auf Schirach, für unschuldig erklärt haben und hingerichtet wurden, wirke zwar spektakulär, sei aber im Grundsätzlichen, weder so noch so, von viel Aussagekraft für die objektive historische Wahrheit; Objektivität auf der Basis von Subjektivität ... Sie verstehen mich?

Ich kann Ihnen durchaus folgen, Herr Dr. Seibling, sagte Lersch. Darf ich mir erlauben, eine spezielle Frage an Sie zu richten. Sie haben sich doch während des Dritten Reichs habilitiert.

Seibling: Natürlich; ich hatte ja keine Wahl. Und kam auch gleich an die Front.

Doris zog nach: Herr Dr. Seibling, dürfte ich Sie wohl nach Ihrem Habilitationsthema fragen; das würde mich interessieren.

Seibling: Warum nicht! Meine Arbeit behandelte nicht etwa die Schlacht bei Tannenberg oder ähnliches, wie es wahrscheinlich Ihr Herr Vorredner erwartet; sie hat etwas aus dem zwölften Jahrhundert behandelt, nämlich einen bestimmten Aspekt bei den Kreuzzügen.

Daraufhin Lersch: Hat nicht auch Hitler Kreuzzüge geführt? Oder vielmehr einen einzigen ...

Großes Gelächter des Auditoriums. Auch Dr. Seibling versuchte mitzulachen. Nichts gegen Fasching, meinte er, aber alles zu seiner Zeit ... Angesichts des erreichten Niveaus zöge er es aber vor, sich für den Rest des Abends auf die Koordinierung der Wortmeldungen zum Gegenstand zu beschränken, und er bitte, ausschließlich beim Thema zu bleiben.

Man erhitzte sich bis tief in die Nacht. Anschließend wurde noch zwei Stunden weiterdebattiert auf der Straße; weniger über die Politik als solche als vielmehr über die praktizierenden Politiker in Bayern: über den schillernden Ochsensepp, den Schreihals Loritz und den Schwärzesten der Schwarzen, der in Bayern für die Kultur zuständig sei.

Auf jeden Fall wollten sich Lersch und Doris um die erwähnte Partei kümmern, die sich dem sozialistischen Humanismus verschrieben hat. *Sozialistischer Humanismus!* Das gäbe Sinn und Perspektive fürs Künftige nach allem Vorausgegangenen, da waren sie sich einig; dafür ließe sich eintreten, dafür müßte man sich einsetzen.

Zaghaft wurde es schon hell. Nie sei Schwabing so schön wie morgens um vier, sagte die todmüde Doris; sie hatte sich an Armins Schulter geschmiegt und sich untergehakt, während sie liefen, gleichen Schrittes. Die Pappeln der Leopoldstraße ragten in den jungfräulichen Tag, und sie gingen auf den Englischen Garten zu, dort tirilierte es schon: ein gütiger Gott hatte ihnen dieses Stück Paradies bewahrt inmitten der Trümmer. Sie legten sich ins Gras. In Armins Tagträumerkopf klang das Gehörte des langen Abends nach in krauser Verfremdung. Ein sonderbares Gespinst entwickelte sich, das um Tod und Verwesung kreiste und um seine Scherzidee eines Zirkus mit Doris; zerrissen das Zeltdach, blutverschmiert die Manege, alle Tiere tot bis auf eines und Doris als strahlende Kunstreiterin, die die Blamage verhindert für den Zirkusdirektor in seiner goldbetreßten Uniform ... Die Hand von Doris ruhte auf seiner Stirn, er spürte sie erst beim leichten Wiederemportauchen, hatte sie gar nicht wahrgenommen davor. Glockenschläge von der Ludwigskirche wehten herüber; was es da geschlagen habe, wollte Doris wissen. Er konnte es ihr nicht sagen, es lag alles so unendlich fern in diesem Moment.

Die umfassendste Bilanz des Zweiten Weltkrieges

Das Parlament

878 Seiten. Serie Piper 811

Das vorliegende Werk faßt die Ergebnisse der Forschung zum Thema Zweiter Weltkrieg zusammen und macht sie einem breiten Publikum zugänglich. Von der Vorgeschichte über den Kriegsbeginn 1939 und die Ausweitung zum Weltkrieg 1941 bis hin zum Zusammenbruch 1945 und den Folgen des Krieges reicht das Themenspektrum.

PIPER